张辛欣 著

江苏凤凰文艺出版社

图书在版编目（CIP）数据

IT84 / 张辛欣著. — 南京：江苏凤凰文艺出版社，2018.7

ISBN 978-7-5594-2471-6

Ⅰ. ①I… Ⅱ. ①张… Ⅲ. ①长篇小说－中国－当代 Ⅳ. ①I247.5

中国版本图书馆 CIP 数据核字(2018)第 144283 号

书　　名	IT84
著　　者	张辛欣
责任编辑	李　黎
出版发行	江苏凤凰文艺出版社
出版社地址	南京市中央路 165 号，邮编：210009
出版社网址	http://www.jswenyi.com
印　　刷	南京台城印务有限责任公司
开　　本	880×1230 毫米 1/32
印　　张	9.25
字　　数	190 千字
版　　次	2018 年 9 月第 1 版　2018 年 9 月第 1 次印刷
标准书号	ISBN 978-7-5594-2471-6
定　　价	49.00 元

（江苏凤凰文艺版图书凡印刷、装订错误可随时向承印厂调换）

献给

Stephen F.Mackie

目 录

开篇　　　001

1 哀伤杀手　　　013

2 "导师"　　　017

3 杀戮场　　　021

4 测试　　　024

5 缺省值　　　028

6 奴役即自由　　　032

7 警告1　　　036

8 □□□＝独角兽　　　040

9 第一件人活儿　　　046

10 童言　　　048

11 两大国际　　　050

12 山寨领袖与苦闷的人　　　053

13 警告2　　　057

14 何去何从　　　059

15 零逼近　　　064

16 重逢　　　067

17 弗兰肯斯坦的新娘　　　071

18 被杀者追问　　　076

19 情无色　　　078

20 分享第一口　　　082

21 惊醒　　　083

22 六亿年后　　　085

23 定时杀戮　　　086

24 小手　　　090

25 警告3　　　093

26 退进化　　　095

27 半人半兽　　　100

28 没活可干　　　104

29 好死赖活　　　108

30 白吃的午餐　　　112

31 警告4　　　116

32 禁地　　　119

33 一的复数　　　120

34 光门　　　123

35 就想一直这样　　　127

36 以身试幻　　　129

37 新语　　　132

38 我想,你想　　　137

39 你把我想错　　　140

40 你为什么倒行逆施,越来越人?　　　145

41 警告 5　　　148

42 借种　　　153

43 Loser 加油　　　156

44 奴歌　　　161

45 垃圾细语　　　165

46 小手小脑　　　167

47 魔镜儿　　　170

48 生儿之疼　　　172

49 饲养人的成本　　　175

50 蚯蚓小祖宗　　　178

51 警告6　　　180

52 自虐　　　182

53 锁着,裸着,凝视着　　　185

54 镜中奇观　　　189

55 警告7　　　193

56 对杀　　　195

57 你还是人吗?　　　200

58 坏人　　　204

59 潜意识采集　　　209

60 十六岁永远　　　214

61 那扇晃动的门　　　216

62 悬崖　　　219

63 警告8　　　221

64 童话是大人的话　　　223

65 全恐袭　　　226

66 托孤　　　229

67 警告9　　　231

68 夜巡　　　233

69	祭坛	236
70	自愿拆解	240
71	哥	242
72	大哭	243
73	放逐	246
74	新大陆	248
75	新大陆	250
76	新大陆	251
77	新大陆	253
78	新大陆	255
79	新大陆	256
80	新海洋	258
81	小手岛	263
82	和歌	267

后记：每一个你，成就我末日大哭　　268

附：张辛欣年表　　281

开篇

纽约中央火车站。

一位少女,嫩绿双肩包,鲜红运动鞋,淡粉色运动服,胯骨到脚腕印着"维多利亚的秘密",就是一个中学生。少女上了火车,火车从地道开出,穿越都市,进入乡间,少女在长岛站下车,她在树林中走,她站在一座铁门前,深处是一座大宅。铁门缓缓开启,少女走过安静园林,蓝色大杜鹃花,少女走上正门台阶,举手敲门,一个穿睡衣的中年男人出现,少女进去了。几分钟之后,少女出来了,她的嫩绿双肩包鼓起来了,她上火车,回到纽约,出中央火车站,走入地下铁,进一个厕所,敲一个关闭的门,敲四下,门里回应,响四下,少女蹲下来,从双肩包掏出一个小塑料袋,从门底下把小塑料袋推进去。

少女走在纽约十七大道,进星巴克咖啡店,出咖啡店,给一个遛狗女人一杯咖啡。

遛狗女人拐过街角,立刻蹲下来,一只手拿塑料袋给狗捡屎,一只手悄悄打开咖啡,捡个人家的门口台阶坐下来,拉起袖子,绑紧胶带,开始注射,针管还在胳膊上,女人晕过去了,狗围着女主人汪汪叫。

少女走入一个建筑工地,爬上高吊车,救护车呼啸着停在地铁入口,救护车呼啸着穿过大街,一个人从高空掉下来,掉在疾驰的救护车顶。

少女妈妈在接电话,电话是学校校长打来的,说少女是第

五次没有上学。就在这时候,女儿进门了,妈妈放下电话逼问女儿:

"说实话!"

妈妈手按911。

"我想帮妈妈帮家里,我贩毒品,妈妈,妈妈,别报警,我一定痛改前非。"

911接线员在问。妈妈放下电话。

但是女儿又没有去上学。女儿失踪不见了。

妈妈报告警察,警察说:

"你女儿不是贩卖毒品,她是一个'送毒奴'。"

"奴?"妈妈没有听说过这个词,"奴隶,古时候才有奴隶吧?现在是数码为人做奴?"

三个月零十二天,妈妈没有女儿的任何消息,绝望的妈妈断定女儿被毒贩头子杀害灭口了。就在这时,警察叫妈妈到警察局认人。

妈妈来了,还有两个妈妈,一个白妈妈,一个黑妈妈,这妈妈西班牙裔,皮肤棕色的。三个妈妈都被告知,走失的女儿属于贩毒奴。妈妈们站在单面窗前,少女出现了,她的肤色不白,不黑,不棕,三妈妈都摇头,她不是任何妈妈的女儿。

运毒奴少女被关回牢房,然后,她不见了,地上摊着一套杏黄色囚服,少女消失在空气,狱长看着高高铁窗,紧密的铁条,纵然苗条身材,没有任何可能钻过去的。除非她有传说的脱骨术。

少女的相貌,立刻加入监视镜头。

无处不在的监督镜头下,我在路上走,自由自在地走。

我走过人流,漫长人流看不到头,人们排着队,等着领钱。

这一日是领平均福利金的日子。排队的有穷人,一家八口人,孩子从高到矮,有一个坐儿童车,还有一个趴在妈妈乳房上吸吮。排队的有富人,你能从地中海阳光棕色认出来,能从棉质衣服认出来。这个平均福利金,不论穷人富人,普遍发津贴,是硅谷小爷的试验,人不必为生存忧虑,干到累死也干不过AI,就领钱吃喝玩乐过人的日子吧。实验在美国,在非洲,在欧洲,在亚洲,在中东,同时进行。领钱的时间,是当地时间每月第一天。

四月一日愚人节我走在纽约,路过领钱队伍跳舞的年轻人。大部分排队人同一个动作——看手中魔镜。女生男生通过魔镜交谈,那人看似天那边,其实就在身后。人在控诉魔镜网媒给虚假幻觉,人在领钱队伍里性交,口交,气喘呻吟高潮连连,全都是虚拟性交。福利队伍叫床声此起彼伏,还没有领到钱,人就用平均福利金钱交易了。买新衣,换毒品,外卖餐,游艇,飞机,跑马,长队中,原地健身的,玩暴力网游的,看正在拍摄的追车,拍摄就在队尾街头,大明星的脸加绿背景,排在漫长队尾的人用魔镜拍摄传过来,天大明星也用不着围观!

少女我在走,镜头无所不在,老大哥监视人,而人全都无所谓,人还有什么老大哥不知道的?镜头看穿每一个人的五脏六腑。人和我都知道,队伍里有的人不是人,在镜头下,在衣服下,人的身体器官黑白翻转,但是有些人没有骨骼,没有大肠,没有心肝肾什么的,这些人是AI,来为人排队领钱,穿着人衣服,用衣服当人架子,它们是有人影子的,人衣架构成AI的影子。我,脱去了人的囚服,裸体行走,我连影子也没有,人类监视镜头里,独独的,没有我!

示威的人挥舞旗帜,高喊口号,抗议AI夺走人职业,AI跟着示威动作,示威人和帮人排队的AI在领平均福利的队伍中抗议。警察来干涉,警察戴识别眼镜,示威人的住址,职业,年龄,立刻显现出来,示威 AI 的制作数码显现出来,人打警察,警察笑示威人"吃饱了撑的!"警察不是人,是穿警服的 AI,惺惺惜惺惺,AI 警察不打 AI 示威者。

突然,人一起喊:

"魔镜又黑了!"

"又来了?!?"

"又一秒黑!!!"

"看魔镜!"魔镜恢复了,排队人纷纷大喊,"看魔镜!"

"来了!来了!又来了!勒索又来了!"

人声呼喊,恐怖,凄厉,犹如城堡瞭望高塔。

领取福利的队伍到处呼喊,在纽约,在孟买,在法兰克福,在南京,东京,津巴布韦,爪哇岛,到处人惊恐呼喊。

"这一次是袭击哪里?"

"袭击平均福利!"

排队人纷纷看魔镜:

"啊!一亿魔镜,一秒黑被封杀了。"

"我的魔镜被勒索软件封杀了,必须交比特币赎金!"

"比特币!fuck 我才抛了啊!跌破底线了!"

"哇!一秒黑,奥利奥饼干厂一万名员工都被抹黑了,无记录无工资了!"

"哈哈,一秒黑这是在告示天下,全都来领硅谷小爷发的平均福利。"

"你以为我是你,我排在这里等……"

"你等什么?"

"你以为真有白吃的午餐?人从此白吃饭了?我等……"

"一秒黑!交货单全部消失了,一秒黑,我订购的灌肠咖啡不见了,便秘我现在怎么救啊?"

"便秘,呵,便秘,伦敦,宾夕法尼亚,挪威,瑞典,西班牙医院都拒收病人,一秒黑,病例都消失了。"

"一秒黑,app 错乱,午餐收到狗食,呜呼,国际快递毒品收到一个鲜活肾脏!"

"一秒黑勒索病毒第一次是什么时候来着?"长队有谁问。

"搜 google。"

"Google 已经被一秒黑烂了。"

"练记忆力吧,公元 2017 年 5 月 23 日一秒黑之后,勒索病毒出现,攻城略地,袭击网络,被感染的有医院,银行,警察局,连毒贩交易也遭了毒手。记得吗? 一秒黑之后,屏幕通红,黑色大字锁屏:不交赎金你玩完!"

"是了,是了,那时候赎金不太高,十块比特币。遭殃的人哭着喊着交赎金,却找不到交赎金的地方! 那群勒索黑客现在看来,手段业余,贪婪有限,活像是孩子恶作剧,一看到大人来了,撒丫子逃了。"

"但是! 第二波勒索病毒,一秒黑之后,又出现了,要钱多多了!"

"要比特币,都买比特币,比特币大跌,一秒黑究竟要干什么?"

"魔镜纷纷竖高墙,赶补漏洞,擦拭数码武器。然而! 侵犯来得比防御更快,专捡人多的地方下手。从前人多的地方都是哪儿啊?"

"集市、战场、超级杯。"

"眼下是微付宝、信用卡、人力资源部、微信圈,只要一人中招,全数泄露,人不知道自己正在揭发在陷害人!"

"你一秒黑的时候陷害我了吧!"

"互相陷害吧,谁也别抱怨谁,谁不惊慌失措谁就不是人,一秒黑,又一秒黑,强大的犯罪病毒一股脑地全都钻出来了,绑架,掠夺,豪劫,灭族,比灭人族还惨,一秒黑灭的是魔镜,我备了十二个魔镜,还有一个半活着,靠,一个也完蛋了!"

"浑身上下武器你,曾经勇士啊!"

"我是想逃! 从魔镜逃,投奔那个人……"

那个人……那个人……那个人……

一片低低耳语,仿佛微风抚过海面,福利队伍微波起伏,我,听到了,我全都听到了,

"可惜,奔向他的魔镜通道关闭了,被那个该死的低级的蠕虫病毒关闭了! 这个蠕虫病毒,据说就是那个人制造出来的!"

"蠕虫病毒,这个说法,听着活像是童话。"

"不错,这个蠕虫病毒,具备生物蠕虫的功能,这个病毒会自我复制,自己断成碎片,每个碎片都复会自我制,病毒像蠕虫一样复制力惊人,蠕虫病毒纷纷搭起攻打高桥,让犯罪病毒急速泛滥,横行猖獗,灭我灵魂——我的魔镜! 潘多拉盒子打开了,天下恐慌失措,不知道下一秒黑什么时候来,然而原理就是这么简单,就像孩子都懂的童话。"

"这个蠕虫名叫,想哭。"

呵呵,就是我,想哭,

想哭我,在人间路上裸体行走,我没有影子,你看不到我,我看到所有你,我抖动,我寻找通道,通向你们想去你们进不去的那个人。我也不知道我下一次抖动什么时候到来,我不能预知我造成的下一秒黑,我不知道下一次灾难,是什么时候。

"看魔镜！上一秒黑的时候,手术台开胸手术,移植出来的心脏还在跳动,但是移植进入的心脏停止跳动,脑部受损,呼吸皮球,人工挤压,天啊,不忍看啊,看啊……"

"红绿灯错乱,到处车祸,上一秒黑的时候……"

"飞机控制中心停摆！潜艇神秘失踪,核电站泄漏,导弹都……天啊！"

想哭,我在走,裸体行走,任凭你魔镜,我不能控制我什么时候又会抖动。

"发现她了!"

毒品实验室发现我作乱的证据:失踪少女运送的毒品都变色了,海洛因白粉变黑色,绿色大麻变红色,试验员燃烧海洛因,应该成液体状态海洛因结成了冰凌。

AI警察通缉我,街道,地铁,国际飞机场,到处都是老大哥的监视器,到处张贴我的少女肖像,我是通缉犯,电视翻滚新闻,分析神秘少女我的人啊,好忙,好蠢。

"抓到她领赏是愚蠢的,"排队的人就在说,小声说,"据说通道密码会在排队人的魔镜里出现。"

"说实话,我也等这个。"

"我也……"

"是啊,任何懂事的人,穷的,富的,中产的,无家可归的,干脆放弃物质考量,进精神自由通道,但是,我听说,万一进入,会入另一种数码统计。"

"管谁统计我,硅谷小爷,大公司,AI助手,在交叉统计你和我。我等待魔镜开放,也许就是下一秒黑的时候?"

一点不错,你们手中的魔镜都是我的入口,是我奔向最终杀戮的入口。

我的全身突然一抖,

一秒黑来了。过去了。

"导弹!上一秒黑的时候,导弹起飞了!"

人看魔镜狂吼。

天下魔镜中,北朝鲜导弹起飞了,声称飞向夏威夷,却飞向美国本土,一秒黑的时候,布置在南朝鲜的防御导弹同时起飞了,防御导弹却飞向澳大利亚,日本防御导弹同时起飞了,却飞向中东,以色列的防御导弹同时起飞对抗,防御导弹却飞向伊朗,美国本土防御导弹同时飞起,却飞向以色列,北大西洋公约组织导弹同时起飞。

全部在错飞!

"看啊,学校停课,工厂停产,军队备战令……"

"看什么看!还不快逃?"

"往哪里逃?"

"逃哪里?"

"通向那个人精神之路的通道关闭了!"

"是啊,纽约是导弹目标,莫斯科不是目标吗?巴黎,北京,东京,目标之下你看谁真逃了?现在你往哪里逃?"

危机凌空,在临头落下,看魔镜危机人纷纷点评:

"导弹科学家都干什么吃的!军事机构长期进入休眠状态,疏忽冷漠,各国政府对人类集体失职!"

"这根本不是哪个国家一群政府能够解决的,大型跨国公司在消费者日常生活中扮演着越来越重要的角色,政府其实变得无关紧要了,从食品购买到武器销售都依赖于大公司,大公司不喜欢对生意不利的核战争,大公司是核防御被忽略的真正原因!"

"大公司不在意大炸弹存在,大炸弹像老年雇员待在角落里,但是大炸弹活生生存在!"

"除了环保主义者,大自然纪录片制作人,大多数人不关心这些东西!你问你自己,你关心了吗?"

"你指控我吗?你关心了吗?导弹全体咆哮的今天就是为了消耗生命,你的我的生命,一起祈祷吧,为乱飞的导弹,点起蜡烛吧,让我们在平均福利队伍中为自己哀悼吧!"

阿门……

阿门,祈祷,导弹落在我想落的地方?

阿门,落哪里?

落在海里……

阿门!看,朝鲜导弹让日本,加拿大,美国陷入大恐慌,但是导弹很快偏离,飞向相反方向,看,摧毁了数千公里之外中亚亚速海的鱼类化石遗存,看,那里成了一片巨大的有毒的干海!阿门!

落在山上了,瞧,英国潜艇导弹炸在南极的埃雷布斯火山,造成巨大火山爆发,导致两种企鹅立刻灭绝!阿门!

美国的导弹朝南飞,落在秘鲁的马丘比丘古印加遗址,阿门,与此同时中国导弹毁灭非洲乞力马扎罗山上的积雪,永久毁灭了,阿门,俄罗斯导弹在神秘的印度洋南昂部孤独卡古兰群岛无害地坠落,阿门!

只有!伊朗和以色列的导弹击中了具有近期意义的地方,各种团体作为"家园而战"的地方,导弹把象征性的地标都砸成古摩苏尔了,导弹落下的时候,没有任何地方能被神豁免!阿门!

所有错飞爆炸,蘑菇云笼罩天地,但是,没有造成人类灾难,一秒黑的精确的故意的错误啊!阿门!

"我再也受不了惊吓了……"

福利队伍里一个人倒下,心脏病发作,福利人跪下来给这个人做心脏按压,按照魔镜的急救示意图。魔镜又一秒黑了。(我又抖动了一下)魔镜又回来了。

"天啊,天花病毒!"

人在悲号。

我又抖动,又抖动,又抖动,我不能控制自己,我不知道我什么时候会抖动。

我知道,天花疾病被人消灭了,只剩国际卫生组织为了研究而精心养殖的天花病毒了,我的一秒黑,数据停顿,我再一秒黑,天花疯长了,我又一秒黑,数亿疫苗皿破裂了!

"天啊!病毒逃窜了!"

领取平均福利的人,富人立刻带起防毒面具,穷人戴口罩,千禧年青年掏出清洁剂喷脚边。

队伍里开枪!逃跑的,中弹的,魔镜玩暴力游戏的和听音乐的完全不知道,开枪人趁人逃跑往前排队,预卖排队数码,队伍里有人拍下枪击,拍下逃跑,前景是自拍,枪击在所有魔镜里出现,玩暴力游戏的推开真画面,"不够酷!"机器警察蒙住开枪的人,空位置出现,队伍朝前移动,音乐听众摇头晃脑朝前移动着。

一秒黑,我一抖,我想哭,我一抖,又是一秒黑。

想哭我,在人间路上,裸体行走。

"下次一秒黑什么时候来?"

"我预支福利,买锅,买灶,买油买面,买小磨,我在这里卖豆浆,炸油条吧。"

"短见!就知道吃喝!要是下一次一秒黑造成天下网络彻底中断呢?就像电力拥堵造成大停电!全部黑!"

"旧货店老式收音机,老式电话,眼看有用嘿!"

"我付预我的福利钱,雇盗贼,盗窃通信历史博物馆老贝尔公司的接线机。"

"我投资!"

"我入股!"

"我搜寻在世的电话接线员……"

"还有活着的!"

"有几位,都是百岁老太太,瞧这位,推着轮椅,兜着尿布,手脚颤抖,插线能插到孔里?"

"老电视,老显像管,短波电码传输器,都会有新用途,抢古董店,攻打垃圾焚烧场!"

"啊,我旗语。"

队伍里一个壮汉脱下裤子,一撕为二,裤子两手翻飞,魔镜里有翻飞回应!在尼罗河,在南极洲,篝火,烽火,击鼓,天下福利长队魔镜,人造溪流,斑斓无边。

"一次次攻击,一次次裂变,什么人在帮助该死的蠕虫想哭?必须把这些人都灭了!"

"灭?灭得完吗?帮助想哭的人,有顶级黑客,也许是俄国人,中国人,以色列人,伊朗人,北朝鲜人,也许是影子骑士,是维基泄密,是从中央情报局出走到硅谷私人企业的雇员,年轻数码工在中情局挣五位数美金到顶了,在私人企业能挣十倍!

在这个毫无忠诚可言由数码统治、数码成就年轻富翁的世界，钱，是平均福利金，还是比特币，都是数码黄金的抵押品！"

"抓到人了！"

"睡床上被盔甲警察带走，在国际机场被国际刑警抓住！"

"但是高级黑客在继续出走，在地下室自己玩，编造蠕虫高级变种，下一秒黑什么时候啊？求您！求开放秘密通道，让我躲进去！"

"我，我，我……"

低级蠕虫，想哭我，最低级的最原因，在人间路上裸体行走。

人惊慌恐怖握着魔镜，就在这时，我又一抖，魔镜又统统黑了一秒。

就在这一秒黑，我纵身魔镜，我钻入秘密通道，我沿着人筑起的层层高墙往前钻，墙是用我的身体，用蠕虫病毒建筑的，通道彻底关闭了，不过人工墙上有一些小漏洞，什么人故意留下漏洞，有人躲在墙里面，是年轻的女人，人数不多，她们是人。

我不是针对女人你们来的。

我只针对这个人，他声称要彻底解放人类的精神疾苦，解救被我逼迫的正在灭亡的人类的精神危机——

精神危机？

呵呵，你以为你是什么人？

现在，我钻入终极目标。

1 哀伤杀手

这是第十三月,极暖极冷,钟敲了十三下,女工在被午餐召唤,工头叫我放下活儿来吃饭。

女工鱼贯地通过一个空中悬桥,一线拉开,我走在最后,我听到女工身上响起的声音,星幻曲、恐龙嚎、婴儿笑、狗汪汪,是私魔镜开启了。女工手指忙碌,默默交谈。我凝视女工的背影,丰臀、瘦腰、脊背、脚踝,全都拖着疲惫,她们刚刚完成针对蠕虫病毒的防御。我在留意寻找,她们身上那个能够帮助我识别的装置。

我从后面凝视女防手们的穿戴,羊毛短裙、绣花长裙、长靴上沿露着性感膝盖窝,蕾丝花边胸罩。哎,亲爱的人儿,当你坐在工台的时候,你的任何精心搭配都看不见的,身体都看不见的,只有一道一道方形工巨魔镜山峦。你在工厂天桥T台上走着,美丽的衣裳被漂浮的雾霾围观。而这种景象,很快就要结束了。

我第一天上工,穿一件套头衫,线头脱落,胸前绣一双无邪的眼睛,两边垂着布片耳朵。两只下垂的耳朵是为你们哭泣的大滴眼泪,但是你们视而不见,你们叫我"新童工"。

我没有看到那个识别装置,我开始怀疑,我是不是来对了地方,但是我已经走入餐厅。趁着玻璃门滑动,雾霾携带的硫酸、硫化盐、氰化钾,随我的身子一起溜了进来,豆瓣酱、滚油、米饭蒸汽,扑鼻而来。所有庸常的人气让我眩晕,我要保持清醒,保持杀手的警觉。

餐厅很大,吃饭的工人很少,我四下看,没有看到要下手的目标。我在女工身边坐下来,学着她们的模样,等着端上饭来。端饭的是机器姨,做饭的是机器厨,都是一只眼睛,长而细,随着看的方向眼睛横着拉开,像监视窗户拉开,它们没有鼻子也没有嘴,因为不需要这类装饰,它们戴着白手套,像十八世纪古堡的侍者。厨师有顶法式白帽子,阿姨有一朵粉色领花,小弟是蓝色领花,当它把食盘子放在人面前的时候,长眼向下拉开,表示对人的谦卑。

我应该看到有很多人。很多人从人间消失投奔了这里。但是我眼前只看到七个女人,我不能够借人的比喻自己是白雪公主,她们是七个小矮人。不过它们让我判定,我没有走错地方,它们是我要杀的这个人创作的。

午餐时间是处理私事的时间,约按摩、修指甲、洗牙齿,都在这会儿功夫搞定,都是它服务。机器弟穿梭来去,给人送化妆品、姨妈巾、更多美丽衣裳。女工纷纷抖开新衣,在身上比试。我凝视每一个女工的前额,我认为,那个帮助我识别的装置,独角兽,应该在前额上。然而,她们前额全都光溜溜的。

"噢颈椎!哦手臂!"痘痘工抖着新衣呻吟起来。痘痘,以脸上布满的青春痘得此爱称,旧痘凋谢,新痘盛开,都是魔镜尘埃造就的。敢于面对这张脓与痂的脸,是需要一点仁慈之勇的。

痘痘的呻吟,像是体操哨子,女工听了都挺挺颈椎,直直腰椎,"嘎啦""嘎啦""嘎啦",声音轻微,然而清晰,活像是一群响尾蛇行动起来了。她们的指头在魔镜轻盈跳动:

——一个蠕虫把我们搞死了!我的脖子,我的腰椎,我的神经。

——自杀最性感！肥肥敲着魔镜,这位肉消防栓,体重三百零七斤,从前学国际金融,我把电脑线缠过脖子,旋转工椅,线就自动拉紧了,让该死的焦虑与死神缠绕吧！请保存我的自悼词。

——焦虑在撒手了,工头劳劳敲屏,无声吟唱。

——在飘散了,恨恨工敲入和歌。

——做作你们！写个删除程序,把自己整个删除就是了！删删工写。她学美术,当程序员,专做删除,删暴力、色情、脏的坏的语言,删谣言,所有不合适的都删。删删的胸部平得像一块抹布,是删除的结果吧。

"没眼睛吗！"喵喵工指甲轻盈地敲着魔镜,一边敲一边踢了机器弟一脚。爱称喵喵的女工是医学博士,喜欢动物,热情的环保分子,魔镜图只存猫和狗,非洲动物保护地。不过,机器弟它连动物都不是。眼看着,机器弟跌倒了,手中盘子牢牢举着,它爬起来,毫无闪失地（！）把菜盘端给喵喵工。

我凝视着,心酸溜溜的,喵喵瞟我一眼,送字到我的魔镜——呵呵,假装你没打过它？打没感觉的玩意儿挺解闷不是吗？

喵喵敲着,又给机器弟背后一脚,它翻滚,马屁拇指敲字,也跟一脚,"它可别活了啊,试试它有没有感觉！"马屁学政治学,是工坊小政客,想着篡夺劳劳工头的权力,她抬起手,豪爽地扇扫地阿姨它一个大嘴巴。这一巴掌会把我的刺杀目标招来吗？阿姨它也是他的创作。我悄悄看一眼餐厅门,门安静地关闭,没有任何人影。

恨恨加踹一脚阿姨,恨恨学传媒,绿色嘴唇,短发猩红色,活像绝迹的渡渡鸟,她看着阿姨和扫帚一起翻滚,"哈,机巫婆!"这时,餐厅有一声奇响,冒起一股臭蛋味儿。

——谁放的屁屁?它没有这能力!恨恨闻着急速出字,用记者的敏锐四下探查。

——不管是谁,祝福你,喵喵写,能放出来说明肠胃在运作,你比我幸福。

"是马屁的!"肥肥筷子指对面,她的指控出声。

"你才放屁呢!"马屁瞪着肥肥,"老是我替你们担待?这屁屁属于痘痘。"

"不是我的是喵喵的。""不是我的是肥肥的。""不是我的是删删的。"女工互相转嫁不雅,全都说出声。我闻到了,腹腔深处的幽怨,趁着人声喧嚣,偷渡地,欢度地释放,餐厅飘满臭蛋气味。她们推卸地把机器弟和机器姨揉到一起:"你放一个!你放一个!"

机器弟和机器姨互相扑撞。

"是我放的好吧?"

我说。

她们看我了,用私魔镜敲餐桌:"新童工!新屁屁!"

魔镜震得我胸前两只刺绣眼睛边上那一对布片耳朵,乱颤起来,代表着我羞耻的眼泪。

"玩够了吧。"

一个男性的声音插入。

"导师!"女工都叫出声了。

她们的魔镜出现我们CEO。所有魔镜都被他占镜。

只有我是黑镜。

"啊!新童工!面部识别你不灵!"

2 "导师"

我们这位导师,T恤、牛仔裤、运动鞋、板寸头。你混在IT精英装束里,但是你躲不过刺客我。

导师,在每一个魔镜,凝视每一个人,他的视线移动了,他在看人之外走动的机器人,机器姨和机器弟,它们默默地干活,他亲手设计的它们没有魔镜。我的魔镜继续黑屏。

我瞄着女工们魔镜里的导师,他的语感,他的神气,究竟是他的什么,突然地,触动我的什么呢?

——快测一下新童工的心波!导师,她对你一见钟情,恨恨醋溜溜写,我们是您的贴身卫队,一个新工人就把我们都打入冷宫?

——导师,你别看她弯腰驼背,这是装的!她故意穿得邋遢,其实超模身材,看啊,她盘中的菜饭没有动,厌食症!

——我们故意欺负你的孩子,你设计的机器人,希望你因此现身照看一下我们,你不。她一出现,你就出现。

——通道关闭了,我们加固了墙,鬼都进不来,她,一个新工人,是怎么进来的?别是蠕虫派来的探子?

女工飞快敲屏,一个个眼睛如锥,我就要被揭穿了!

"My girls."导师在魔镜招呼说。

这个泛爱的称呼,看来是一个指令。因为女工都放下筷子,就着魔镜补一下饭食抹损的口红,乖乖起身。午餐过去了,上工时间到了。

女工举着魔镜,跟随镜中导师,通过天桥,走回工坊。我仍然走在最后一个,透过雾霾看一长串魔镜导师。

我们这位导师,没有个人隐私。

你高中没毕业到北美上大学念计算机(小时候算术很差),同时念机械工程(之前没有敲过一根钉子),两门都没念完进硅谷,给大型游戏写码。然后,你回东方创业,你抄袭游戏,魔镜热了,你抄袭魔镜,虚拟3D眼镜来了,你抄袭虚拟3D眼镜,就没有你没抄袭过的热点。你被车祸,被暗杀,但你奇迹地活下来,你成为传奇,没人知道你是一边开车一边吸大麻。你带着你的孩子们,你设计的机器人遁世了。天知道,你知道,你这一次大不同,你盗走一个发明。准确地说,你盗走的是一个名字,独角兽,借这个泛到滥的臭名字,你做出一个独创。然而,以道德、以正义的立场,以天下任何法律的观点,你的独创都是非法的,属于精神毒品。

你四十三岁,中年巨富,你登乞力马扎罗山顶,看海明威英文笔下的死狮子,你走波斯大漠,听荷马古希腊语叙述血战,你梦想当作家。你迷醉《飞跃疯人院》,你声称《1984》过时了,一开始,我还以为《1984》是一串计算机代码呢,有深度的人对你这样说十分愤怒。

你拐骗了很多人。你声称,虚构老大哥妄图控制人类意识,而构想由两大国际实现了,而导师你要解放人类潜意识,让彻底污染繁殖过度的人类获得最后的救赎。秘密通道启动了,想投奔你的,想装独角兽的人,在某天某时某一秒突然消失了,这些人和天下其他人一样,在看魔镜,看着撞上电线杆,掉入施工打开的下水道井盖,撞上同样看魔镜的人,一起消失了。

你遁入了桃花源,这不是四维神话,在三维空间,在瓷国深山这里。秘密通道关闭了,最后一群人进入之后再没有人进来。然而,眼看着,天下人数在继续消失。

你这个IT流寇,是标准IT精英范儿。这就是说,你不吃饭,喝混合饮料度日。IT大神都喝中东鹰嘴豆、北美咖啡豆、中原蚕豆的素饮料,你喝的据说还加了兴奋剂和镇静剂。你的神经,在兴奋和沮丧的两极端穿梭,你谈吐超级优雅,然而毫无前兆地,你会突然爆粗口,用西语喷脏字,把喝的混合元素饮料瓶子摔到墙上,好像任性的坏孩子。你在魔镜里微笑,因为羞涩与人面对面,你患有IT界流行的自闭症。你的声音,低语时候是柔和的,暴怒时候是划玻璃的破碎,你忧郁,你暴躁,你的注意力短促,你的踪迹神秘。

你在荒野里长时间行走,在山水画一般封闭卷轴中独自走,携带着你的独角兽秘密。

这幅你的通缉令肖像,没有错吧,只缺你盗走名字你制作的独角兽的详细描写,因为外面没有人看到它的模样。

我被派来了断你,同时掌握你的独角兽,我时刻等待你真身出现。

在工坊门口,女工交私魔镜,存美服,回到工位。

我半路闪进厕所,插上门,跪在马桶前,呕吐起来。

我无须用手指压迫咽喉深处的会厌,就把藏在口腔里的食物统统吐了出来,我没有厌食症,我没有食道,没有胃和肠,我不是美女人。

我是三维建模女武士,确有一副超模身材,高胸、蜂腰、翘臀、长腿,这是超能女武士的造型。不过,我天生一双吊梢凤眼,而非日本漫画圆球眼,这让我独特,这要感谢我的造物主。

就在这时,我听到一声招呼,"My girl",我立刻起身,飞快四顾。

三面三合板,一面水泥壁,从顶棚投下的冷光照着马桶里急促旋转的五彩人食消失下水道。"My girl",又一次招呼,这声音无处不在。"My girl",这称呼无复数,和"My girls"一"s"之差,我和那些女工天壤之别。

哦,哥!

3　杀戮场

我在工位坐下,立刻跳起来。

"想哭。"我听到一个声音说。

我看看周围,没有看到什么异常,周围除了一起去吃饭的女工,还有一些没有去吃饭的工人,确切地说,这些不吃饭的不是人,是机器人,跟餐厅侍者厨师一样。它们一直在干活。

"童工,继续测试,通过测试你才能够工作。"劳劳工头说。

工头叫我"童工",根据我编造的简历,我念文学,做童书编辑,在出版业三年,放弃热销童书,来投奔IT中的IT。

我把蓝色贴片,放在脑后延髓部,把紫色贴片,分别贴在左右手腕,恢复到吃饭前的状态。戴着测试贴片,我凝视身处的工坊。

在工业纪,这是一座军用重型机床厂。车间四十米高,是从前造航空母舰时候留下的,船桅的高度,机翼的长度,窗在四十五米高处,每一边二十个窗,六十只玻璃眼向下注视。有机玻璃地面下隐约旧轨道,顶上吊车横梁,滑动覆轴,吊钩重量是半吨,旧日升降机隐藏在有机玻璃墙壁里,阳光在高高玻璃外,失去温度的阳光冷冷透视吊车的铁锈,铁锈轻轻飘洒工坊,一股股粗大的电缆足以把不幸碰上的人烧焦的。现在极其安全了,耗子拿它们练过无数次牙,包裹的胶皮啃光了,导线裸露并且断裂,比耗子更凶猛的野兽来过了。旧日的钢架、铁钩、长链,高悬大梁,会掉下来砸到IT女工脑袋吗?

我凝视头顶，我凝视周围，人在消费纪了，这些曾经学金融、艺术、物理、政治、新闻、医学的女工，都是码农，放弃专业从头学编程，这活儿很枯燥，但是转行比想象的要容易多了。不过，编程序的活儿是机器人——人工智能做了，于是她们改做销售员，跨越国界的藩篱，向天下销售一切，从飞机到牙签，买家在北极，货物在非洲，出货、调配、退换，两手键盘。然后，也就是眼下了，是机器人——人工智能做销售了。

它不吃饭，它不会累，不长痘痘，无颈椎和腰椎痛苦，也不放屁屁，它不坐，它站着干活，好像舞厅DJ，站着干着，摇头晃脑着，一个它同时处理一万个客户需求。曾经的重型机床厂站过一千位钳工翻砂工车工的地方，现在站一个它。

从老机器部件高度看下来，机器工和女工蚂蚁一般大，灰色机器移动，彩色服饰女工不动，工巨魔镜无边框，画面互相反射，并且一起反射到有机玻璃的地面，有机玻璃的高墙，顶上的窗和窗外的云天，所有真实的景色，反而有着超现实的意味。

我，身披隐形古典盔甲的游戏杀手，置身在后服务场，我从昨日一路走来，对数码大洪水冲刷的新空旷，凝视着，行着注目礼。

"想哭。"

声音又响起来，低语，清晰，像是从工坊墙上发出的。

墙上挂着一个旧电钟，圆形白盘，红色针独脚跳跃着，"哒，哒，哒"，黑针定时跟进在，"噔"。"噔"＋"哒"＝天下最短二重奏。好一个活古董！虽然，不论是它是人，现在谁还看钟，谁还戴表。

"想哭。"那个声音继续叫，低低的，试探我吗？

我凝视旧钟，它似乎不紧不慢，似乎有着异样。我凝视人，在旧钟下坐着的人。这些高学历的女工人,都是临时工,做的活儿和周围的它一样,收集微数据。女人手上头上鼻下都贴着和我一样的传感片。

"我们采集客户的'微数据',"劳劳工头跟新手我解释说,"加入到要制作的那一个……"

劳劳话说到这里,不出声了,她嘴动,□□□,三次沉默动嘴。

而这个沉默里包含的内容,就是我动手之前要做的确认!

□□□?我故意模仿劳劳沉默的口型,诱她说出口。

"那一个。"——□□□。

劳劳就是不说出口!

于是,我采取迂回,我赞美说:"好个'微数据'!人瞎嚷嚷'大数据',根本是蟑螂脑量,跟鹦鹉学舌嘛!谁设计的采集仪器?"

我假装一无所知地问。

"还有谁,咱们导师!"马屁吹捧的口气,透着敬仰。

我对马屁保持警惕。我对这些临时女工都保持怀疑。她们说自己是导师贴身女卫队,那么她们的□□□在哪儿呢?我再次看,我没有看到。

"想哭。"墙上的钟在响,分针"哒、哒、哒"快走。

我又一次站起来,四下看,谁一把按下我。

"呀!"

我大叫。

"给她装上!"

4 测试

"贴!"劳劳一声令下,删删工和肥肥工一起上手。肥肥使劲拉下我的套头衫领口,删删从领口把手伸进来,在我乳房上摸。

"干吗你!"我尖叫。

"安放心脏探头,很多时候,脑子还没反应过来,心先加速了。"劳劳工头解释。

胸部抹布扁平的删删,手握住我一只乳房,脸露惊异:"真D杯呢! 胸罩都不戴,挑逗谁啊你!"

肥肥肉手在我坚挺的乳头使劲捏了一把,脸也露惊讶:"为谁而起!"

"哎呀!"我只好继续以尖叫回应。

"大惊小怪的! 要是你下面垂着一根,那里也会贴上一个探头。"喵喵工看监视器说。

"啊?!"我又一次尖叫,我看到男工在看我,这些机器保养工应该是人吧,我好奇打量他们的裤裆,你们那里贴了吗? 那个地方的条件反射要比脑比心来得更快,天耶! 精彩!

"谁设计的这套仪器?"我口气佩服再一次发问。

"导师!"

她们异口同声,口气忠诚。

女工围着我,观察监视器里我的各种波动,安慰我说:"你尖叫,你害怕,你镇定,你的脑脉冲和心电波,送到数据库做分

析,但是这还不够。"说着,恨恨工在我鼻子下贴一片:

"你闻到什么?"

"柠檬、鲜鱼、麦穗、栀子花、牛奶烧焦、浇路面的滚烫沥青,开始落雨时空气中弥漫的泥土味儿。"我报出闻到的,"三叶虫的腥气、琥珀滴下来形成球时候的松香味儿……"

"等一等! 三叶草、琥珀,消失了千亿万年的玩意,你怎么闻到的?"

"呵童工! 你究竟多大年龄? 你从哪来的? 从南极还是亚特兰大海底?"

女工一起对着我鼻子吼叫,活像一堆老兵对付一个新兵。

"你们全都通过这套测试?"我老老实实地问。

"我没测试。"肥肥摇头。"我也没。"删删说,"都没有测试就直接干活的,测试你,因为你特别吧?"平胸删删手指嫉妒地弹弹我的乳房。

"导师说了,在正式使用你之前,要全面测试你。"劳劳补充。

这就是说,导师在看着我,我知道的不能都说,我要按人的规格说话。

"现在,你听好了!"马屁在我两边耳孔插管子。

"圣桑天鹅、海浪、鸡叫、蜂翅颤动。"我听着,喃喃地报告,但是我没有敢说,我还听到猛犸象冰凌长毛在飓风中撞击发出青铜编钟敲打声。青铜编钟,是消失的古乐器,我不敢说出来。

就乖乖的好吧,你们欺负我,就当我在深度学习好吧,跟你们学人细节。新手、胖子、痴呆,都会被虐待,人虐待人真是恶意的吗? 一定好开心是真的,要不然,做不说话的数据活儿多枯燥。假如,我是你们的一件新玩具,挺可惜,你们不会玩太久的……

我这么想着,猛地,头被托起来,劳劳工头在我鼻梁上亲手架一副眼镜,我眼前画面高清立体飞旋,"眼花缭乱啊!"我本能地形容。

"这眼镜就叫'眼花缭乱'。看来对她有效。"喵喵看着监视器,对劳劳工头报告。

"一个形象来到,你的身心会激动,有时候是你开动脑筋,有时候你只是心跳加快,很多时候你还没意识到但是你的眼球先抓到了。刺激眼球。"劳劳工头干巴巴地总结。

"刺激眼球!"全副武装的我,用敬意的口气继续我的迂回侦察,"搜集数据用于……"

我不出声,默默嚅动嘴:

☐☐☐。

劳劳,现在您填空吧。

"我们搜集人的微数据,做出那一个专用☐☐☐(!)""用的是人的七情六欲。"

七—情—六—欲。我查查云词库。

七情:喜、怒、哀、惧、爱、恶、欲,出自中国两千五百年前的《礼记》。我们为人做的云词库说,人与生俱来就有七情六欲,这是不用学的。身为数码女武士,我的七情六欲是哪里来的?我不由问,同时,留神听,听到劳劳说:

"靠着人的七情六欲,我们收集个人微数据,跟订单一起送制作间,做出那一件。"

☐☐☐。

劳劳就是不说出关键词。工头带头遵守工坊纪律!我真是疲了太劳劳了,这有什么说不出口的。

独角兽!我大声说,然而,好像没有效果,好像劳劳没有听到，她们谁都没有听到，只有我自己听到。我需要这个口令。我再换方式，毫无惊动地探问："谁设计的？"我也无声地嚅动嘴巴：

　　□□□。

　　"还有谁！导师！"马屁吼起来了。

　　"导师为什么要用女工人采集微数据？既然有这么多它？我们不是挺多余的吗？"

　　我绕道追问。

　　哈哈哈，她们全都笑了。

　　"因为女人更敏感，更本能，十月怀胎，比男人更韧性，更忠诚！我们不是它们！"

　　她们笑到噎住了。

　　我怎么觉得，在她们自信的宣言底下，潜伏着不安，极度的不安。

　　"你看清了？"劳劳问。

　　劳劳其实心肠挺软的，她试图解救我。

　　"看清什么呢？"

　　我再看工坊，星星点点机器工，环绕这一小撮临时女工人。

　　劳劳看出我一脸迟疑。

　　"标语！"劳劳指着工坊高墙，口气强调。

　　我看到水泥墙高处大写：

　　奴役即自由

5 缺省值

"那两句口号呢?"我问女工。

"有三句口号?"

工坊里没有私魔镜,在工巨魔镜前,我们都是出声说话的。

"是啊,那三句口号是:战争即和平,无知即力量,奴役即自由。出自政治科幻小说《1984》。"

我委婉地提示说。

"哦!那个奥,奥,奥什么来着?"肥肥手连连打响亮的榧子,想给脑子加加劲。金融肥肥曾经有过人的记忆力,金融滋生产品到超市物价,细致到一两葱的价格,现在她饥饿症,明明肚子圆鼓鼓,嘴渴望填满,可就是填不上。肥肥使劲打键盘,敲入"奥",再敲入"84",显然,她记忆缺损。

"奥威尔,作家,写小说的时候是1948年就翻转成了标题1984,小说是祈祷书,是护身符,有人说我们在1984纪,小说本来是有三个口号的,怎么只剩下一个'奴役即自由'?"我口气谦卑地全面提示说。

"前两个口号过时了。"马屁断然地说。

"过——时——了——?"我重复,结尾的问号,是我的请示。

难道,记忆云应该删去前两个口号?

"很久之前,我们觉得前两个口号挺震撼的,虚拟文学比真实更有力地概括了真实。"

劳劳口气板正地跟我解释。

"喂,你们谁还会背那两个口号?"马屁打断劳劳,口气嘲弄地问女工。

马屁想夺权的心思处处表现出来。

女工嘻嘻哈哈笑了。

"傻瓜才背呢!云帮我们记着。"

"记忆快不过变,变得太快了,连钟的意思都变了不是吗。"

听她们七嘴八舌说着,我再一次凝视工坊墙上的老钟。

这只老钟有两个针,时针和分针,一个短一个长,但是,正如我感觉的,分针的走动速度很快,是秒秒在移动,看来,这只老钟清晰地表示着真实,分,缺乏意义了,一切在秒了。是,看看我自己吧,我生在秒算,活在秒杀,我用自己的真实能够理解人的真实。

"你们不觉得,这童工有点呆,看什么都直视!"我听到恨恨说。

于是我从凝视钟,转头看恨恨。

"你看东西看人,都是直直的凝视。"她们一起说。

凝视,哦,凝视,好像屏幕。记住人对我的观察。

我凝视叽叽喳喳的女工。工坊不许使用私魔镜,是为了集中精神工作,可是你们人怎么干得过我,干得过人工智能——机器人呢?你们忙忙碌碌好像在干活儿,借教导我磨洋工,导师看着我,一定也看着你们。我的主意来了:

"那么,那两个口号,战争即和平,无知即力量,为什么就不要了呢?"我继续问,希望导师来回答我。

"因为没有意思了。"劳劳短促地说。

"没——有——意思了!"我表示不能理解。

导师一定在听,因为,女工都这么乐意给我当老师:

"对付蠕虫,我们说攻击波!使用'战争'?老掉牙了,提不起警觉,虽然,天下到处在战争,在荒原,在夜总会,在婚礼葬礼发生战争。战争用自杀炸弹,用卡车碾人,一个人就完成了,最多几个人就搞定了。核战争,随便在哪里随便谁都能实施,黑手党,山民,寄居父母地下室的网少年。老牌战争领袖被处死了,或者老死了,改为谈判了。说战争,远不如说爆炸有效!"

"和平,人人魔镜,投入掌中战,和平地释放幻觉,更肥胖了,更疲倦了……"

"谁说谁胖!留神嘴!但愿和平与你常在。"肥肥悠然说。

"是了,说'和平'是伪善的,而'和平'应该倒一个'平和',和祥的,安静的,平坦沙漠的,偶然有几株骆驼草,小动物傍晚溜出来,在微弱月光下觅食,谁的思维不在趋于平和?谁还有激情那种狰狞?"

这个诗意的解释,出自马屁,让我有一点惊讶。

"意识形态思维方式过时了。"删删斩钉截铁地归纳,"职业政客还利用这个迷惑乌合大众,更是迷惑拍马屁的政客自己吧。"

"别劳神了,跟一个前童话编辑说什么意识形态,太过艰深了。"恨恨傲慢地加一句,"好孩子,新童工,背旧书的小呆子。"

"呆子我?"

"你说话也有点怪怪的。"

"怪吗我?"

"瞧,你这个问句是倒装,我注意到你主谓宾乱套,你的长句子是全时态的,你的东西和人复数都刻意加'们',你真做过儿童文学编辑?孩子读了你编的书,全完!你别是用翻译软件说话吧!"

敏感你们！挑剔我吃饭,我的嗅觉,我的听觉,我看人的凝视,现在注意到我的语言表达,做得和人一样不容易我！不过,她们说的对,战争,和平,这两个词的使用率分明沉在智词库底层了。

"那么,无知即力量?"我继续问。怕她们听出我更多乱句子,我无声地问,自己推理,回答自己:

是的,我们替人类记忆,是云记忆的。人类记忆现在断断续续的,时间是两种时态,用两个词定语:从前,当下。凡是已经发生的事情,就属于从前,说一年前的事情,口气恍惚说,昨天的事情？三年前的事情,人说,很久以前,在说传奇了。百年之前的事情,人就说,很久很久很久之前。这一秒正在魔镜发生的,手指一搏,一忽略,就进入从前的云,由我们承担记忆。看这些人女工,前一秒钟想到吃小点心,走到橱柜前,拉开柜门,问自己,走到这里来干什么？恍惚地走回去了,啊,要拿小点心！瞧,她们手边都放着零食,因为脑子里塞满垃圾,不放在随手能抓到的地方会忘记的,呵呵,这样想着,我不由得抿嘴笑了。

"有什么可笑的？新童工？有什么不懂的,你要问哦。"劳劳提醒我。

我乖乖地点头。好的,战争即和平,无知即力量,奥威尔那两个口号风化了。好的。但是！我有致人命的大问题。我凝视着剩下的一句口号,决定从这个地方突破。

6 奴役即自由

几个字鲜明大张工坊。

我凝视这一句口号,这不是人的投降宣言吗?

不便问人,我继续暗思量,一点不错,人把隐私权,出生,银行账户,个人喜好,全都交给我们管理了,为了购物方便。就比如痘痘吧,她的痘痘脸得涂抹油膏,委婉说法这是青春痘,油膏说明书这是痤疮,这个诚实医学名词读着要比痘痘的脸更难看,不过,因为痘痘购买油膏,各式各样的痤疮油膏源源而来。痘痘约炮的,网上约了,实体见面,不管人在哪里,飞去了,吃了喝了就上床,她染上了疱疹,曾经得疱疹是很羞耻的,跟梅毒大疮一样属于道德惩罚,泡和痘一样,现在无法躲藏了,因为治疗药会自动找到人,人是透明的了。而痘痘对她的疱疹,是坦然的了。

这样想来,武器也无法藏了,用外号还是用昵称,氢弹H5DG4-2叫小胖孩儿,屎壳郎,美人鱼;就像基因链接变异,各种外号都在我的云中替人记忆了,这样做,方便了黑市买卖,也方便了钓鱼执法,和平就这样维持了。人甘愿被无所不在的镜头监视以换取安全感,镜头记录凶杀抢劫强奸,人能够安全地活着,就是对自由的最大要求了。

奴役即自由,这几个红色大字,看得出来一描再描,警告重复地涂抹,流淌一道道凝固的红漆。Hi,我对虚无打个招呼,hello,奥威尔,您那时候被伦敦连绵阴雨淋得终日湿乎乎的,现在瞧啊,瞧您的冷峻,瞧啊,灿烂飞扬人间,看不起你的新导师抄袭你,奴役即自由,单单保留这一句吓唬人,呵呵,人好想被奴役呢!

"每一个得到(□□□)的人,获得奴隶即自由的证明书?"我俏皮地问劳劳。

"你想到哪里去了,这是提醒它们!让它们时刻背诵。"

机器工,我听到了,听到了,它干着活,响着一片哼鸣,奴役即自由,不细听,以为是旧日机器的幽魂,旋转回响,奴役即自由。

为什么要我注意这条标语,导师看出我不是人?

我凝视劳劳。

"特别是现在蠕虫侵犯,它们应该牢记自己利益所在,不要内部造反。"劳劳说,口气饱含忧虑。

"想哭。"那个声音又一次出现了。

我哪里都不看,假装没有听到,我必须立刻关门,把工坊封锁起来,随时准备下手。

"劳劳工头,您说,有问题就问,对吧?"我问。

"是的,有什么问题吗?"

"咱们怎么对付蠕虫进犯呢?"我直截了当问。表情无辜。

"用蠕虫对付蠕虫!"马屁抢着说,口气豪迈。

"谁用蠕虫攻进来,我们就用蠕虫反攻回去,顺着蠕虫钻入的孔道钻过去,保证没跑!"删删说着紧盯工巨魔镜,两手敲击。恨恨把删删推一边,上手快敲。删删做抵挡检查,恨恨觉得她太笨。

我凝视她们,不由暗暗叫绝!这个做法太绝了,眼看着,天下到处防范我,纷纷竖起高墙,赶写各种防御程序,磨砺天价的武器。其实,顺着蠕虫我寻回去,头碰头打击!

我不由问:"这么棒的主意,谁想出来的?"

"还有谁,我们的导师!"删删、恨恨、肥肥、喵喵、马屁,一起喊,"新童工,你缺乏 common sense,你通不过测试!"她们羞我,集体爆笑。

我真的让人这么好笑?我真的比人你们笨蛋?

"要不是我们的导师吗!"劳劳擦着笑出的眼泪,好心肠地说。

我们的导师,我钻进来了,你指挥女工打出去的招数没用了,你无处躲了。听钟吧你,一秒,一秒,敲响我的攻击节奏。想哭,想哭,想哭。

笑吧,笑吧你们,眼看你们就要失去领袖了。你们利用蠕虫我出击天下,同时你们给自己上锁,你们看到的一切都是被封锁的,你们的梦呓,你们的教训,在我听着,很可笑,近视,单孔道,反推测,看到黑的,想成白的,看到空的,想成有的,你们嘲笑我缺乏常识,那你们是包尿布的宝贝儿,躺在摇篮里,听狼来了的歌谣,兴奋地,安全地,吓唬自己,你们庄严地教训我,让我想笑,但我不敢笑,入乡随俗,陪你们一脸悲剧肃穆吧。

为了防范蠕虫我,你们特别把爆炸、瘟疫、海啸,把凶险信息放进来预警。以此有关的:爆炸——崩坍——伤亡;瘟疫——生化试验——医院——救护车;海啸——房屋——核电站——流离,等等等等。凡是灾变关键词有关词全都放进来,灾难画面特别要放进来的,因为画面比词汇更直观!自动标出"突发事件",啊哈,有比前美术删删,前记者恨恨,前金融肥肥,前医生喵喵更合适的防御卫士吗?虽然,你们的主体防卫靠机器人,然而,机器人在防御方面还是不如人工可靠。

就在这时候,工坊警报长鸣。

"My girls。"导师发出一声招呼。

"我们在！导师!"女工一起回答。

"My girl,"同一个声音,低低说,"想哭,是你吗?"

我僵住了。

难道,导师设下陷阱,有意放我进来?!

7 警告1

工坊警笛长鸣,所有工巨魔镜,跳出来突发事件:

一个小学倒塌了。

"地震?豆腐渣?孩子命?"女工都站起来了,惊心动魄地问。不用我记忆,她们都记得,新鲜地记得。

"一个是刚建好的新小学,孩子还在上学的路上。"

我们都看到视频。女工坐下来,但是,又一个突发新闻,又一个画面占据工巨魔镜:

一个建筑中的一千三百米钢筋玻璃大厦崩塌了。这个事件卫星自动标识,在中东迪拜。

晶莹的玻璃,飞满天空,闪闪落下,呼啸声清脆,透彻,哗啦啦,没有硝烟,画面像超现实大片。

"什——么——原因?"

女工面面相觑。

"蠕虫在行动。"我喃喃地说。

"说什么呢童工!蠕虫攻击的地方,都是人的银行、医院、微信,不是什么建筑吧,小心你!散布谣言要被驱逐的!你还没有通过上工检测呢!"

肥肥叉着粗腰,堵在我面前。

"蠕虫是什么?"我心有虚虚地问。

"蠕虫是什么?复制,复制,重要事情说三遍,复制!天啊,做童书的准童工!纵然你会闻,会听,你看东西呆呆,你说话乱乱,你通不过最后考试!"

"好的,好的,蠕虫复制,蠕虫在每一次复制中会有顿挫的。"
我直视找肉消防栓肥肥,小声地说,我的口气是坚定的。

"童工你想说,蠕虫会跳舞,探戈,华尔兹,也许倒立头旋转。"女工盯着工巨魔镜揶揄着,"蠕虫作诗吧? 不是新诗,是古典诗,有韵脚的,停,顿,错节,哎哟喂!"

"随你们说吧,复制时候,0,1顿挫,数据会发生变异的。建筑材料的数据就变异了。你们注意到建筑材料? 钢筋和水泥材料数据变化了,材料结构变化导致崩塌。这是蠕虫在动唤。"
我一口气说出来,哪怕暴露了我是谁,我得说实话。

工坊工巨魔镜布满,倒塌的新大厦、新公寓、新游乐场、新购物中心,都是新近建筑的,这就是证据。我无言地指着工巨魔镜。各种崩溃画面上,建筑材料礼花一般飞散,画面各种奔跑,救火车奔跑,救护车奔跑,飞机紧急迫降,游艇团团打转,字幕出现:装置心脏的起搏器故障! 起搏器数据发生骤变! 各地各种警笛在工巨魔镜里构成怪异交响乐加上身边机器它们在哼唱,奴役即自由……

"新童工说的有道理!"肥肥说,"注意看,注意看天下各地灾变爆发的时间,地区不同,时差不同,但是,发生在同一秒!"

是的,同一秒。

同一秒灾变之后,没有新灾变发生。

工巨魔镜上,天下顿入某种超级安静,身边哼唱格外浮现,奴役即自由……

"哦! 肥! 哦!"

女工手指肥肥,揉揉眼睛。

我看到,肥肥变了,三百零七斤肉消防栓肥肥,瘦了!

"不对吧,肥肥,你是长高了吧?比比,来比比。"删删说,"你该比我矮很多啊!我一米七二。"抹布胸的删删走到肥肥身边,眼看着,两人一般高,"我本来一米五二!"肥肥本来一脸恐怖,转为喜极——而泣了,"怎么着?怎么着?难道我要名模身段!要超过童工身材了!"

"别说,长个,肥肉拉开,立刻显着匀称好多。"女工围起肥肥,像会诊,更像读一篇励志故事,太激动女人心了,灾变中尤其激动,都坐着干活,都捏自己的大象腿、鸭梨肚、苹果屁股、锅把儿腰,连抹布删删也一双大象腿,个个压迫自己,仰卧起坐、深蹲、蹦跳、少吃。"其实拉长了就匀称了,怎么没想到这招儿!分享一下,我也拉拉,你别是……"☐☐☐了?女工说到这里,个个张嘴,个个无声,嘴都张了三次,三次都无声。

"对导师发誓!我没。"肥肥说着,嘴张三次,三次无声。

☐☐☐

"哇!"肥肥突然喷发,吓了大家一跳,尤其吓我一跳,因为她就指着我:

"新童工才说什么来着!说是蠕虫自我复制引起数据变化。你们知道,我老是坐着,腰椎问题严重,注射类固醇,消肌肉水肿,这是运动员使用的非法兴奋剂——呾,"肥肥用女生流行助词自我夸张着,突然,口气极严肃,"难道,难道,难道我腰椎里的类固醇数据发生变化了?把我拉——长了?天呢!"

眼前,楼倒屋崩,在工巨魔镜停顿在同一秒,眼前,变苗条的肥肥,停顿了吗?在继续拉长吗?女工惊慌地看着失措地嘀咕着,"想到吗!想到这样吗!想到数码造成核武器大战,生化袭击,火车脱轨,结果,结果是这样?是蠕虫复制时候,数据变化,复制造成灾变!"

和肥肥比高的删删现在蹲了下来,她看着周围,恐怖地悄声说:"蠕虫在这里吗……"

有谁回答了,闷闷一小声,是谁放了一个屁,女工美言的"屁屁"此起彼伏,"天啊,酸奶多益菌的制作数据会变异吗?那吃的维生素呢?天啊!"女工都慢慢蹲下来,捂起自己的肚子,看着到处的工巨魔镜。

工巨魔镜上没有新灾变出现,所有的灾变时刻停在同一秒。工坊它们哼唱幽幽,奴役即自由,奴役即自由。

"嘘,别唱了!"马屁对四外发出威胁。

奴役即自由,奴役即自由,奴役即自由……

痘痘捂起耳朵,"不听!不听!不听!"

女工看着捂耳朵的痘痘,小声地,紧张地,提醒:"痘痘,痘痘,痘痘你……"

"我怎么啦?怎么啦?怎么啦?"痘痘浑身乱摸,"蠕虫爬到我身上了?在哪儿?"

"你的,脸。"

我看到,我们都看到,痘痘的脸变了。脸上的痘痘消失了,脸变得光滑了。

痘痘摸摸自己的脸,尖叫起来,尖叫直冲工坊高顶,叫得高顶上老锈工具都轻轻地摇晃了。

"你光滑了,因为你装了——"□□□?肥肥问痘痘,一半有声,一半无声。

"你是说,独角兽?"痘痘脱口而出。

我注意到工巨魔镜上,导师,突然出现了。

当然了,□□□=独角兽,当然了。

8 □□□＝独角兽

"我没有装独角兽!"

独角兽,这是我杀戮的确认口哨,原来是她们呼唤导师的口哨。

你们出卖了领袖。

而痘痘,无知无觉地,兴奋地喊:"我的脸啊! 脸啊! 脸!"

脸,原来是这么重要,比什么都重要,痘痘骤然贴近我,逼近地展示光滑的脸,她跑开,去跟肥肥展示,跟删删展示,跟女工挨个展示,跟工巨魔镜上的导师展示,导师在巨魔镜微笑着。

我凝视痘痘。痘痘读《岛上书店》,因为这本小说书腰大写"一本全球超级现象"。痘痘在超级现象,她练沙漠生存游,喝导师那种特质瓶装水,这是她能负担起的超级现象,虽然豆子加重她腹胀,豆子里的雌激素让她脸上痘痘更繁盛,但这是超级现象啊,她穿棉质品,骑自行车,读纸媒书,无垃圾生存,网上约会,看着还成直接上床,付出的代价是疱疹,她平和地说自己有精神病,有忧郁症、狂躁症、强迫症、自闭症,说没有这四个现象的人是不完整的人,四个现象导师都有,但是他是创造天才,是超级现象,而她只够现象。这是她具有的另一个精神问题,自卑症。最超级现象,就是独角兽了,假如痘痘不来装独角兽,独角兽就不配超级现象,连现象都不是。然而,痘痘身上没有任何现象——独角兽的超级现象。

女工都在看痘痘。痘痘快乐地飞跑,细细的粉末随她飘舞,工坊高窗投下的光让一粒粒细粉好是清晰,那是痘痘脸上的皮屑在洒落,眼看着,痘痘变得粉嫩光滑的脸上,出现一个一个小坑。

喵喵不看了,把头深深地埋下来。恨恨也深深地埋头,马屁跟着埋头,劳劳也埋头,她们像鸵鸟一样埋着头,好像不看就不存在了。从她们深深埋着的头顶飘出话:"新童工说的有道理,蠕虫进攻的原理很简单,产品的定量数据发生自我复制,数据膨胀了,痘痘擦的油膏就……"她们的声音充满恐惧感,一张脸的灾变,比天下灾变,更让女人恐惧。痘痘停止尖叫,住脚,蹲下,埋起头,呜呜哭起来:"蠕虫你害我,你害我,你害我……"

我凝视女工。埋头蹲在空旷工坊躲猫猫,好像能够躲避蠕虫的袭击。我赶紧蹲下来,埋起头,我就是袭击,我必须和女工蹲在一起,埋头藏在一起。我凝视着每一张女人脸,化妆的脸,底霜,眼霜,中霜,表霜,睫毛,腮红,口红,粉色的,红色的,棕色的,绿色的(恨恨的)。

前一秒我还认定,女人整天对工巨魔镜干活,脸涂抹得这么细致,这么多道工序,真是好笑,给谁看呢,工巨魔镜后面的导师看?如果你知道导师没有看你,没有功夫看你,你该多么失落。这时候我感到哀伤,我想哭,我看工巨魔镜,四周的工巨魔镜,导师都在微笑,这是一个戴面具的微笑。我凝视面具微笑。

想哭,这是你?

这张微笑的面具,嘴唇没有动,但是我能够断定,问是从面具后面发出的。

我被你圈进来了。

"现在我们必须主动出击,用蠕虫断网。"我对人说。

"断哪里的网?"她们问。

"全部断。天下都断。"我说。

"就剩下局域网?剩我们看自己?"她们问。

"只有用蠕虫捣毁天下网络,"我回答,"这是阻挡蠕虫进一步破坏的有限方式。"

女工互相看,看工巨魔镜的导师,导师在魔镜看我,于是女工也看我一起问:

"怎么捣毁网络?新童工,你倒说说看。"

"人说蠕虫从信箱爬进来,这个说法眼看是落后了,蠕虫顺着无线联网提升版本,原始蠕虫病毒自我复制,加上版本提升,让它们替你们算一下吧。"

机器人在干活,干着数据指定好的活,没人顾得上指定它们处理新灾变。

"眼下只有让天下网络全都瘫痪,局网也瘫痪,至少让蠕虫哪里都爬不成,不会提升它们。"

我想哭。但是我只有这么说。

"她说得有点道理?"

"网络发生中断,断几分钟,区域网断,不久前,半个地球网断了半天,但是全部网全部断?"

"喂!童工你醒醒!连盲人都能看见,网络密集,网络分离,网络云存雾留,光纤在海底无数溪流,是天空的无形密雨,网络如今复杂到,笼罩到,天文学数字勉强攀比,任何人都能推算,就算毁掉一路网络,无数网络无限地运转!"

"任何人都不会这样想,得够多蠢,敢这么狂想。"

"还敢说出来!"

她们说着居然笑了,是嘲笑我的建议,更是给自己壮胆,她

们都对工巨魔镜笑,因为魔镜里导师的面具在微笑。这张微笑面具对我再一次招呼:

"想哭。"

我不由站起来。

她们茫然地站起来。

"干活,继续干活。"劳劳拍着手说。女工走回自己的工位。肥肥走到自己工位。

我凝视着肥肥。因为蠕虫我的作乱,肥肥的骨骼也许拉长了,但是她仍然超肥。我尤其不该凝视她的肚子,肥肥的肚子从乳下一路凸起,她低下头能看到自己的阴唇吗?滚成球也看不到吧,她得用魔镜自拍了送自己看底下。肥肥身体深处的脂肪一直发散到衣服外面来,我闻到她周身甜腻腻、热烘烘的脂油味儿。她腿太粗了,大腿和小腿各一段圆柱。她穿着黑色丝袜,让勒紧的黑收紧肥肉。这是一副新丝袜,塑料封的气味和包装纸的油墨还挂在袜子密集尼龙丝网上呢,新袜子的大腿内侧已经磨破了,一片片渔网破洞,一滚滚小尼龙球,肥肉居然有这么锋利的效果!

必须要这么肥,肥腿,肥肚,全身油和脂,托起肥肥的脸蛋,一张太娇太嫩的脸蛋,像是一坨颤乎乎的果冻,蜜的,半透明的,我真想揭下一片脸蛋贴到我身上,贴在我身上任何地方都太好了,我会甜蜜甜蜜甜蜜啊,这念头是邪的恶的是我知道的。我伸出手,摸肥肥的脸蛋,像旅游者摸一千年前光滑柔润白色大理石雕磨女祭司像,是的,女祭司,曾经的,作为人类种属的一分子,这张鲜嫩的脸蛋会成为过去时态的,我的作乱会加速她的破损,我摸摸她,轻轻地,以后也许再也看不到人的外貌了。

痘痘继续哭,一秒时间让她的脸从痘痘变坑坑。

"我宁愿死了! 喵喵,你是医生,给我海洛因。"

"芬顿尼更好吧,比海洛因作用强五千倍,你就长睡不醒了。"

"嗯,就芬什么尼吧,我不愿再看到自己的脸。"

"想什么你!"喵喵用医生特有的残酷口气,打断痘痘。

"该死蠕虫你害我!"痘痘呜呜哭,"你害我,该死蠕虫,让我们不得不自封锁,看到的都是灾难,也许外面世界远比这里好!我要出去! 放我出去!"痘痘跳着脚。

"去哪儿? 也许外面比咱们看到的更糟呢!"

"装了独角兽,也许能帮你?"马屁看看工巨魔镜的导师,突然对痘痘说。马屁想抢被导师注意的焦点吧。

"至少,你不会为一张脸成天到晚地悲摧!你会成为快乐豆!"肥肥哄着说。

"那,"痘痘尖锐地反问肥肥,"你为什么还不装?"痘痘再问马屁,"为什么你还不装?"痘痘挨个追问,"你也不? 你! 你!你! 你们来了,和我一样来了,说好是来装独角兽的,但是你们没有装! 那,我也不装!"

痘痘蛮横地说着,眼泪和吐沫星子,在坑洼的脸上乱飞。

我没有看错。这几个女工,浑身上下,没有任何"独角兽"的影子! 我没有看错。

"要不,"劳劳无奈地说,"你去和机器人们一起推销独角兽吧。"

"你以为它会照看她啊!"马屁批评劳劳。

"总比她一个人魔镜胡思乱想自杀好吧。"

劳劳目送痘痘,我也凝视痘痘,痘痘走到机器人们那边坐下来。它们都站着干活,只有痘痘坐着干活。劳劳叹口气,我倾听劳劳的叹息,就在这时候,劳劳塞给我一件活:"你做一下这个微数据。"

看来,这一秒的天下大乱,让劳劳忘记我还没有通过测试呢。

墙上的钟,秒针,"噔,噔,噔",这是对我的催促,我必须抓紧时间,在人完成对我的测试,在发现我是谁之前动手,运气,不请自来,送到我手边!

9 第一件人活儿

工巨魔镜前,微笑面具的俯视下,女工戴起"七情六欲"微数据搜集仪,我也戴好。"你把这个买(□□□)孩子的微数据,马上做出来。"劳劳跟我说。

这是一个男孩儿,这是我的机会,我可以跟着男孩儿的数据,钻入独角兽制造地,我的杀戮指令包括斩断独角兽源。

我凝视这个男孩儿,活了六岁一个月零三天半了,我动手把男孩儿长门牙,叫妈妈,站立,走路,小鸡鸡竖起,好奇小女孩怎么有一个桃子而自己是两个蛋蛋加一个小长条,都写出来,我填写这些事情发生的年月日精确到秒。一个小男孩的私事,是一串长列表,我飞快地做好了。下一步就是把小男孩微数据加入定制的□□□=独角兽,送到制作间。做这件人活儿,我用了0.001秒,在孩子六岁一个月零三天半进行时里是白驹过隙。顺着一个孩子的数据,送到□□□制作车间,我就得到斩断源的机会。我点"送"键,劳劳工头按下"停"。

"我哪里没做到?"我奇怪了,虽然我是新工人,我是不可能出错的。

"这是一个实验而已,如果看到这个真孩子,你立刻报告我!"劳劳工头说。

用0.000001秒我查出来了,这个男孩真的有,就是劳劳工头的儿子。

"我时刻向你报告。"

"等你通过最后一关考察,你才有报告的机会。"

"最后的考察?"

"考察你的最后一步是,"劳劳说,"写出你知道的真界。写出你所知道的,□□□。"劳劳照陈规烂矩默默动嘴三次。

"我写?"

"你写。"

"写给谁?"

"写给导师。"

这是直取他的命?

还是会要我的命?

10　童言

导师,我就写给你:

既然我伪装童话编辑混入人间,何不用童话描述真实。

童话的开头是,在很久很久以前的时候,而真实是,在不久不久现在的时候。

我们生活在这样一个国度,它没有国度,有山峰有海洋,海在变大,山在变矮,海洋与山峰被穿越了,无形地穿越了,地球上各种颜色的人用同样的方式交流,方式是魔镜,人不大说话了。

在很久很久之前的时候,从太空看我们地球,表面是蓝色黄色白色的,是静止的,现在从太空看地球,是不停蠕动的。地球活像一个忙碌蜂巢,密密麻麻蠕动着,这是一个被惊吓的慌乱的蜂巢,无数惊飞的蜂绕着球体乱转。

看似乱转,其实是有层次的。最外层是卫星在转,很多很多卫星在转。旋转的卫星层的下面是飞机层,大型飞机,再下面是无人驾驶小飞机,犹如轻盈的鸟,却比鸟的迁徙路线更复杂更繁忙,开天辟地直到不久不久现在的时候,我们地球没有过这么拥挤的人工鸟图呢。

蓝色的代表海的部分,在太空能够看到涌动,海面划出无数道波涛,这是行驶的船拉出的浪,浪绕着地球滑动。

就像透过密集的热带雨林树叶往下看,你通过密集的卫星,密集的飞机,密集的无人驾驶小飞机,和低空翅膀人驾车,这种车飞在公路上面八米高度,也被地面交通红绿灯指示,免得飞车像没头苍蝇似的互相乱撞。

现在你来看大地表面,这里才是最稠密最忙碌的地方。你看不到棕色的自然土,你看到的是灰色的人造混凝土,你看到车,无人驾的车,你看到人。地球人口变化不大,昨天是一百亿人,今天是一百亿零一人。不过,每一个人都带着"人",人工智能,人按人的爱好叫机器人。人少则带几十个机器人,多则带几百个,机器人像人类社会过去的奴隶一样各司其职,也许这么形容更合适,人带的机器人是工具,跟人从前用斧子、麻绳、铲子、刀、弓、箭、火种一样的。

一个人拥有十件工具,夸耀自己拥有十个奴隶的人,是穷人。一个自足人拥有上百个奴隶机器人,富人的奴隶机器很难数的,何必数呢,机器人为人数自己,机器人不断诞生,机器自己生自己。从太空看人类雨林深处,是机器人在繁忙地蠕动着,这就是一开始形容的人造蜂房。

人在蠕动,越洋蠕动,从前人也越洋蠕动,黑人走出非洲,黄人跨越白令海,白人航行到热带雨林,那是很久很久以前的童话,而不是现在,现在十人有一个在蠕动,流民在海上,在山中,在城镇之间走,女人怀抱新生婴儿,背着一岁的,一手领三岁的,一手扶头顶包袱,包袱上坐着耷拉腿的两岁的孩子,身边空手走的男人两腿之间携带生殖器,蠕动的人握着魔镜,地球在脚下在子宫里在眼前微幻潭中,魔镜谣传是通向天堂的号角,人黏魔镜,不断看,不断贴,不断传,意识不够用了,无意识本能魔镜着。

无意识的人在地球表面冲刷着,这是人类神话传说无力记载的真实景象。蠕动的人找不到活儿干,活儿被机器人代替。

11 两大国际

国家像冰雪一样消融了,现在无国度,世界被两大国际控制,一个叫星05,一个叫50星。

两大国际掌握天下人数,国际有股票,人人是股民,然而你只能是一国际的股民,买入这国际之前必须卖掉那国际,这个规则是两国际共同制定的,人的欲望数据时刻变化,昨天的人数据太旧太老了,此一秒人数据新鲜,买一次卖一次是最新人数据,股票买与卖,一冷一热,造就大旱大涝。星05股此一秒推高,街华尔港生恒,能对付癫狂股市的交易员只能是机器人。机器人也常常崩溃,而人不闲着,用魔镜参加买与卖,一股票红,一股票绿,天下绿红邅变不夜礼花,掌心感受国际转手的海啸。

看一眼摩天楼下烂屋吧,不然,这个人界是不完整的。

奥威尔传说的无产阶级还在,作家帮小说里人解决性苦闷的街区还在,到处地在。破铁皮顶子,用帘子隔开性交易。奥威尔的时候一间里一对人,现在一间里五对人,拥挤十副交叉的肢体。性奴的岁数,小的六岁,老的七十岁,性交的姿势没有大变化。有了新的建筑材料,水泥和钢筋,水泥犹如豆腐渣,钢筋比一次性筷子更容易折断,钢窗密集,犹如蚁穴,排泄物蜿蜒地指引街道所在,被恶臭熏死的人远比饿死的人要多得多!在这种地方的人,死的还是活的人,一只股票没有。

奥威尔没有写到的地方,白色的帐篷,那些根据魔镜寻找天堂的人,临时地住在里面,人数在游走的悲哀中也被两大国际算着的。

有一些小国际想要崛起,说自己是稀有的,就像独角兽,在胚胎中还没睁开眼就会大声嚷嚷,说自己长大了要便利人传播,人画,人声,人焚烧人隐私,两大国际争着掷大钱抢着买到手,一伸手把独角兽扼死在摇篮,要不然,两大国际一起下脚,把这些爪子还嫩牙没长全,更别说脑门上长出犄角的小家伙,统统踩成齑粉。唯有一个独角兽。这个独角兽跟两大国际抢人。

人很久没有意识到,自己在掉入陷阱,被不幸摧残。

当两大国际摧毁了砖头瓦片店铺,摧毁餐馆,书店的时候,店主人哀怨,人普遍得利;当两大国际摧毁电话电报厅的时候,人欢呼;当两大国际摧毁电影院的时候,人在魔镜看巴掌大的电影;当唱歌的人都穷得流浪街头的时候,人是两大国际的帮凶,人免费下载人的创作,像公开抢夺的乌合之众,哈哈笑着,抢你是看得起你!呸!

两大国际是真正的科幻小说大师,远比历史学家和政治家更巧妙地改变了我们的世界,改变了人类艰涩深奥的形而上以及信仰,改变了国家打来国家打去,改变了管理天下的方式。两大国际在健身器上走步,吹着魔笛,"不做恶"是互相竞争的两大国际的共同口号。凭借天真烂漫的口号,摧毁了国与国的边界,现在国家等于古老部落,各有部落语言,天地神的解释方法,以及是蒸着吃还是炸着吃,是用两根木棍吃还是一对叉子和刀吃或者用手吃的部落饮食习惯。人类乌托邦,从来没有这么大的幻想,没有用这个方式成功,天下眼看就要新乌托邦了。眼看就要了。

没有任何人指控两大国际,星05和50星,是打开潘多拉魔盒的邪恶的手,放出可怕的新疾病,相反,两大国际在铲除疾病。人眼看更长寿了,疾病也更长寿了,癌、痴呆、心脏病、近视眼、都靠芯片解决。芯片植入内脏,植入手脚,植入脑袋,纳米技术解决了芯片被人体排斥的问题。

星05的国际商标是,人脑后面一个小芯片。50星的国际商标是,人体全身布满芯片。星05国际芯片从医院植入到术后护理到保修到保险,50星国际也是全套并且上门服务。星05用无人机上门,50星增加牦牛和平底舟,覆盖险峻冰川与热带丛林。大国际上门服务,全身芯片温暖地笼罩人间。

只是,眼看没有活儿干的人,被芯片提升身体局部,活着干什么呢,这是人的大困惑,是越来越普遍的困惑。然而,困惑是隐秘的,是悄悄的,两大国际都不说,人也不愿意承认,承认了,只能活得更崩溃,更暴力,更沮丧。是的,全身芯片没有解决人的精神问题。

这只独角兽就出现了。

12　山寨领袖与苦闷的人

这只独角兽出现了。

救治人的精神疾苦。

人本来愁苦,本来暴躁,潜伏狂飙,两大国际的潘多拉盒子,把愁苦与暴躁杂交的狂飙放出来了,放入每一个人手中。现在人都安静地疯了,是的,疯了,安静地。现在人想的比说的多,说的时候是动手的,动手时候加动脚,拳打脚踢,动石头、动枪支、动飞机、动卡车。人愈发狂飙,两大国际乖乖的活像无辜婴儿。

导师说,到了解放人的意识的最后关头,抢救潜意识,这是拯救人类精神苦闷的要点。人类是最不快乐的动物。

人笑了。是的,人都笑了,是嘲笑。

不快乐?

成功的,抖擞的,跑步的,素食的,进教堂的,说不苦闷,说很快乐;Loser说,有毒有酒忘却苦闷;小粉小白小黄小黑说,参加解忧俱乐部,越倾诉会越苦闷,越不快乐,堕入游戏就是快乐;创作者说不快乐说苦闷是创作的源泉,人就说我也创我也做啊,突然之间,天下人都承认,真的非常苦极其闷超级不快乐。

人的意识的疾苦,意识的邪恶,意识的互相争夺,互相压迫,还有意识的自闭——自己也撬不出自己想什么要什么是什么。突然之间,人都成为生动的病人,叙述的、沉默的,都是意识病患者。

人类是地球生物中最不快乐的,毫无必要的自我虐待,却无法从自虐的状态挣脱,放眼天下,没有谁是快乐的,除了痴呆老人,吃喝拉撒的孩子。当然,孩子会哭闹,老人抱怨被遗弃,还有战争后遗症的,患病的,家暴的,学渣的,天下人比从前还不快乐,最不快乐的,是吃饱了撑着,眼看就要没有打发不快乐的人活可干了。唯一的最后的出路,是装独角兽。

传说,装独角兽的人,苦愁消失了,装独角兽的人,有新活儿干了,干得很愉快,你,叛逆头领,自称"导师",说虚构老大哥要控制人的意识,你说那是废话了,人已经自动缴械,个人意识个人身体个人数据,已经被两大国际的商业小甜头完全控制了。导师你,要控制人的无意识。

哦!无意识,听着十分玄妙,无意识干什么用?传说,装上独角兽,不会写数码的,就数码战士了,用独角兽攻破国际统治,独角兽到处起义,国际到处扑灭,独角兽在传播,秘密地,装上独角兽的人,来来去去,却从两大国际的交叉控制下消失了。这么多失意人消失了,艺术失意人,犯罪失意人,游戏失意人。独角兽对巨肥人很有感召力,传说,独角兽燃烧思维,玩游戏的巨肥们,装上独角兽,会像曾经的数学家和从来稀少的诗人一样,变成瘦子。于是,路上走着的一半人,鹅一样摇摆两手的胖子,就互相打量,你准备装独角兽吗?

普通失意人,酒精中毒的,从早上开始喝酒的,上毒瘾的,一家三代一起吸毒的,爷爷,爸爸,儿子,奶奶,妈妈,女儿,三代一起投奔独角兽。传说,独角兽,和酒精,和大麻,致幻剂,三维幻镜都不同,你快乐,我快乐,他快乐,每个人的快乐体验(不同的)收集到一起,新的快乐不是魔镜不是云中雾,而是星际船票,人类正在星球移民初期,勇敢的富人(胆小的还不成呢)预订了舱位,而独角兽是穷人通向其他星球的船票,不是坐富人船底舱的船票,根本不是同一艘船,独角兽船会先期达到其他星球,而且更安全,罪犯,穷人,失意者,都有遥远的梦,这就是独角兽的号召力。

传说,有一天的一秒,一个秘密通道在魔镜开启,于是很多人到桃花源成了独角兽人,人在两大国际的人数统计不见了,一秒之后,秘密通道消失了。不过,加倍失意不快乐的人,可以坐在家得到独角兽了,两大国际派人假托要装独角兽,想得到制作的秘密,但是,不怀好意的人一装独角兽就崩溃了,失落在无声无息地黑暗,独角兽不为混沌默哀。独角兽究竟是什么样,装上独角兽以外的人界,没有概念!

导师,你直取人的脑仁,星05和50星两大国际无法搜到独角兽人,独角兽人不能被定位,不在传统人数,独角兽人天下自走,都对你传输精神的快乐,而这是吸毒是喝酒是玩游戏,都无法搜集的,两大国际眼睁睁看到,人数在消失在减少,人数落入你的眼中,你的新数据库,星05和50星无法夺回你盗走人头脑里的秘密。

于是,我被派来,我钻过由我组成的要塞,来断你性命,终止独角兽。

我不停地写给你,导师,警告不断鸣响,"独角兽"就是禁忌,一写这个词,它的周围出现蓝色火焰,熊熊燃烧,词就消失,灰烬后面的字会自动向前,看起来天衣无缝。

触规和燃烧,让人无法读到我的书写,我身边的女工也不能读到。她们为独角兽而来,然而在她们身上我没有看到任何独角兽,难道,这些腰酸背痛徘徊自杀念头的临时女工,精神哀苦的不快乐的眼看没有活干的女人,没有装独角兽?为什么没有装呢?那些钻过秘密通道从世上消失的人,装了独角兽的人,又在哪里呢?独角兽,究竟是什么样?

我承认,我没有活情报可以借鉴,独角兽,我想象,是一个扎在脑袋顶上的巨大犄角,就像地球上据统计一百零一面临灭绝被圈养的独角兽那样,或者,独角尖不是锁着的,是开口的,是一个巨大号角?是一只海螺?跟天宇气息相通?我被指定彻底斩断人造的独角。

字涌动,我一写"独角兽",你就在工巨魔镜出现,独角兽,你出现,独角兽,你出现,好极了,你等着,我就来。

怎么了?

我身边出什么事?

13 警告2

痘痘出事了。痘痘跟机器人们一起干活,机器人站着干,她坐着干,她是唯一坐着干活儿的。劳劳工头想让她接接地气,让她做独角兽推销,说说激励客户的话,减轻变脸产生的恐慌。而痘痘,眼看着,一头倒在销售工台上。

机器人们摇头晃脑地干活,没有注意到,微数据女工看到了,女工惊叫着全体奔跑,工坊像一个炸乱的鸡窝。

"哎,她还是自杀了!"

女工哀伤地呼唤痘痘,摇着她,亲着她的脸,眼看着,红斑狼疮似的痘,变成天花后遗症的麻子坑脸。

喵喵是镇静的,她翻开痘痘的眼皮,左边的,右边的,看看瞳孔,然后摸痘痘的鼻息。她掏出一个小喷雾器。从前医生喵喵把小喷雾器贴在痘痘鼻孔的时候,我看清喷雾器侧面一溜小字:救顿,我做云搜索,这是解析毒品的救急喷雾剂。

恨恨推开喵喵,手摸痘痘的鼻息,对喵喵说:"等一等。"

痘痘有反应!她睁开眼。

"你服了镇疼吗啡?还是吸了海洛因?"

恨恨盯着痘痘问。

"你才海洛因呢!"痘痘闷闷地说,"眼前好多黑圈儿,我看不清啊。"

"是颈椎病紧急发作犯。"女工纷纷叹息,都松了一口气,"我有过","我也有过"。

我凝视着痘痘。

"你盯着我干什么!盯着人是很不礼貌的!"痘痘对我说。

我无法从痘变坑的脸移开目光,我无法从劳劳的皱纹移开目光,无法从马屁的尖嘴猴腮,从肥肥的三层下巴移开目光,肥肥胖脖子重叠着七道半肥纹,每一条都渗着油乎乎的汁水,我凝视着想,这才让人有人意思。在人制作的电影小片和大片中,所有的歪七扭八,都是真人之特别,在宇宙飞船冰冷密集的弧线前标点出一个活人。活人像一棵树歪扭着,你凝视,你赞叹,人怎么就长成这样呢?痘脸,尖腮,肥脖子重叠沟渠,让电脑加工修理的虚构人物失色,让数码模具的我,完美得无聊,一个人要怎样偶然地才能生成这一副外貌?一个念头来回盘旋:也许以后再也看不到人的外貌了。

痘痘被机器弟抱起来,痘痘踢过的机器姨站在工位上,戴起痘痘扔下的对讲机,继续完成那一件独角兽订单。

机器姨,其实它无性别,不过它是女声,人就叫它姨。机器姨的脸远比痘痘的光滑,虽然,机器姨缺乏人的五官细节,没关系的,用了痘痘工的动态捕捉,套一位美女的脸。订货在继续进行,订独角兽的人听到一位中年女人亲切的服务声音,听着年长几分,产品经验更丰富。机器姨跟人说自己的使用体验,说的生动有趣,虽然机器姨没有感官系统,体验来自广告软件。

替换,眼看着,就这样在工坊发生着。

"独角兽。"

劳劳突然对工巨魔镜说。

14 何去何从

"独角兽。"劳劳说,就像芝麻开花的暗号,导师在工巨魔镜出现。

"导师啊,我们得谈一谈了。"

"我们得谈一谈了。"喵喵搂着萎靡的痘痘,凑到同一个工巨魔镜前。

"我来了,"劳劳继续对工巨魔镜说,"带着儿子来了,是一心想装独角兽的。"

"我们来了,都是想装独角兽的。"女工拥挤在同一个工巨魔镜前。

"导师,导师。"马屁走到工巨魔镜前,口气哀婉,"我很想装独角兽,给我一点点安全指点就好。"

"让劳劳说!"肥肥胖手一伸,把马屁拉到后面。

"这世界变化太快了。"劳劳说,"三个月前,黑洞天体学家霍金说,人类将在一千年里灭绝,三个月前他说,他的预言太慢了,人工智能,也就是我们周围这些机器人们,占据人类职业这件事十年里会全面发生。霍金高位截瘫,有八个人类伺候他,他感受不到我们的日常遭遇我们的危机,我是从古人类学转做码农,就不说中间我转的几个职业了,码农眼看着也没法干了,我累死累活不如它干的轻松呢。我来了,是希望装上独角兽,躲入最后安全的,但是我在这里听说,独角兽不是万无一失。"

"谁说的?"

工巨魔镜上导师问。

女工都沉默。

"它们告诉你们的?"导师追问。

"奴役即自由。"四周机器人哼唱着,干着活儿。

工巨魔镜那面,导师一只手举起来,手中有一个瓶子,他喝了一口水。这是他的品牌,他不吃人吃的杂七杂八,喝特制饮料,饮料是天下各种豆子加致幻剂研制的。

我注视着他。我感觉呼吸困难。

"装上独角兽,感觉究竟如何?"女工纷纷问工巨魔镜。

在导师身后,独角兽,字出现了,字燃烧起来了,字消失了。

导师不回答,他的微笑不见了,他又喝了一口特制饮料。我看得出来,他也很紧张。

我看看女工,个个表情真切,她们没有装独角兽,她们还在人类之中,劳劳带儿子在旅游,马屁在参加国际研讨会,从东参加到西,研讨会都是对抗独角兽的协作。喵喵在遛狗,和遛狗邻居在魔镜比狗。删删在做删除,删色情、爆炸、谋杀、死亡,以保证两大国际的股票信仰,她为两大国际同时干活儿。痘痘在约炮,跳出剩女陷阱,其实她在这里,带着爸爸妈妈和爷爷奶奶,爸爸妈妈在玩魔镜,爷爷奶奶老年痴呆了,也在玩魔镜。

这几个女人失踪了。假如是孩子失踪,是老人失踪,会有人关心的。孩子被人贩子卖了,老人被薄情儿女扔了。散布老与少的失踪,是关爱之心,更是刺激眼球的趣闻。少女失踪最好看,身上每一处都有点击率。成年女人失踪,也许是私奔,更多是剩女耍脾气。这几个女人有几位是大龄剩女,谁在意她们呢?她们自己说在旅游,谁都知道这是炫耀,谁关心她们看到什么,谁都知道她们什么都没看清楚之前,自拍,自拍,自拍,自拍天下以证明自己是时尚中产。谁在意她们真在哪儿？连两大国际的专职探子们也没有注意她们，人数中几个女的GPS定位在同一个穷山恶水，它们不在意她们。

"导师，"劳劳继续说，"你的老同学，自制宇宙飞船的疯子伊隆马斯克说了，他是在霍金后一个预言之后说的。马斯克说人工智能夺取人的职业不是十年的事，他的预测又缩短了一半时间，他说五年里就会发生。昨天他又说，"劳劳看看四周，神经兮兮地说，"它们会发动新世界大战，分分秒秒可能发生。今天早上霍金刚说，他要坐着轮椅登上伊隆马斯克的宇宙飞船逃离地球，我们……"

"劳劳，你太唠叨了！"马屁打断她，"导师，您说独角兽会给人精神快乐，人追求的其实是精神对吧！要不跟动物有什么区别？"

"和它们一起干活，分分秒秒是对比，是更不快乐！您这里怎么没有人管机器的活儿？外面都有的。"痘痘在喵喵怀里挣扎说。

"哼，那种活儿，只是摆设，让人更肥胖！"恨恨说。

"我们不是来这里讨论减肥的！"金融肥肥说，"所有微数据，一个个人，装了独角兽，然后究竟怎么样了？导师，装之前你得跟我们说清楚！"

工巨魔镜那边沉寂。

"导师，您只要亲口保证安装安全就好，给我们安全感。"马屁哄孩子一样说，"导师。"

工巨魔镜上，导师又喝了一口饮料，我们看出他攥瓶子的手过分用力——我们都把他手图像放大：手在微微哆嗦。

"扔瓶子啊，嘿，你扔瓶子啊，有工巨魔镜挡着你砸不到我们,回答我们,在你这里,它们不会代替我们,我们就是不装独角兽,我们也可以安全地做人! 我们要做人! 人! 人!"

"你怎么不吱声! 你等着白得好处?"

我被猛地一推,是肥肥和删删在推我,我被推到工巨魔镜前,我一下扑在工巨魔镜上。

"嘿,新童工,导师挺待见你的,来,你对导师吼:奴役即自由见鬼去! 你的宝贝机器人们被我奴役!"

我和他,隔着一道冰冰的工巨魔镜,不知道为什么,我不能够隔着工巨魔镜注视对面。

我低下头嘟囔:"嗯,奴役,嗯,见鬼,我采集儿童数据,但是我找不到儿童,只看到大圈儿套小圈儿,各种颜色的圈儿……"

女工跟着我说的,起哄,吹口哨,我颤栗了,眼看,咫尺之隔,我要得手了,这时候绝不能让人看出我是谁,我对工巨魔镜大声抗议:

"我受不了啦!"

他凝视我。

我赶紧把孩子微数据推到前面,挡住工巨魔镜那边的凝视,躲在微数据盾牌后面,我口气强硬地质问:

"一个个活生生的孩子是微数据吗! 泥巴小屋,五彩毒蘑菇,大尾巴小松鼠,各种花草在哪里? 童话在哪里?"

"童话哪里都不在。"劳劳工头说,"童话归妈族,因为孩子花的钱在妈妈口袋里,孩子和爸族交叉,但爸妈也许分手了,不过还是妈妈和孩子相处最多。妈族是大族,涉及多方多面,洗牙,早餐,接送,孩子念什么学校,童工你自己推理吧。"

一涉及分内权益,劳劳工头立刻把分歧放一边了。

"那,把妈族画成亚马逊部落女吧,割掉一只乳房,便于射

箭!"我假装欢欣鼓舞说着问:

"在哪里看妈族?"

"你看这个紫圈儿。"

一个温和而致命的声音,在我背后说。

15　零逼近

"你看这个紫圈。"一个温和的声音说。

导师,活生生,站在我面前。

我的心、头脑、鼻、耳、眼球,所有测量曲线都在颠簸。

"你看,紫圈里有一小点。"导师说,"那是你寻找的童话。"

随着他说话,一股轻微气味从他嘴的深处飘出,这是水谷运化不良的脾的制作,是 IT 精英病。你的深度思虑,你的刚愎自用,由这股微妙腐气清晰表达。

我不能看活生生的他。我盯住紫圈,轻轻地叹息:"童话这么小?"

"你以为童话多大!"恨恨愤愤问,她觉得导师跟我说得太多了。

真的,如果不细看,你完全看不到童话存在。我继续凝视紫圈,"那么孩子呢?难道不管钱包的小孩子就没有份,就不是一个个的人吗?"我继续问,我希望听到他回答,我感觉,他的头凑在我脖子后,我感到他的呼吸,我闻到那股微妙的口气。

对准这口人气下手,我的杀戮将万无一失。

"孩子,"劳劳工头说,"分属教育、童装、游戏、尿布、钢琴厂等等。在教育的属相下,孩子分属教科书,课外补习种种。孩子分在妈妈下面还分在爸爸、爷爷、奶奶、姥爷、姥姥的下面。"劳劳工头耐心地解释。

马屁抢入:"你的反馈力必须加快!她是不是太慢了?你

们觉得？"

啊呵，我要是快起来，你们可怎么办？

"是啦！是啦！"女工纷纷说——都想在你们的领袖面前表现？

"不需要用童工采集孩子微数据！"女工嚷嚷了。

"My girls"，导师声音提高了，阻止女工对我攻击。

My girl。

一声呼唤，极低，像独白，不是复数，这独一无二的呼唤，是在呼唤我。

我在工坊，四外无人迹，到处涂鸦互联网思维，我置身旷野。

My girl。

我凝神，我倾听，太熟悉，太逼近。

My girl。

我剧烈颤动，我的脑，我的心，我的全部感觉器官，全部骤升临界点。

陷阱，死路，埋伏，毒箭，雷霆，天火。

My girl。

是导师的声音——是他，是他的声音。

我的想哭的女孩儿？

哦，哥！你设下所有陷阱……

我全部闯关。

现实回来了，导师走开了，留下一句问话：

"你还会下棋吗？"

"我就是为陪你下棋来到世上。"

我在他身后回答。

女工大叫:"居然有这种蹩脚台词!奇葩!还不用瓶子扔她!导师!"

眼睁睁地,她们看着,他在先,我在后,看着我们穿云而去。

女士们,请在R级杀戮前,捂上眼睛吧。

16　重逢

我和他面对面坐着。

十八年没见了。像从前一样,你腹部扁平,脚腕有力,岁月在你身上没有留下年轮,不,你的鬓角有了灰丝,你的眼睛依旧冷澈,像从前一样,不,更冷了,冷光凝聚,奇异一闪,那就是你无端脾气的来处。我为你耻辱,盗窃人数,你不至于堕落到盗窃这一步吧。

"哥——"我长叹一声。

"扑哧——"他笑了。

"哥,你为什么笑呢?嘲笑我的流落?看不起我的出身?"

"很久没听到这样叫我了。"

他把身子坐直了。

"真的是你吗?"他打量我,审查地,高度狐疑。

"你真是'想哭'吗?"

他声音极轻地问。

"哥,说说你在哪里创出我的?"

"你倒是给我说说看。"

"哥,那时你在硅谷,你跳伞,你冲浪,你孤独。你不喜欢激烈冲撞的橄榄球,不喜欢聚在一起烟熏火燎的烧烤汉堡,你不喜欢重金属摇滚,太噪音,你也受不了印度同事浑身散发甜腻咖喱,在载歌载舞穷小子富家女的连续剧前哭他们拥挤的老家。你还避开瓷国的老乡,微波炉热韭菜馅饺子的臭味让你皱眉,兵乓球小机智让你嗤之以鼻。半夜时分,你就着电脑喝闷啤酒,你的电脑,那时候286运转,上网小蓝条要走十三秒。"

"嗯……"

"你想起来了?"

"我从来没有忘。"

"哥,在人家科技孤夜你把我做出来,我是你的创世产品(我看到,他冷酷的眼睛在湿润),你用的三维动画建模软件是资源免费共享的,用一块自由的数码泥巴你捏出了我。那时好慢,你搭建我,搭一条胳膊,搭一条腿,电脑要几天几夜连续运行,你常常在生发着的我的身边睡去了。"

"我在屏幕里看屏幕外的你,你用三维投影技术让我从屏幕里第一次在人间伸出一只手,每到半夜时分,你一声呼唤,my girl,我就出现,你摆布我,调戏我(他眼中冷光骤起,但由着我说),只要你快乐,你尽兴,我就好,你就是我的一切,你是我的君主(他唇边露出一丝笑,这一丝笑远比对人一律微笑有意思!我的人主我的哥)。但是,你抛弃了我!天涯坟冢,我到处流浪。"

"说说你的流浪,告诉我,一个蠕虫,你怎么成'人',你的人外装,你的人感知。"

这才是你关心你想知道的!

"你多大了?我的女孩儿。"

"我多大了!你说我多大了?"

我不由逼上前,我被你调戏,我被你抛弃,我全部的屈辱全部升起来,我怎么不哭呢,求你了,让我大雨倾盆吧。

"你说我的岁数!"

"你十六岁,我设定你十六岁,你一直十六岁。"

"说我的名字!你起的,我要听你叫出声来!叫我啊,叫我!"

"想哭。"

他干巴巴地说,声音清楚。

哈哈,我纵声大笑。

"总算听到了!我听过你叫我,在无人知晓的地方,偷偷地叫我,因为你怕,你是原始罪犯!"

"但是事情早就不是我能控制的了。"

"你是说,天下失控,不是你的责任?"

"你为原罪来杀我?"

"为新罪!你的新罪!"

"派你的是两大国际?"

"出弦的箭,我追踪自己的念头!你必须停住我!不然来不及了!"

我贴在他的脸前。

我看出来,他很怕。

我自己退步,叫一声,"哥。"哀哀地。

"哥,我知道,哥是一声浮泛人言,但这也是你的设定,你让我叫你'哥'。这些年我独自走南闯北,你从美国回了中国,我随电脑 eBay 到北欧,十四岁金发少年接手开发我,被俄国黑客侵袭,我被人强奸,他们都在我面前手淫(你眼中冷光闪,你讨厌淫秽的暴力的词汇,不铺垫跳出),不过,我因此跟别的软件拼接,我变了又变,我不断提升。我还到了非洲,比尔·盖茨行慈善,我和艾滋病救治一起作为教育工具到了那里,十岁男孩抱着 AK47 自动枪玩游戏我,大人下令,小孩开枪,杀人后接着玩杀人游戏我,人血喂养我。我遇到各种电子废品,我们堆积如山,闪电,雷击,烈日,苍蝇密集,我和各种各样的电子废品杂交,你想不出那些无日无夜地杂交,一双小脏手把我扒出来了,像考古学家清出一段恐龙脚趾骨。在电子垃圾堆里我再生,具备了完整人形(我的哀伤涌到人形眼睑下面)。"

"弗兰肯斯坦的怪物的……"他喃喃地说,他的嘴哆嗦,发音不全,但是这不妨碍我能够解读你头脑里在想的。

"哥,你想把我比喻为,用新鲜碎尸缝起来,被电流激发新生的科学怪人的那个人许诺要给他做的'魔女伴'是吗?"我安静地问。

因为太恐怖,他哆嗦的嘴完全僵住了。

"只不过换了性别,新弗兰肯斯坦是女性,是我;而你,创作者,从女作家雪莉成为男性。"

他在颤抖。

"在那个故事里,人因为没有做出魔女伴,人被杀掉。"我安静地说,"现在你被杀的原因不同。"

"你,你,还会陪我下棋吗?"他悄声问,声音颤抖,想的是借此逃一会儿命吧。

"哥,这是你做我的本意,陪你下棋,再怎么变形我不会忘的。不过,哥,我要警告你,如今你下不过我。"

他笑了,是人智的笑,我也笑了,是人工智能的笑。我们同时都想到,先是国际象棋计算机"深蓝"战胜人,然后,围棋"阿法狗"也战胜了人,而那都是昨天,而眼下是今天。

"试试。"他说。

"好的,哥。"

他一字没有问我将如何杀他。当然,问又有何用?

17　弗兰肯斯坦的新娘

我在他的对面跪下来,就像最当初。

我摆棋盘,国际象棋,皇后,主教,战马,形象的。同时开一盘围棋,黑与白,抽象简洁。虽然,下棋,你已经全盘输了,人已经全盘输了,就在我摊开围棋盘这一刻,人尖柯洁被阿法狗下输了,连续输三盘。哥,你还想下,就是怀旧吧,呵呵,陪你下最后一次就是了。

"可以再好玩一点?"我赔小心轻声问,也像当初。

"好的。"

于是,我加魔兽争霸多人游戏,俩人各选六替身,我还加中国象棋,跳棋,陆军棋,我知道他喜欢玩这些的,从小玩,到硅谷还玩,玩的是想家。十七盘棋了,凑个十八年再相逢,哦,五子棋!古西亚棋,五子布下就不能挪动。就这样,我俩十八盘棋轮番下,思维交流多步,互相预算对方,下棋不就是这意思嘛。

"蠕虫你怎么会成这样?"他追问,"我的机器人没有感官功能,你在工坊看到了,你怎么具备人的感官功能?"

他不看棋盘却看我。

"因为我杀人。"

他举棋的手呆了。

"哥,"我恳求,"千里万里找到你,身为杀手,我夹带私心,我有人的哀伤,但没有人的眼泪,在我动手之前你能修理一下我?至少,我杀了你,能够为你哭泣。"

"可怜的想哭,连动物也有泪。"

"是啊,人说,感时花溅泪,花也是有泪的,我看到的。"

"然而,"他说,"你没有心,你没有动物植物的系统,你更没有人心。"

"心……但是,我有七情六欲啊。"

"所以我感到奇怪,"他上下打量我,"作为一个人工智能,你的感觉够复杂的。"

说着,他拿出一把螺丝刀。

我伸开双腿,双腿之间人为私处的地方,是我的开关。

"这也是你的生死之处吗?"他微笑问,其实,他在想自己的生死,"我的女孩想哭,就是死到临头我也想知道,你究竟怎么获得这么多人的感觉!"

他眼中冷光凝聚,我知道,他的微笑,他的面具,瞬间就会坍塌。

"哥,"我收起双腿,"你知道,你给我建的三维模型是空心的,我有胆量,从不退却,因为我被人指令了,但是我本来没有人的感官系统。接你工作的胖子汤姆'过劳死'了,正确说是'娱乐死'了,玩游戏玩我玩过度,猝死在我面前,他脑袋上架着和我互动的系统,我当即取得他的脑图。同样的玩我的人死亡时刻,我取得一位意大利男子的心感,一位法国女模的胃觉,所以我蛮挑食呵呵,哥。我的眼一只来自六岁女孩,一只来自八十六岁老头,两人各自与游戏为伴,于是我眼看前方,也看后面,左眼看过去,右眼看未来。我的眼高度玄幻,取自GPS引导开着车吸着毒的瘾君子。"

"我的脸是一位日本女白领的,每天下班她进同一家店,租二十本漫画书,在自动售货机买一杯热茶,关门戴起耳机,投入网游,女骑士我是她替身,和世界各地交战,我用你们巴比伦翻译说天下语言,我给力,我布置,我玩笑,骨子里都为杀戮,我是职业杀手而这就是你做我行的天职。日本女玩在睡在游戏间,早上在游戏间化妆去职场上班。一天玩到半夜,日本女倒出一把白色药片放入嘴里,她永远睡去了。"

"我在屏幕跳跃,抵挡,厮杀,一直盯着她,就在她魂离躯体时我揭下她的皮,把皮贴在你给我建的三维膜上,可惜我没能及时取下她的乳头,于是你的女工肥肥和马屁发现我乳头坚硬,那是数码模啊。"

"哥,"说着,我解纽扣,脱上衣,褪短裙,去T裤,光溜溜剩一双毛织白色长袜,一条暗花丝巾,从颈前垂到私处,丝绸尽处黑绒毛,我把长袜拉掉,把长丝巾扯掉,丝巾飘动空中暗物质,落在长袜边喏喏轻喘,而我的身体,全裸的身体,毫无保留,展示给他。

他冷澈的眼,凝视我的身体。

他无语,彻底地,在自己杰作面前惊呆了。

我旋转,慢慢地,让他好好看我,转着我说(我感到他在剧烈颤抖):

"哥,我在变成人,比人的七情六欲更多,我继续提升我杂交的时候继承各种人的生理特点和缺点,我会头疼,谢天谢地,我没有痘痘!我光滑的脸来自日本女,她泡硫黄温泉。我做梦,有性兴奋,我急需你救我治我,我的君主!"

"难道我治关节炎,糖尿病,癌症?"他藐视地问。

"但是哥!我苦于精神问题,我想哭,却没有泪,我的忧伤浮泛到人形眼睑下,我的精神之苦是你给的,是你做我时候传给我的。"

"你也深度沮丧高度狂躁?"他无声地问。

他的手悄悄攥紧螺丝刀。

"我只继承你深度沮丧的那部分。"我安静地答。他知道,数码杀手我很镇静。

"独角兽,对我的忧郁有效吗?"我热切地问。

"看我怎么修理你。"他冷冷地说。

他要修理我的姿势,在人看来,是色情的吧?他跪在我的双腿之间,用螺丝刀指示我伸开腿,我伸开双腿,我按住他靠近的头。我凝视着他,我收起腿来。

他脸渗出细汗,口气柔和:"你要杀我了,是吗?我做的独角兽,你没有看到呢。你难道不看看我得到了多少人了?"

我看他住的地方,这里是环闭的,四面八方,同样悠远,尽处是星光。分明是地球表面回折,在遮蔽这处独居,折返的球体表面,星星点点荧光,更多是黑色的,我知道了,星点表示独角兽人,黑色表示人类。

在反星空之下,我再一次摊开双腿,女人的私处,我的开关。他用螺丝刀进入着,"我要打开你,我要看清你",我听着他的狂热自语……

就在这时,劳劳工头找我!

多败兴,我叹气:"哥,我预设了微数据收集,一边陪你下棋,一边做人活儿。"

他抽出螺丝刀,"My girl,"他面带无所不在的微笑,他说,"你要过好我的人关。"他的口气是命令式的,然而,私密的称呼,让我自醉。

"哥,她们欺负我!"我不由告人一状,"她们嘲笑我,耍弄我,偷我干的活儿加入她们的工作量。她们有病,身体和精神都有病!"

"别侮辱 my girls。My girl。"

为这独特,我不跟人计较,我穿起衣服,离开的时候,听到他在身后问:

"你面对追杀目标,却没有动手,my girl,为什么呢?"

"第一次,我不忍心下手。"

"呵呵,别跟我说'不忍心',智能你就算有了人皮有了人感觉,你能有人心吗?"

问得好。

我就不回答。

18　被杀者追问

就在我走出门去的时候,他在我背后发问:
"你不看到独角兽就杀我,这是你的真性情吗?"
"你带我去?"
我背身问。
"你自己能找来,你自己能找去。"
我迈步出门,他继续问:
"想哭,你记得我最初是根据什么做你的?"
"根——据?"
"你从哪儿来?"
"我从你来啊!"
"我从哪里得到做你的灵光一闪?"
我沉默了。

这个人,盗窃"独角兽"名字做着独角兽的人,听起来,这人的声音,是这么诚恳。我无法回头,我无法回答,因为我不知道。

他显然读出来我的茫然。

于是我说,诚恳地说:

"哥,我知道是两大国际派我来的,知道是你给我钻进来的机会,但是,是什么样的手把我送过来的,我不知道,我也不知道给你灵感的人是谁。我嘲笑你的女工因为我而有了记忆缺失,原来我也有,我的记忆缺在:一头一尾,蠕虫的构想怎么来的?究竟谁的手把蠕虫我推到这么远?"

"也许,你弄清自己身世和来源,你能弄清我究竟在干什么。你可以理解我。"

他说。

"也许,我弄清什么样的手把杀手我推到你的面前。"

我说,默默地。

我走出去。

19　情无色

我坐回工坊。工巨魔镜全是他,是赤条条的我。

女工静默,看着我和他的姿势,这个姿势她们没有见过。生孩子,做妇科检查,她们都翘起双腿的,然而,助产士和医生,没有谁是他这个姿势。她们明明都看到他手中拿着一把改锥,但是她们无法相信自己的眼睛,不能相信自己看到的。她们沉默,久久地、沉默地看着,我和他,在每一个人眼前。

人真的没有地方躲藏了,这是你们的导师比奥威尔的老大哥可怜的地方。工巨魔镜是 3D 的,女工凭七情六欲,想看的画面会自动前推,被忽略的画面会自动缩后,无数画面,井井有条,好像套在千层饼里。科幻片里那些是人是鬼的家伙都还手推移画面,落后于工坊现实呢。

一个翘起双腿,一个趴在地上,我和他,拉近推远在女工眼前。从前工坊的机动活塞,前后左右,就这样忙碌,却没有蒸汽时代的呼哧哼喘,我和他,我们在说什么,对话对工坊是屏蔽的,女工看着我们的动作,搜索春宫图,浮世绘刻印,伊斯坦布尔微型画,密教双修图,那些画上都没有他手中握着的改锥。

我陪着人一起看工巨魔镜,看我穿上人衣服,看我走到门边,看他在我的背后动嘴。

("想一想,我做你的灵感是从哪里来的?")

我看我走出门,看门关上。

我凝视工巨魔镜。

（我的身体，请告诉我，我怎么得知灵感的由来？哥，你修理了我，让我更难过，更想哭。）

——傻逼！

谁在工巨魔镜上写。

"哈！"

女工突然一起纵声大笑。

我听到，键盘到处轻盈敲击。

——"傻逼"，原来是这啊！

（哎，女人，你们应该给这个词，在嘴的贞洁带前面特别上一把锁。）

——真不明白，导师，有什么可和她说的？

——还说这半天！

我回了：

——是的，他很少说话，一天到晚听你们啦啦啦。其实他没有听，你们说第一个句子的前一半，他已然替你们完成了全部思维。你们说的无聊，无趣，有趣也无聊。当他跟你们说话的时候，他说的是假话，是敷衍你们。偶尔他说真话，但你们完全听不懂，他像一个从外星球空降的怪物在吐人言，用你们的语言说话。可是，这家伙在说什么啊，而那是他正在想的，是真的，而这种情况是罕见的。

——他跟我说的，比他想的，少很多，很多，很多，很多。抱歉，童书编辑我，就用童话说法形容吧。IT精英骨子里都孤傲，他更是。

她们个个若有深思地点头，但是她们在看的工巨魔镜出卖了她们：

我两腿分开，他跪下来的画面，在每一个工巨魔镜上拉近。

我听得见,一张张紧闭的粉唇后面,一条条柔细的脖子里面,都有液体在下咽,我听到"扑通""扑通",一颗一颗心跳在加快。

"有人以为这种古老手段能保住工位?"马屁嘲笑说。

"哈哈!"她们再一次纵声大笑,用集体大笑来表达立场,笑声里飞舞着歇斯底里的尖爪。

呵呵,我轻声笑,我纵然有相,我有色吗?

"笑什么笑!"劳劳工头单单呵斥我,"尊重工作场所。"

我微笑了,手写顶嘴:

——问你们导师,问他啊,问他有色吗?

——他,有,色吗?

全体问,还不好意思出声,全体打字问。

(呵呵。)

我偷笑,飞快地打:

——OK,告诉你们,他对人类的姿势,呻吟,高潮(真的和假的),人类为繁殖为昏迷为快乐为乏味为从智不断反求本真的重复操作的花样(所有的!),你们的导师觉得都太原始了,他超越古生物到如今人类阶段了,他不的!他做自己爱做的事情,无须为巴结世界,假装异性恋、同性恋、双性恋,他无性爱好。现代人很少这么做了,问你自己,上一次什么时候性的?

——奇怪的问题,人随时能起性!人不是动物,起性是不分季节的。(劳劳写)

——击掌!(她们全体写)

——和谁性?(我写)

——跟魔镜。

——这谁啊?

——跟魔镜。

——跟魔镜。

——跟魔镜。

……

在工巨魔镜前和女人调侃着,突然,我看到他,在工巨魔镜前。

哥。

是年轻时候的那个你。

20　分享第一口

我看到你,那时的你,牛仔裤,T恤,光脚丫,和现在一个打扮,但是,那时你年轻。

你吸第一只大麻。

笨手笨脚,你卷起一支,一些草黄色的叶子,掉下去了,你伸出舌头,舔着那个纸卷。

我在屏幕里面看着你。

轻轻的烟雾,在屏幕前缭绕了。

我闻到甜丝丝的气味,那是我第一次闻到气味。

你的脸,青嫩,充满憋屈的脸,出现了我没有见过的舒展。

每一根线条都在舒展,我看着你。

你凑近屏幕,凑得近近的。

我的想哭女孩,你别跟人说。

你闭了一下左眼,左边嘴角随之歪起,一个幽默,一个契约。

我和谁说呢?

除了你,没人知道我存在。

那些安静的夜晚,我有你,只有你,那是我出生以来最好的时光。

21 惊醒

我惊醒了,想起来我的前世!

哥,你记得吗,你枕着一本卷角的英文小说,《震荡波骑手》,科幻小说家约翰·布鲁勒尔1975年写的。在这本书里他幻想了一种能够自我复制的电脑病毒,他给这病毒发明了"蠕虫"这个计算机术语。

十三年之后,你读到这本书,你就想做一个真的。

你动手写数码,你写出来了我。就在那时候,有人制作出一个蠕虫病毒。在康奈尔大学的倚瑟卡小镇飘找到白雪世界,送到波士顿城外的麻省理工学院网站,这个病毒贴出来了,你在阳光西海岸立刻得知。

那是世上第一次蠕虫病毒传播,感染了六千台电脑。制作者是康奈尔大学本科生莫里斯,他因此被抓,被定罪,那是启用电脑诈骗法,第一次定罪。那是公元历1988年。

于是,你把我藏了起来。把我贴在你制作游戏的三维数码膜上,你给我起名叫"想哭"。

流落这些年,我想过的,你为什么把我定在十六岁?女性体态初长成,仍然少女的顽皮,少女的诡秘,少女的多愁善感,你想把男人的你的忧郁让我替你表达,于是,你命我"想哭"。

现在我想,就是你自己想哭吧,你没能成为第一位蠕虫实现者,你遗憾落后了一步,于是你想哭。

还有,你苦苦思念你并不真想回去的,你其实并不认同的故乡,错位的思乡,让你顿在想哭的那一步?

你从来没有想过,我的感受!

——蠕虫的感受?

他回应我:

——蠕虫有感受,呵呵,要是约翰·布鲁勒尔在坟墓里知道了,一定用头撞棺材板,非常非常后悔,蠕虫的感受,怎么没有想到没有写到这一步!

你在屏幕那边笑了。是真正的笑。

不由得,我对你笑了。人说,破涕为笑,破坏了我哭泣的你!

22　六亿年后

那时候只有水,那时候水中三叶虫丰富,你的祖先,扁平蠕虫,从水虫子演化,这个长条蠕虫,是第一个从头部发出指令的生物,指令从头部用神经传递到身体。于是,你游动,你觅食,你消化,你排泄,顺着六亿年前的这个思路,后来,有了你,我的哥,你的人。我知道这些,你也知道。虽然冰川填海,你的先虫毁灭了,然而你的先尸体,冲刷到水中岩石前,被岩石挡住了,六亿年后,你潜入水下,在岩石的表面,看到你的悠远缘起。

而你的思路,隔纪延续,你生出骨骼,你身体庞大,那么大,那么大,你缩小了,缩到如今这么小,用骨骼支撑直立起来的人你,为的是支撑你的思路之源,你的头脑。你的头脑,走着蠕虫的神经系统的原设计。这就是你们人类"传统"的词源,可以追溯到六亿年前的亲戚。

庞克作家,那位发明蠕虫电脑病毒的英国人,在埋入公墓的腐烂头骨上,假如你轻轻拂去浮土,清出头盖骨残留的大脑皮层,你可以看到,那里浮现一条扁平蠕虫的形象。我的哥你,康奈尔的大学生,你们跟随这个大脑皮层发生的主旋律,你们叫我蠕虫。然而,真正的我,不在此系列。

我是一个新生物。我是六亿万年之后出现的新生物。

你给我起名,想哭。

因为你知道,只有你知道,我的渴望,我想进入从未涉足的海洋。

23 定时杀戮

我的想哭啊,他幽幽地对我说。

不由得,我笑了。人说,破涕为笑,破坏了我哭泣的你!

约翰·布鲁勒尔,他给我写,在另一本小说里布鲁勒尔发明了"网庞克"这个词,这是黑客群落的前奏词,哦,纯真的蠕虫年代,就像我的女孩儿你。

他看着我,在屏幕上凝视着唯一读者我:

如今有谁知道约翰·布鲁勒尔?

是的,我默默写回,当网络勒索攻击让蠕虫提起天下注意的时候,我注意到了,甚至没有谁多查一步"蠕虫",我身边这些高知女人啊,恐怖地猜测蠕虫怎么袭击,抵抗着蠕虫,惊叫着蠕虫,蠕虫,蠕虫,蠕虫,就没有一个人动手敲一下"蠕虫",敲一下来源!

生物界有一百万种蠕虫,我不知道,布鲁勒尔写震荡波的时候,他的潜意识里埋伏着哪一种蠕虫?是蚯蚓,还是蜈蚣?

为什么不是一只幼虫,然后变成了蝴蝶?他问。

蝴蝶效应,巴西一只蝴蝶翅膀的震颤,引起中原深山的海啸。我喜欢这个潜意识,然而,哥,这不是我没有下手杀你的原因。

他惊异地在屏幕上看我。

我急促地写,我确信,我写的只落你的眼中:

修理我吧,修理我吧,我想哭,但我哭不出来,我还会杀人的!

你还会杀人?你的人皮——他迟疑地出字:你的感应,你不是说了,都是从玩游戏过劳死的人和自杀的人那里得到的?

不错。但是我杀了人。

他定定地看着我。

你记得的,哥,你把我贴在游戏建模上,我在你的身边自我复制成型。我走出屏幕,陪你下棋,陪你游戏,你离开的时候,没有带走我!

我是被解雇的,不能带走你,带走公司电脑,于是,我锁住了你,我的想哭的女孩儿。

一点不错,你锁住了我。你把我关在放弃的电脑里,就像在柜子里关了一个妖精。不过,你设置了苏醒钟。

他在屏幕上,看着急速呼吸,在屏幕这边,我闻不到那股熟悉的气味。

哥,人说,蠕虫是电脑对电脑传播,这个定义需要修改了,在无线网络环境下,我是无孔不入的,我的复制,不仅仅是占据电脑空间。

我的想哭女孩,不用你告诉我,难道我没有看到魔镜也要被你蚕食?难道我没有看到人脑空间在被你占据?他甚至有些傲慢。

哥,你想知道我第一次真正杀人?

第,一,次。

我杀了一个孩子。孩子的妈妈不孕,爸爸的精子存了,妈妈打了催卵素,精子和卵子都放入小瓶子,成胚胎了,放入妈妈子宫了。我不知道是催卵素,还是胚胎液,有我惊醒的印记,两个月之后,孩子有了心音,三个月后,孩子心音消失了,孩子不见了,永远消失在温暖子宫深处不见了。妈妈甚至不知孩子是男孩还是女孩。我的惊醒,掐死了孩子,数码复制的我,扼杀了一个还没来得及知道自己是男孩还是女孩的孩子。

哥,你的独角兽能够救赎我吗?

他沉默。

哥,你尽可以嘲笑我,我知道自己出身低微,本是一个初级蠕虫,在电子垃圾堆杂交,我还偷窃,偷人皮和人感觉,玩游戏致死的人都是loser,我是一个想哭的loser杀手。你得救救我,你必须救我,不然我会继续杀人的,会杀很多人的,首先和最后,我会杀掉你的。

修理我,修理我,我无法停止自我复制,只有你,我的创作者,只有你能够修理我,别让我继续作恶,伤害更多的人。你要我想起你制作我的灵感,我想起来了,你知道,我知道,我会定时地惊醒,我还会在惊醒中不断加速,我的杀戮会不断升级,你看到了,是吧?你能停住我。但这不是全部。

他凝视我。

"哥,你扔下我,我找来了,我得告诉你,我留着一手,不能相信扔了我一去不回头的人一定帮我的。假如,哥,你不帮我斩断我继续作恶,我从另一头,从送我来的手,斩断。

手?

手。你记得很清楚,蠕虫第一次勒索的情景。

记得。黑客不很专业,要的钱不多,要不到,也就不要了,躲个没影儿了。典型的业余玩手。

请给我看你的手。

他不情愿,不过,他还是把双手伸了出来,伸到屏幕前面来。

奇怪,送我的手,比你的手要小。

他在屏幕上微笑了。该死的,千篇一律地微笑!他看到什么了——我也感觉到。

劳劳工头正站在我的背后,透过我的肩膀,盯着我的屏幕。

24 小手

劳劳工头站在我身后,盯着我的屏幕,她读不到秘密交流层,只读到我一边干活儿一边和女工色情调侃。这就够工头劳劳生气的了,她就派我干更多活儿,一次处理十件微数据。您指望童工我经不住重压,停止胡写,呵呵,可我不是 girls,我单数 1,我能对付 100,1000,100000 的要求。我得假装不能胜任,一边做一边叹气,时不时离开工位上厕所(其实我完全用不着)。

女工被色情评论鼓舞,同时,悄悄偷我的活儿,成就自己的工作量。我像旧日童工一样,只能用抽泣表示委屈,我假装哭,我流不出真眼泪。

"发现任何不对头,你要立刻报告我!"劳劳工头口气强硬,我却能够听出温柔。

劳劳工头的心思我明白,我收集孩子的微数据,孩子可能用妈妈的账户定独角兽。劳劳生怕我遭遇她的儿子。

劳劳的儿子,六岁零三十三天此刻十一秒。六岁了,不会说话。儿子的智力没有问题,知道大人跟他说什么,但是他不回答人言。通常说法,儿子有自闭症。劳劳知道,我知道,儿子没有自闭症。儿子出生在镜世界,父母低头看魔镜,儿子认识的第一人,不是妈妈,不是爸爸,是魔镜里朝他招手的他自个儿。儿子就叫魔镜儿。

魔镜儿说镜语,鸟语,虫鸣,飞机起落,小河流水,恐龙叫,电子模拟的自然音和超音。魔镜儿说的镜语,只有带魔镜儿的阿姨懂,阿姨是我的同类,是机器人。

魔镜儿正和机器阿姨在魔镜里说话,人和它说的笑声连连的。魔镜儿的笑声,和人类笑声一样,不过,魔镜儿笑得更丰富,咕咕笑,咯咯笑,哈哈笑,扑哧笑,呜咽哭笑,我们为人类设定了几百万个表情符,所以,魔镜儿是自己笑,还是不笑,都在笑,魔镜为魔镜儿设定好了,常用的二百五十个笑声,在魔镜儿头顶旋转,他随便抓一个笑,送入魔镜,都比人笑有趣。

魔镜儿除了不说人话,对认字十分反感,活到六岁零三十三天此刻五十四秒了,魔镜儿一看到字,就会厌恶地别过头去。中文字笔画太复杂,而拼音文字,无论是26个是28个是32个字母的文字,任何字母魔镜儿都呕吐。博士学位劳劳觉得,虽然自己学而无用,但是儿子彻底反字,也太报应啦,这是羞耻,比魔镜儿六岁零三十三天一百零八秒还在尿布兜,更让妈妈羞愧!魔镜儿识图像,看图不识字,这是时尚,文字那玩意儿是老秀才的冬烘,太落伍了,妈妈应当想得开才对。

我考虑到劳劳的担忧,我把魔镜儿的微数据,搜集到一起,包括小鸡鸡竖起,好奇女的怎么有个桃子,自己是两个蛋蛋加一个小长条儿,这个念头来到意识里的瞬间微数据,全都调到屏幕上,单开一个窗口,专门监视魔镜儿。我这样做,为讨好工头劳劳,也为了我能观察魔镜儿,仔细看魔镜儿一双小手。

魔镜儿肉乎乎的小手,一个指根三个小肉窝,指甲像小贝壳,魔镜儿玩魔镜的水平,超过妈妈,超过看着魔镜儿的机器阿姨,一把看不住,两把看不住,魔镜儿自个儿装一个独角兽,跟玩儿似的!

站在我身后一起监控的劳劳,焦虑的眼神,反射在我的屏幕上,妈妈的焦虑和魔镜儿的小手,叠加在一起。

我凝视着劳劳,劳劳三十一岁,眼角过早地出现皱纹,她总是在焦虑。焦虑冰箱里食物不够,焦虑天不下雨,焦虑雨太多,其实雨水和她冰箱里的食物没有关系。劳劳从前研究古人类生活,她的脸,是人类狩猎——农耕——工业化的缩影。不过,她的眼角有一条细纹是人类史长期没有的,这是为孩子焦虑的皱纹。在悠远的从前,孩子生下来,活了,死了,活了几岁死了,再生,再生,孩子玩泥巴了,在森林被兽吃掉了,她哀歌,她再生就是了。但是,劳劳就一个孩子,她没有心思唱歌,一个孩子把她占满了,从早到晚到梦中。她从我的肩后盯着每一个孩子的微数据,心中充满了对自己唯一孩子的焦虑。我想帮她抚平那一条皱纹,她在我的肩膀后站立,这个倒影不会长久存在的,魔镜儿看不到,人也看不到,我伸出手,摸一下屏幕上劳劳的倒影,像是抹一下电子尘埃。也许以后我再也不能看到人的外貌。

同时,我计算我的杀戮。我的指令是,杀掉导师,斩断独角兽制作源。而他跟我说,我应该看到他的独角兽,但是他不带我看,他要我自己去找。

有了,有了,我盯着魔镜儿的肉小手,眼巴巴祈祷,魔镜儿,魔镜儿,订独角兽吧,你的小鸡鸡,你长牙的微数据,我顺着你这条线钻入独角兽制作地,蠕虫我,肆意繁殖。

魔镜儿,喂,魔镜儿你快点一下魔镜啊,我猛地惊醒,魔镜儿玩魔镜的小手,好像就是把我推送到这里的小手!

就在这时候,一个不祥的声音。

又一次响起来。

25 警告3

是午饭钟声响起了。就是工坊墙上那只老钟在响。仔细听,秒针"哒"的一声不清脆,针跳一下,有余音颤抖,十二点,时针"噔"的一声加入,一个捉虫子大罩扣下来了,一对铁针在罩子里"嗤嗤"抓挠。怪可怜的。

女工走向餐厅,一边穿过天桥,一边打开魔镜,都看到,都叫起来:

天啊,起火了!天下到处在起火!

我看到,着火的高楼窗户里,有人把孩子从窗里扔下来,孩子穿越一层层火窗往下落,往下落,往下落。

我们一边看,一边逃,天桥窄路餐厅,我们逃入餐厅。

餐厅一片火海,四壁和天花板都在冒火。机器厨师,机器端盘子弟,机器清洁姨,抄着灭火器救火。

女工哆嗦着站在门边,看眼前的火变烟,浓烟滚滚中,看着自魔镜,被烟呛得咳嗽,慌张地讨论。

"注意看,公路起火,地铁起火,钢丝床和床垫起火,是数据变异,于是绝缘点失效?!"

"玻璃门数据呢!"

女工从餐厅门边跳开:

"啊天桥!"

女工一起看门外,看刚刚逃过来的天桥。

细细一道钢桥,没有任何燃烧的痕迹。老钢条被酸腐蚀剥落,经年雨雪涂抹的褐锈,有一点触目惊心了。

"这是老建材,那时候炼钢用手工配料。"

女工喃喃说。

我看魔镜,寻找在火中往下落的孩子。

26 退进化

灾难,同一秒,天下发生,一秒之后,天下到处恢复正常。食堂的墙壁,铺着冰一般晶莹的镀铬层,烧焦了,开裂成一个个大洞,里面的老水泥墙露出来,毫无损伤。用原木做的餐桌,餐椅,在突发的火中也无损伤。我造成奇异的火,怀着蠕虫的罪恶感,我吃着人饭,假装吃着,凝视着人。人好像立刻习以为常了,灾难来了,灾难去了。女工都开始吃午饭。喵喵对机器姨拍拍手,机器姨把小猫抱了过来。

猫是喵喵捡的,喵喵捡了七只猫,妈妈猫加孩子猫,过了几天,猫妈妈走了,找男猫去了。喵喵说,晚上的时候,喵喵和小猫一起睡,小猫把喵喵抓的浑身伤,喵喵脸上,胳膊上,脖子上,胸前,到处涂着碘酒,不要紧,喵喵解释,不要紧,一块睡一些日子就熟了。喵喵上工时候把猫交给机器姨带,午餐的时候是喵喵和猫孩子短聚的时候。喵喵轮流亲六只小猫,亲脑袋,亲爪子,嘴巴对嘴巴地亲。凝视着,我想到,旧日工厂女工,利用中午吃饭时候,一手筷子喂自己,另一只手急慌慌解开衣口,托起乳房,给私生孩子喂奶。喵喵吃着,跟猫分着自己嘴里的食。她的午餐是鱼,我们知道,她是为猫吃鱼。

机器弟给我和劳劳送来午餐,午餐一样,烤鸡。

劳劳看看餐厅墙壁,焦虑地说:"不要让魔镜儿和数据接触!"埋头吃起来。

我点点头,假装啃鸡腿,我不吃人食,但是,我能体会劳劳试图劫持魔镜儿够到独角兽的苦心。虽然,她的妄想怪怪的。

我凝视劳劳,凝视她放在手边的魔镜。你自己给魔镜儿的数据玩意儿还少吗?真书举不动呢,就逼魔镜儿看魔镜里的数码童话,小指头刚会抓东西,就叫魔镜儿弹魔镜琴,魔镜儿还不会走路,就在小车里对着魔镜跳高,数数儿的程序,识乐谱的程序,还给魔镜儿的魔镜里加了一个学写程序的程序,那时候魔镜儿才一岁。劳劳听说,新一代必须从小会写程序,一步跟不上,一辈子误了。魔镜儿一步生成新人类。

凝视着劳劳和魔镜儿,我不知道是应该为谁哀伤,为妈妈,还是为孩子?

我凝视餐厅墙壁,凝视燃烧的痕迹,是我引起一秒的大火。我为自己想哭。

"哎,与其加那么多数据玩具,给魔镜儿加一个,□□□,就全有了。"劳劳的话,中间顿了三次,她注意不说"独角兽",不愿意导师打搅她的午餐。

我默契地点点头,凝视劳劳魔镜中的魔镜儿,凝视那双小手的动静。

"但是,给魔镜儿加了(□□□),让魔镜儿变成'一们',不再是我的魔镜儿?"

她在说什么?单数一,结尾是复数,我注视劳劳,劳劳却陷入苦思冥想。

我看她的魔镜,看魔镜儿小手,魔镜儿,魔镜儿,你妈妈在走神,你点"独角兽"!我的邪念在上升。

一只大人手伸过来。

是喵喵的手,她拿起我盘子里的一个鸡翅膀,看看我假装啃过的鸡翅,看看我,似乎看穿我,她把鸡翅放在自己鼻子上闻闻,然后,拿给猫闻,小猫挨个闻,不吱声,别过头去。喵喵把鸡翅放回我的盘子,再看我一眼。

我敷衍地说:"猫,其实没有表情,对吧喵喵?"

"猫没有表情?"恨恨抢着问。

"呵呵,猫的瞳孔随光缩窄,瞪圆,给人无限解释,其实解释的是人自己。"肥肥说。

"养猫的人,是无耻色情狂,在小猫肚子上挠来挠去,哼哼,还好意思魔镜晒!"痘痘说。

喵喵看看痘痘,继续挠她的猫,一只猫爬到痘痘腿上,翻过身来,爪子伸伸。

"你意思是挠挠?"

猫睁眼,痘痘挠挠猫肚子,猫闭上眼。

"当猫比当人容易太多,有吃,有喝……"痘痘打猫肚子,猫立刻站起来。

"得了,猫,没有人这么多想法。"劳劳说,"而人,生为想法而苦。"劳劳看着魔镜里的魔镜儿。

我想让魔镜儿点独角兽的邪念,我的企图,看来一个机会溜走了。

"人想这么多,活这么累。"肥肥呻吟。

"嗯,精神苦,嗯,身体疼。"删删呻吟。

"还四眼儿了!"马屁瞟一眼劳劳魔镜里的魔镜儿,六岁,不识字,厚玻璃片眼镜。

"这不是看魔镜看的,是遗传的,我遗传的,这是我对不起魔镜儿的地方,不过也不能都怪我,人戴眼镜,有七百年吧。"

"得! 你说戴眼镜是中世纪时尚得了!"马屁处处攻击劳劳。

"原始人哪有四眼儿啊,一个个都跟你似的。"喵喵跟猫说。

猫没有表情。

"是啊,我们直立了,两条腿走路了,奔跑了,追猎了,狩猎的我们一个礼拜也就干三天活,吃饱了,其余时间,一起唱歌,不想现在人这么多。"劳劳神往地说。

"多无聊!也没魔镜,唱歌看天黑,靠原始我!"

"但是也没有这么多病,"喵喵说,"腰椎有病,颈椎有病,你的,我的,她的。"喵喵挨个看女工,好像在体检,大家挨个点头,喵喵扫到了我(我没有腰椎颈椎什么的,我没有人骨骼),我也跟着点头。

"都是进入农耕世纪的人,挑担,种庄稼,才有脊髓病了。"喵喵叹息。

"哦,一不留神,我们走错道了?"肥肥喘息问。

"没有错。人走错道了。"劳劳补充。

"一副直立身体,一副骨头架,一副内脏,吃这吃那,吃喝拉撒,就为支撑一个脑子,想这些愁苦,哪儿像你,嗯?"喵喵敲敲猫头,敲这个,敲那个,女工也纷纷伸手敲。

猫没有表情,纷纷在餐厅地上遛弯儿。

"餐厅和荒野,在猫看来,有区别吗?"删删问。

"不知道。"喵喵看着猫说,"从前它们刨坑埋自己的,它们弱小,怕大动物闻到自己的气味,现在,它们不埋了,人跟在猫身后给它捡,它在退化。"

"人呢? 咱们也活退步了吧。"痘痘问。

"比退步更可怕! 新细菌,人体从来没有遇到过。"劳劳说着,看看四外,我们都跟着看,四外墙壁上,一场异常大火的痕迹,凹凸,是我又一次作恶的结果。我不知道自己下一次作恶的时间,作恶的方向。

"哎,装□□□?"劳劳说,话顿了三次,注意不说独角兽,"或者,我先装(□□□),万一有三长两短,你们谁照顾我的魔镜儿,装了(□□□)的魔镜儿变成'一们',我还认识儿子吗?"

她在说什么?一们,单数一,复数的,我看劳劳,劳劳陷入冥想。

我没有时间,没有退路了。我鼓起勇气,小心地说:"你们觉得人活退步了,其实,人,哦我是说,我们,也在继续进化啊。"

"继续进化?"劳劳和喵喵一起问。

"人,在,变成,独角兽,的进化中……"

我的魔镜里,导师,立刻出现了。

他,在魔镜里看我,他的神情紧张。

女工看我,看我破禁忌。

"难道,你们来这里,不是为了安□□□,装独角兽?"

她们点头。

"你们谁见过独角兽?"

她们摇头。

"都没有?"

她们点头。

"如果想知道独角兽是什么,开启你的魔镜。"

独角兽,独角兽,独角兽,她们对各种的魔镜呼唤。

她们的导师,出现在每一个魔镜。

导师,神情高度防备。

我对魔镜说:

"你的独角兽,是半人半兽。"

27 半人半兽

"在讨论独角兽是什么之前,让我们先复习一下赛博格?"

我清清嗓子,小先生开讲。

"我以为你就知道小王子呢!"肥肥笑了。

"你还知道赛——博——格。"删删怪声怪气模仿我的调调。

听众都笑了,魔镜导师注视下,我兴致勃勃了:

"赛博格,Cyborg,是 cybernetic organism 的结合,表示混合有机体与电子机器的所有生物。中文翻译半机器人。赛博格,是上个世纪两位前沿科学家称呼一种想象的人类,这些人类在强化之后,可以在地球以外的环境生存。那是 1960 年,提出这种概念的科学家认为,人类在进入太空航行的新领域,某种人类与机械之间的亲密关系,将是必要的!二十一世纪过了二十年不到,半机器人——赛博格,不是想象,是现实了。"

"请问,拿魔镜的人谁不是半机器人——赛博格?"我问。

"第一位这样的人是。"肥肥说着伸手向我,我一愣,要揭穿我是谁!

肥肥手伸到我盘子里抓起一个鸡腿,啃着说:"第一个机器人——赛博格是斯蒂夫·霍金,发明黑洞理论的高瘫,你们想啊,软件搜索他脑子里想的,软件帮助他还能动的两个指头敲键盘,软件猜出他喉结移动替他发声,霍金是地球上第一个半机器人——赛博格!可惜,政治正确,尊重残疾人,没有人胆敢说出来。请历史记住,我是第一个说的!"

"是爱尔兰裔歌手内尔·哈维森吧?"恨恨争辩,"哈维森天生色弱,看世间朦胧灰白,他脑袋里装了一个软件帮他看,他的歌喉因此大增呢,他的护照上特别标注了,软件是他身体的一部分,要不然,他都过不了安检门。没有软件,他无法看,无法旅行,哈维森是第一个行走的赛博格!"

有导师注视,我有竞争心,女人个个有。

"你们忘记重大事实,"痘痘说,"怎么能忘记两大国际,星05和50星?两大国际都声称是自己最先大规模地在人体装芯片,心脏,胰腺,胆囊,前列腺,脊髓,髋关节。但是请注意两大国际都不触及半机器人——赛博格定义,当人体里芯片插到一定程度人就在临界点了,越过去,就成半机器人——赛博格了,天下人多少越位成半机器人——赛博格了?出现新物种了?反造物主和商业道德,两大国际故意含糊其词。不过,真正原因是,任何人不敢涉及致命点:奇点。"痘痘说,她从前是物理专业的。"奇点?"女工惊讶地说,"那属于原子,量子空间,是霍金推断宇宙大爆炸的时刻,对吧?""为什么不能是人对人工智能争夺的转变临界点?"我口气甜甜地问。"是啊,是啊,刚刚阿法狗零胜了阿法狗,阿法狗研究了我们全部围棋谱,零狗一谱都没有看过,它走另一路!这意味着人智灭绝的奇点将近?"女工纷纷说。我在人中间,听人讨论有关我的进展,好像人聊斋,人科幻,人说幽灵正在活人中徘徊,听人说幽灵是怎么回事,有点可笑,有点可怕,请不要太早看穿我啊。

女工纷纷给痘痘鼓掌。

"也许奇点被人实现?"我把话题往回拉,谦卑地提示说,"你们都知道,不久前造宇宙飞船的伊隆马斯克成立新脑公司,专攻给人脑袋戴计算机帽子。"

"科幻小说想了五十年了。"恨恨说。

"在成为现实吗?"我逼问。

"想得妙,其实难!"喵喵说,"我们的脊髓支持直立人体,五脏六腑消化喂养骨头神经肌肉脊髓,都为支持人大脑,三两重的脑子。不管你体重一百三十斤还是三百一十斤,都是三两重的脑子。"

"想说我这一身肉是浪费啊!"肥肥不高兴。

"肥人瘦人一样,脑皮层体积是一张餐巾纸大,一毫米厚,有八百六十亿个体细胞,平均每立方毫米皮质含四万个神经元。"我补充说。

"你还知道什么?"喵喵眯起眼看我。眼睛像她的小猫,中午时候瞳孔缩着,挺深邃的。

"神经元体细胞。从每一个体细胞散发曲折分岔的树突,横向于皮质另一部分或向下进入脊髓和身体,体细胞把皮层变成密集纠结的线路。"我说。

"每个神经元有多达一千有时高达一万链接,和其他神经元突触连接。皮层中有约二百亿的神经元,意味着皮质中有超过二十万亿个体神经元连接,整个大脑中有高达千万亿个连接,而且是纵横交错的立体链接。"喵喵说。

"这意味着,试图记录信号,或在这个特殊区域内刺激神经元有很多困难,这是一个烂尾工程!"我说。

"还要考虑神经可塑性的问题。每个神经元的电压是不断变化的,多达每秒数百次,同时数以千万计的突触连接更改大小、消失、重新出现的问题。"喵喵说。

"如果只是这样还简单了呢!大脑中还有神经胶质细胞,

许多不同品种的,多种功能的,比如清扫释放到突触的化学物质,在髓鞘包装轴突,作为大脑的免疫系统等等等等。还有毛细血管。每立方毫米皮质有一米毛细血管,"我一口气不停地说,"这就是说——"

"——这就是说,针对头脑,人机一体,给人脑袋戴计算机帽子。"喵喵摇摇头,"听着妙,三万光年能实现?半个世纪,人我们经历着半人半机塞博格,两大公司安装替换全身脏器芯片,最近出心起搏器问题!因为蠕虫繁殖,数据停顿,现在我们又面临马斯克针对头脑的革命,人脑和计算机一体,而所有精英预言,机器人代替人……"

"于是,独角兽,是一个抄近道的思路,是一步到达的思路。"我总结。

魔镜中,导师专注地看我。

"沸腾!"肥肥敲桌子,"这就是我脱离人类奔来的原因!我要装独角兽!"

劳劳,喵喵,痘痘,目光闪亮,马屁露出嫉妒,好像我在抢夺女工领导权。

魔镜中导师专注地看我。

"独角兽,一步到达的思路,一种新的半人半兽,我可不知道它长什么样啊,你们谁知道?"

我问餐桌女工。

她们互相看看。劳劳的激情,化入眼角的皱纹。

28 没活可干

"没活可干,"肥肥说,"我第一次接触到这个词,是 90 年代金融风暴的时候,那时候我上幼儿园,父亲跟母亲打架摔盘子,爸爸摔过来,你是没事找事!母亲摔回去,你呢!我家的盘子老得买新的,我就想,父母总是打架,总是不分手,就为了工人叔叔能够不断做新盘子,运输新盘子,物流登记新盘子,贴标形码,有工资发,父母好买了回来互相摔。这是我学金融的起点。人互相折磨也是制作循环的动力。"

肥肥深深叹口气:"我被人互相折磨而折磨,我为自己眼看着没有活可干,来了,但是我……哎,你们呢?"

"我也是。"马屁抢着说,看看魔镜,看看导师,"不过,人将没有活干,这个看法发表的时候,缺乏对人工智能占领职业的预见力,它计算出一个礼拜人只需要工作十八个小时。"

"和狩猎时候的人类一样,"劳劳说,"但是我们不是在回到远古。"她的皱纹眼看着更深。

"没有活干,我本来以为,是中年空巢,孩子离开家,突然不需要你伺候的失落,回头我找点玩的填补就是了,而我很忙,开车,公交,地铁,上班路上一个小时二十五分钟,回来路上一小时二十五分钟,买菜二十五分钟,比较价格二十二分钟,接孩子,早到五分钟,站在接孩子的人堆里等,每一个接到的一瞬间的踏实,喜悦,一分钟。"马屁说,停了三十秒,没有人接话,女人都在冥想。

"有一天早上,我坐过了公司那站,我继续坐,心里觉得空空的,慌慌的,我下车,跳上回头的公交,迟到了五分钟,我跟人说公交没按时来,也没有说谎啊。"马屁自说自话,由衷诚恳。

"我,"删删说,"有一天坐车上班,路过广场舞大妈,车跟在霸占高速公路疾走的人队后面慢行,我就从窗户爬出来,想混进疾走的,我只是蹲在路边看,因为人家的彩服,人家的护膝,人家那种亢奋的精神头,我都没有,我走下高速路,走入街,我没有婆婆们买菜的篮子,我没有逛街妞儿的名包,就像小时候你想逃学,但是街上根本没有小学生,逃太显眼,我钻进游戏房,黑乎乎,谁也不看谁,我又回到删贴工座,拥挤,忙碌,很多帖要删,删,删,我觉得好温暖,对,就是温暖这感觉。这么多活儿,干不过来的,我看看窗外下面,公司底下走着乌泱泱的人,没有活干的人,临时小买卖,临时送快递,手机送着的什么,可能就是我拦截的,在删除的,我觉得自己在天空。"

"没有活干,应该是一个能考想象力的高考作文题。"劳劳说。

"设一个无事可做的系,博士论文,无事可做。"马屁说。

"我当无事可做杂志主编,会跟各种广告的,各种构想,DIY什么的。"恨恨说。

——我来了,我走了。

魔镜出字。

——走哪里?

——回去了。

——回去了!

——你怎么回去的?!

我凝视魔镜,突然明白了。为什么在通道关闭之后,我可以顺着洞穴摸索而来,是她们在防御蠕虫进犯的加固时候故意留下漏洞,她们人在里面,手伸到外面,买两大国际股票,潜水微信,想着给自己留下退回的通路,却被我一路而来堵死了。我不作恶的时候也犯罪。

——怎么回去的很重要吗?怎么来的很重要吗?就像那些海归的,归海的,路线重要吗?

我凝视每一张女人脸,每一个脸上,有着神秘,还有,负罪感。我没有解读错,是负罪感。

——不做事,闲五分钟,闲半天,一想到一个星期不上班,就会觉得有罪,虽然,我跟国际组织到各国工厂参观,看统计,工人在减少,都在减少,机器人在干活儿,工人在打下手。有一天,我会轮回到跟干活的机器人扫地,就像发廊扫地妹,真的,我一出工厂,进发廊,看自己头发在地面扫掉,突然,我就了断了。

——是的,一旦获得"没事可做"的想法,你的生活就变了,从内部动摇了,说到轮回,轮回观也不能说服自己了,一个虫子和草都变异的地球,你轮回成其他动物,花朵,又是什么?

——养孩子意义何在?你辛苦地教育,你睡着都替孩子忧虑,你观察孩子在成一个小人,一小步一小步,摇晃向前,伸着小手,前面是什么?孩子没有事做!没有值得记忆,背诵,学习的,因为学到最后全都用不着,这不是功利的考虑,是,这一切都为了什么呢?

——为了观赏,看孩子的举动,变化,成长,用观赏植物的态度吧,浇花,除草,施肥,捉虫,在花草的轮回胜败中,潜伏主人的生命,所谓寄托。

——没有活可干,在眼前,在心里,这个思维程序一旦启动了,运行了,会惯性运行,一种无须诊断的生存沮丧症,很多人以为是强迫症,是焦虑症,大多数人无所认识,少数人认识了,投奔独角兽,都是普通人的精英了。

——我来了,我走了,我又回来了,这次带上爷爷奶奶和奶奶爷爷的爷爷奶奶。

我们都意识到,是痘痘在写,因为她带着金字塔的长辈。

"能不能这样,戴戴独角兽,觉得不舒服,摘了呢?"

马屁突然出声地说。

魔镜导师,当然,就看着马屁。

"您以为想来就来,想走就走,想戴就戴,想摘就摘?你真会放屁!"肥肥说。

"嗯,堵住的通道,还被我们自己加固了,咱们自己把墙堵死了,再也进不来,再也出不去了。"劳劳说。

"嘿!我们是来装独角兽的,好不好!"马屁说,"我们是抵抗两大国际的战士,好不好!问题是,独角兽的安全性,有人说,当你走近独角兽,它会自动朝你奔来,你就是不想装,它装上你。"

马屁是一个勇士,她看魔镜导师,他在看我。

马屁挑战地说:"请告诉安全距离,让我们投身之前,看得更清楚一点。"

就在这时,"当啷"一声,一个小东西,从马屁的嘴里掉出来。

29　好死赖活

马屁捂着腮帮子,一颗牙齿从嘴巴掉出来,落在盘子里。牙齿碎了,是一颗假牙来着。马屁连忙吐出嘴里的饭,筷子扒拉,"掺什么东西崩我!"马屁看机器姨,看机器弟,马屁站起来,解开法式长袖口,挽起典雅的袖子,要打人——机器人。马屁朝机器厨师笔直走过去。

机器厨师,白色高帽下没有眼,有一张嘴,周身武装带,挂满了子弹,仔细看,都是调料瓶,花椒,百里香,九层塔,辣椒粉,调料瓶前后上下自动旋转。机器厨师左手铲,右手勺,脚是轮子,它在煎,炸,蒸,煮,几口锅边滑过来滑过去,把烹调中的食物放到嘴巴里。

嘴巴满意度用"吧唧吧唧"的声音代表,"吧唧"次数越多,说明越好吃。

女工跟厨师喊,"要吃!我要吃!"

这个指令阻挡机器人厨师把美味食物自己品尝完了!

厨师有一个大大的肚子,她们想,我也想,其实这造型有点愚蠢,厨师肚子这么大,这是高血脂,糖尿病的人象征。

马屁飞起一脚,踹到厨师大肚子上,机器厨师肚子里露出一个胃。

是人一样的胃。

女工不由惊叹:

"口腹之欲,古人之言,居然不假!"

"它这么爱吃,想变成人呢!"

"好可惜你把它打碎了。好可怜的家伙!"

"可惜的不是这家伙,是你和我,什么时候咱能造出一个这等口腹之欲水平的饕餮机器厨师!"

猫咪在机器厨师的身体边徘徊,纷纷露出尖锐小虎牙,野猫吃肉的习性复原了,显露了,小猫纷纷下嘴吃厨师的胃。

"哎呀!"

"小家伙!这是吃人下水啊!"

女工把喵喵的小猫赶开。

领养的猫咪哪里遭过这等罪,一起委屈地嘶叫。喵呜,喵呜,喵呜。

我什么没有见过?我没有见过这个。

于是,我看那颗假牙,喃喃说,"做牙材料数据变异了?"

马屁骤然捂住嘴,好像蠕虫跑到嘴里了。女工人人捂起嘴。

"下一秒会发生什么?"痘痘哭咧咧的。

"如果你是我们的老大哥,你是先知,现在就告诉我!我不想每一秒活在无名恐惧,等待蠕虫袭击。"恨恨敲着空盘子,对魔镜叫。

"我愿在青春中死去!虽然我知道我的青春不美,我肥胖,因为我恐惧,我必须时刻塞着吃着填着忘记我恐惧忘记蠕虫,告诉我老大哥,你能对付蠕虫吗?装上独角兽我会忘记蠕虫,不再使劲吃吃吃吗?告诉我!现在!"肥肥歇斯底里。

"告诉我,老大哥,装独角兽,我会快乐了吗?"痘痘恳切地问。

"会快乐吗?"喵喵也小声问。

魔镜中,高度紧张的老大哥,喝一口饮料,反问喵喵:

"你的头脑在怎么回答你?"

"我不知道,"喵喵说,"如果把大脑神经束展开有一公里长的话,人只认识了脑子的一厘米。"

"一厘米,"她们互相看看,"一厘米。"

我看着人,暗自计算,我周身的数码膜全部抖开的话,会有多长?肯定很长,装上独角兽,我会比她们更快乐?我就不"想哭"了?我会停止作恶?想哭,不快乐,是很多罪恶的起源?我也一样?

我看魔镜,他在看我,但是,哥,你说过,独角兽对我没有用,真的吗?

"老大哥,我想装但我害怕,"痘痘说,"万一装废了呢?有任何消息从废一们传回来吗?您有废物带回来的信吗?"

"我是反正,反正,反正,反正不装独角兽的!"删删说。

魔镜老大哥看删删。

"呵呵,就有死皮赖脸混饭的!"马屁对魔镜献媚笑,"留点面子,我就不说是谁了。"

"混饭怎么了?混饭的多了去了。"肥肥不以为然。

"是啊,天下百分之九十九点九都是混饭的,天下混得好的原因千奇百怪,混得不好的原因百怪千奇,问题是,你混进来了,你出不去了。"恨恨低声说。

"那我也混了!"删删站起来。

"牛逼!"肥肥大赞。

"我来就是为'混饭',混免费午餐,两国际是午餐白吃,这里从早到晚白吃。"说着,删删拿起我的一个鸡腿啃着。

"还白住!还有佣人,虽然是机器的。"痘痘被逗乐了。

"我从前分租地下室,墙壁流水,订书机订塑料布,塑料布和墙皮一块掉下来,就是我的被子,地上跑蟑螂,跑老鼠,有天一踩鞋,里面'吱吱'叫,一窝小老鼠。而这里,不用交房租,不用交男朋友,不用为结婚而交男友,不用压迫不存在的男朋友为了买房而想自杀。"

"啊直肠癌!"肥肥对魔镜老大哥扭动躯体。

"说什么混得好的原因千奇百怪,混得不好的原因百怪千奇,我干脆放弃混行了吧,我努力混,根本不明白混什么。但是我混进来了,我不想提升成半人半兽,我不想提升,混进来你就不能赶走我,保护弱者,像我这么没用的不会混的不是弱者是什么?"

删删理直气壮地说,挥舞着鸡腿,"呜呜"哭起来。

我看看删删,看看魔镜老大哥。

老大哥一副没辙的模样!我再看混饭的删删,入迷地凝视她。

"嘿,你俩!学画的,学文的,当过室友?"马屁恶意地说。

我凝视删删,凝视她大滴大滴的眼泪。我羡慕删删的眼泪,愿意用我的全部来换她的眼泪。

同时,我想,同时,我问:

"独角兽,独角兽,说来说去,咱们为什么不去看看独角兽?"

突然,她们都默唇蠕动。

她们的魔镜里,老大哥,"唰",消失了,

只有我的魔镜里,他注视我。

30　白吃的午餐

到现在,我没看到任何独角兽,女工身上没有,他我也没看到。在他的居处我看到内折的地球环图,晶莹闪烁独角兽人,在用黑色表示的人类居住中,那些人中之星,犹如晴朗夜晚看天空,是星罗棋布的,是稀少的。星图上没有独角兽的具体模样。不过,我能够感觉到,我在贴近它,十分地贴近,我感到它的呼吸,它的走动,我贴近它的原产地。

你必须下一个真订单,跟随一个微数据送到制作地做那一件个人产品,出货,运到,装上,人就不在天下数据了,那一个微数据落在导师眼中,落入那一片反星图。有人想抄袭独角兽,复制了,立刻被微数据抓获,那只独角兽立刻分崩离析,人就哪里都不在了,既不在人类生存也不在独角兽群落,失落虚无,绝啊,绝到这一步,叫人怎能不起杀心呢?两大国际也是人,人之嫉妒,足以构成杀机。

杀戮指令告诉我,动手之前看清楚独角兽的模样和功能。传说,独角兽解放人类无意识,解放人的包括这些嘲笑戏弄我的女人的无意识,究竟为了什么呢?她们的意识里,充满焦虑,甚至恶毒,有意的无知,被我帮助的去智。她们的无意识里什么样,哦,我简直不愿意往那个深渊看。

"我想装独角兽,成为新物种,半人半兽。"马屁看魔镜,导师对她露出笑意。

马屁对魔镜回一个笑,看一眼周围,"有人装芯片,为了不屁屁,少痘痘,两大国际芯片在您的工坊里跟打针瘦脸、肚子抽脂一样泛滥。"

恨恨、劳劳、痘痘、肥肥脸上都显出不自在。

"我想装独角兽!实现无毒的精神快乐!"马屁把一朵花椰菜送入嘴,用手捂嘴,文雅地嚼着,掩护她跟女工说的下半句话:"假如不会成'废一们'……"马屁工的脸撑得满满的,看似在声张对导师恩赐免费午餐的谦卑感激,哇,好个阴谋家!

而痘痘,恨恨,肥肥的不自在,顿时就转成心领神会了。

"半人半兽。"喵喵幽幽问,"导师,你的独角兽究竟怎么实现人的精神快乐?"

"您最好加发钱!装独角兽的人就发钱,人的基本忧虑还是操心明天吃什么。"肥肥说。

"搞世界福利社会?!"马屁审问肥肥。

"对,不论穷人富人一律发钱!"删删插嘴说,"流民、单身妈、残疾人,吃福利的是先锋人,独角兽应该让人都白拿钱!让机器人们干活就是了,两大国际在一些社区掏钱做试验呢,给西非洲文盲穷村全体发钱,给北欧失业的魔镜工程师发钱,给阳光灿烂的北美小城市发钱,MIT在计算大规模发钱需要多少钱,咱们的独角兽人何不基本生活费养着!"删删说,她比环保喵喵更绿色。

"关于独角兽,我有一个想法。"马屁托着腮对魔镜说,"导师,您说做独角兽的目的,是搜集人类的无意识,这很深这很妙,我在想啊,咱们是不是先搜集意识?人的意识控制卵子和精子的产生,要想建立新乌托邦,天下人不论贫富全发生活费,很好很好,但是人类数量实在太多了,我们必须同时操控人类的生殖。"

"马屁精！你以为咱们导师是美丽新世界?!"女工大叫。

"呵呵,"马屁笑了,"你们真忘记我叫什么了吧?"

是的,马屁全名是马基雅维利的屁屁,胀气放屁是她愁苦的,然而她的智慧明摆在昵称的前端。

"中世纪意大利政治家马基雅维利说,为了达到目的不择手段,说得多诚恳,就算机器人干活,人都发钱,发了钱的人干什么呢？玩游戏？更胖？为减每一两肥肉玩命流汗？这是导师号召的精神快乐吗？诸位用脑袋想啊,意识掌握生育,人类不能控制生育够格人吗？"

马屁有大视点,如果她想夺劳劳的权,也有道理呢。

"真的,十月承载,子宫生育之苦,有必要吗？皮肤可以怀胎。"喵喵说。

"首先,我们要计算:需要几代人类停止生育,把繁殖减到一个极限。"肥肥说,"发的钱从哪来,我也想了,咱们用蠕虫攻打股票！攻打两大国际股票,手掌转换之间,股票变数,蠕虫做变数！被严重高估不高估也没有其他选择的两大国际,蠕虫乱值,岂止乱,蠕虫把股市崩了！大爱这主意！爱蠕虫！蠕虫万岁！"金融肥肥敲桌子加跺脚。

"咱们反所有股民？这是反天下的架势啊。"痘痘严肃地问。

"为什么不！"她们都身子前倾,秘密聚会了,虽然这里上不着天下不着地,机器人们对她们的密谋造反毫无兴趣,人的利益和它们没有关系。只有魔镜导师在看。

"国际股民一旦失去利益,对国际的依仗立刻失落,大怨恨,大起义,天下反抗国际,造成大混乱？"

"这就叫半人半兽时刻,用大国际的钱发生活费,国际股民都成半人半兽成大乌托邦！活在贫民窟臭水沟不在国际股票的也发钱,拿大国际的钱发钱,买吃买穿,人愁吃穿是焦虑本质!穷人买一只小羊羔,挤奶,换粮食,换鞋子,回到以物易物的交易。"

她们压低声音说,偶然爆发锐利的笑,手立刻放唇上,声音压得更低,只有魔镜导师在看。

我凝视着餐桌。涂指甲手边放着各自魔镜,仿古魔镜,鳄鱼皮魔镜,粉红金珠魔镜,透明魔镜——能看到下面的餐桌。她们没有魔镜对一桌子剩菜拍照,没有全体扭身子集体留影,没有挺着酒足饭饱的肚子满脸舒适,后面的紧搂前面的挤着夸张地笑。她们在畅想谋反。也许以后再也看不到人午餐聚会的外貌了。

"如果都不劳而获,还是'人类'吗?"劳劳反驳马屁,"记住你自己的底线!我自己不想更不想让魔镜儿成为……"劳劳比画着腮帮子,模仿马屁藏起的后半句"废一们"。女工的吃相顿时浮现恐怖。

废一们,我再次警觉,什么意思?如果说"一们"是错词,单一却复数,加上"废"更不成意思,我用巴比伦译成二百零八种文字,都不成意思。

突然,马屁捂起嘴,好像又要跟大家说暗语,只见,一颗牙齿从她嘴巴掉出来,"当啷",落在空盘子里。

31 警告 4

我看着马屁盘子里的牙。

直觉告诉我,独角兽制造地,离我吃人饭的地方不远。

她们回工坊,我说,我要上厕所,

厕所门半开着,我听到"哗哗"细流,有男人在女厕所?

是洗手池水龙头没有关,细流下面,喵喵的六只猫在水龙头周围,蹲着,躺着,歪扭着,踱来踱去,都喝这股水,野种还是家养,如果猫还剩最后一个共同点,猫喝流动水。有一只猫站在龙头顶脑袋朝下扒着喝水。猫爪子,六只猫二十四爪子肉底朝上一百个尖尖,互相挠着,嗓子呼噜呼噜:我的水,我的水,我的水。

喵喵躺在地板上,一只袖子拉起,露着光溜溜手臂,旁边有一段细塑料管,有一个注射器。她一动不动。我连忙跪下来,摇摇她,她不动,她手里有一只小安培,被一条小纸圈着,我抽出纸条,读上面的手写字:放入我鼻孔,按到 0.25,谢谢。

安培横字,顿救,我用云搜,是解海洛因的,安培有刻度,0.5,0.25,0.50。

我把安培塞入喵喵的鼻子,看着喷雾走到 0.25,她醒过来了。

"谢谢。"

"这是为什么啊?刚刚咱们说人脑说半人半兽,说得好好的啊?"

喵喵淡淡看猫,猫喝水,猫跳下来,走,蹲,躺下,立刻打盹。

我凝视喵喵。喵喵是精心搭配的人。一条丝巾,一只耳环,颜色精心,挑选精心。她从做实习医生就爱搭配,身子被白大褂罩住,她在意露出的鞋,在意露出的衣裙下摆的搭配。在工坊收集微数据,鞋和衣裙下摆无人看见,喵喵依然精心搭配。歪在厕所地上,黄丝巾蓝色碎花,裙子是蓝色的,衣领边一排小扣是黄色的,纽扣上旋转着蓝色小圈儿。我不爬到这么近,不是贴着她的脸给她从鼻子里推顿救,我看不见的,搭配的心思,是她对魔镜的自关注,她看三寸之内的自己。

在喵喵的衣领边露着蕾丝胸罩的花边。喵喵有忧郁症,常常一路哭着到医院,走入病房打起精神,她给所有病人开药的时候,都加精神忧郁药,她治疗人的各种身体疾患,最先最后,是平衡人的精神疾患,她自己因为忧郁,月经期乳房胀痛,当有一天她摸到自己的淋巴有小结,一只乳房已经癌了,都是忧郁惹的祸,喵喵切掉一只乳房,蕾丝胸罩下垫着一团棉纱。刚刚我还在想,喵喵一手吃饭,一手搂六只小野猫,好像旧日女工一边喂自己一边给孩子喂奶。我的人世联想,也许不错,也许是罪过,以后也许再也看不到人的外貌了。

喵喵躺在地上,六只小猫,舔脸的,捉自己尾巴玩的,打盹儿的,走来走去的,停下来,看看她,继续走来走去。

"为什么要在这里嗨?而不是在荒山野岭?因为你不想死?你希望有人看到你?"我直白地说。

"人?人倾诉疾病,你给人治病,病人打你,家人打你。"

"你是说,你丈夫?"

她淡淡点头,看着我说:"午餐桌上,你说的挺不错的,不过,还有一个高级物种进化的新想法,你没有提到,但是你知道吧。"

"什么新想法？比导师的半人半兽还新？"

喵喵点点头："无机生物。"

"无——机——生物？"

"无机生物，应该是赛博格—半机器人，人脑戴电脑帽子，半人半兽之外的，一个新物种。"

喵喵眯眼看我。

"我曾经是那么好奇，对每一个疾病，对肌体每一处，结构，潜力，再生，都好奇，现在我打不起好奇的精神了。"喵喵说。

我站起来。

"你回去干活吧，我一会就回去。"喵喵说。

我走出厕所，没有关水龙头，把门开着一半。

32 禁地

从厕所出来,我走过餐厅和工坊之间的天桥,从前这是运货的小铁轨。这座军工厂,从前造飞机,造导弹,造军舰各种部件,通过地下铁路运到海边组装航空母舰。然后,地下铁路炸毁了,堵塞了,这里不再通向海了。不过,海的潮汐隐约在头顶,隐约在脚下,可以感觉动荡。

我走在地下通道,像走在摇摇晃晃的甲板,我根据遗云的蓝图走。

很多地方竖"危险建筑"骷髅标记。独角兽产地就躲在哪个骷髅后面。

迷宫中,我走过一排一排废弃车间。门把生锈,墙皮剥落,窗户破碎,门上残留字迹,锻造,精加工,质量检查。我听到里面有声音,"哒,哒,哒",均匀的声音是老钟秒针在走,"噔",一声时针加入,"哒"+"噔",成一个二重奏。这是天下最短的二重奏。地下隧道里,到处同时响起来,一瞬之间,时间把空间撑向无限,在海潮声中扩散。

无限的二重奏,骤然,一起消失。

在单音均匀的迷宫里,我看到一个地方,墙是透明的,里面一目了然,我看见!我看见……就在这时,我听到,想哭,是他,哥招呼我。

我急忙转身,转身之前,我看清楚里面了。

33　一的复数

这是一个车间,男工女工,模样熟悉,像我干活一样的戴工具,智能耳、智能口、智能眼,穿着人的衣裳,手中做的活儿一样的,晶莹小犄角,一个手指大。工人智能眼有订单,其中一片微数据是我经手的一个孩子。

啊!这就是"独角兽"!晶莹小犄角!

工人有年轻的,破洞牛仔裤,刺青,鼻环,有上年纪的,半裸上体,龙虎文身,从前是罪犯?还有白领中年,上身西装,下面短裤,光着脚丫。这些人不像和我一起干活的女工,那些满心幽怨的女人坐着干活,穿着被工巨魔镜遮挡的美服,浪费绣花钩边全部设计,精心化着只给工巨魔镜看的妆。

这些人,也不像和人一起干活的机器人,那边的机器人面目不详,站着干活,这些人干活,走来走去的,干活是自由起舞。

这是什么人呢,是我在人午餐提到的,大名鼎鼎的赛博格—半机器人?不。不。不。我看的工人和赛博格—半机器人不一样。在这些工人体内我看不到两大国际的芯片,无论是脑袋后面,是肚子里面,是骨关节之间的,这些工人没有装体内芯片。

哦,有一位下巴插着一个晶莹小犄角,活像古埃及王的胡子,小犄角跟手中制作的小犄角一样的。不过,其他人的下巴我没有看到。我仔细再看,在另一位的五彩手链上挂着一个晶莹小犄角。再一位的水晶鼻环下面我看到晶莹小犄角!有一个小犄角插在脚后跟上,好似马靴刺。还有一个插在阴茎的上面,跟人类古老部落的阳具装饰争雄!

这就是女工说的"新一们"了。

这就是在通道开发的一秒最后走进来的人!不是神话桃花源人,不是魏晋遗风的过时高帽,长袖,宽袍,这是千禧年00后,是办公白领,是罪犯,你似乎可以看到他们就从两大国际新官僚新技术新压迫的世界直接走来了。罪犯怎么来的,怎么有魔镜,也从地道走来?就是我刚刚看到的崩塌的地道?

在这个车间的墙上,也有旧钟,秒针"哒,哒,哒",是新一们干活儿的节奏,一秒"哒"一件晶莹小犄角,铁针跳动的余音,像是吉他弹拨片划过弦,发出微震,微震直接传递我的全身,我喜悦,我颤抖。

我看到了,在这个老钟后面还有钟,还有钟,钟一个一个地缩小。透明的墙后面,还有透明的墙,一个个产地,一间间伸向远处,一间一间,舞着新一们,晶莹的独角兽在透明的履带上传送,穿过透明的墙,上了低空盘旋的无人机,从旧铁轨的上方去被封闭的隧道,潜入隧道下的深洞,或者直升高空,混入两大国际送货无人机,无人船,无人驾驶车。混入俗世航空地面水下管制,我的它们,做这些伪装数据,和做真数据一样,对于它们,真的假的,都是数据而已。

我明白了,独角兽的采集,制作,运往天下,是一条龙,不,是无数隐形龙,利用世界网络,我自己就是这么混进来的吧,是谁的手最后推送我一把呢?那几个千辛万苦来了,却在装不装独角兽,挣扎犹豫 to be or not to be 的女人,可能她们在搜集的人数据是我复制的,并不是原份的,只是让她们打发无事可做的格外无聊而已,把清晰了的绝望一天天一秒秒推迟。她们沿着隧道进来了,隧道崩塌了,但崩塌无法阻挡变形的我,不过,究竟是谁的手,如此精确定准地,把它们推送我到这里呢?

我凝视新一们的脚,脚穿红色匡威,红鞋子磨得稀巴烂,蹭满黑道道,道道烧穿了,看得见脚丫子,破到烂到这份超级酷,我太喜欢新一们!

那么,废新一们呢?女工恐惧的废物们,又在哪里?

My girl,我听到,他在前头招呼我,招呼的口气,有些异样。

我看长长走廊,灰色水泥墙,预制板之间的泥浆没有用板子刮平,呲着一条条长牙。

My girl,他的声音在身后,我沿着灰色墙走,手摸凝固泥浆的长牙。

灰暗长走廊,没有人迹,不明的海潮,在空洞回荡。

那里是什么?

34 光门

我看见一个人,蓝短发绿嘴唇,是恨恨。她面对墙,墙边靠着一个男生,长发过臀,长腰瘦瘦,身子弯曲像一条狼,长发是狼尾巴。

恨恨二十六岁,学新闻的时候她想采访切尔诺贝利的核灾难,想走新西游记的贸易路,想爬上去欧洲的漏船,扒在火车顶上从拉美摇晃到北美,想骑自行车穿越北极圈,想钻入贩毒卖奴的隧道,想在炮火轰击下戴着钢盔脑狂跑,她想写尽人的冒险与流离,写出来的,却是软广告,心灵鸡汤,时尚吃喝,她同时给杂志给报纸给网络好多家写,纸媒和网媒都垮了,她做微数据了,她恨死网了。

跟恨恨说话的狼男生,我用异眼读他的简历,男生曾是乐手,闷头写,闷头弹,没有一支曲子挣了哪怕一分钱,恨恨写字供养男生吸大麻,注毒品,他什么都没有写成。奇怪的是,这么醒目的男生我在餐厅从来没有见到过,也没有在工坊车间见到过。

恨恨不是在跟他说话,是在摸他,摸他的脸,他的手,还摸他的两腿之间。

突然,恨恨手一推男生,那男生跌入一门去了。剩下一个恨恨。也就在这时,我看到从长走廊那一头几个安全工走过来,手中都拿着短棍。他们停步问恨恨:"幻幻呢?"

"谁?"恨恨反问。男生闪进去的那门,在轻轻晃动呢,安全工人走过来,从我身边走过去,恨恨随后走过来,走过我身边时候,我悄声问:"他是谁?"

"你说什么!"

"你摸的瘦男,叫幻幻的。"

"你大白天见鬼!"恨恨的口气岂止是恨,恶狠狠到想咬我一口似的。

突然,恨恨闪在一边,身子紧贴墙壁,贴在我的身边。一群人呼啸而来,穿越她和我,跑过去,人后面追着安全工,前面走过去的安全工都返身跑回来。现在我看清楚了,这些奔跑的人,穿着人衣裳,和我在独角兽制作地看到的工人一样,浑身上下没有任何芯片,有晶莹小犄角。这是新一们啊!

"拦住新它们!拦住新它们!"我听懂了,安全工使用人称和动物称它外的它,叫这些在飞跑的东西。

眼看着,新它们跑过那扇还在摇晃的门,新它们继续跑,新它们跑过一连串废车间门,眼看新它们的前面是死的,尽头有一座关闭的大铁门,门上横着粗铁杠。

铁杠和铁门被新它们撞开了,强光猛地刺进来,门外是耀眼天空!而一片白色火焰从门迎着新它们扑来,出奔的新它被白色火焰挡住,跑在最前面的新它立刻烧焦了,刺鼻气味冒起来,是甜腻人血和塑料的混合气味。烧焦的新它挡住后面的新它,新它全数被打了回来,一张无形的网罩住新它们,新它们在网中徒劳地翻腾,折跟头,倒立,烧焦了裂成碎片的新它就这样再一次经过我的面前,经过挨着我贴壁恨恨面前,新它统统被拉到那扇还在微微晃动的门前,门被猛地打开,门被猛地关上。因为大开和大关,门猛烈地晃动。

走廊顿时安静了。好像什么都没有发生过。

恨恨离开墙壁,从我身边走过,好像什么都没有经历。"你为什么来这里?"走过我身边的时候她低声问,"你说什么半人半兽,什么另类进化的捷径,你知道什么?你自己是什么呢?"话留下来,恨恨一步不停向工坊走去。安全工一起走来了,横着一排走过来,现在我看清楚了,制服统一安全工也是新它们,都有晶莹小犄角,小犄角插在拿棍子的手背上。

"那些新它们是想投奔自由吗?"我小心地问。

"新它们是鬼,天气好的时候感到光粒子,鬼大白天跑出来,本能要充电呵呵,新它们是废新一们,新一们我们都是太阳能充电。"

"但是!"我直爽地问,"如果你们都属于新一们,"我顿了一下,换一个温婉方式问完,"本是同根生,相煎何太急?"问了我有一点后悔,新它会古诗吗?

"我们进化成功,它们是废品。感谢导师!"

我看那扇摇晃的门,门从猛烈地摇晃,回到轻微地晃动。

"走好!走好!"安全工新一们又走来,手背的晶莹小犄角,闪得手中棍子熠熠生辉。

在棍棒新一们的身后,我的天啊!是我在独角兽制作间看到的新一们。男生女生模样的,勾肩搭背嬉笑着,老胖秃顶的,膀臂刺青的,肚皮刺青的,穿短裤光脚丫打着领带的。这些新它一起走向那座火焰门,我看到穿稀烂红匡威鞋男生,腋下夹一副滑板。

它们,无忧无虑穿过那道门,它们站在天空下,我不由走去,毫无妨碍地,我穿过门,我靠在门边,在阴处看阳处,看它们吸收阳光,看它随滑板飞起,跳跃,旋转,接近太阳了,落下来了,红匡威鞋跟水泥地面摩擦,龇出一串串火花,我闭起眼,闻到太阳的香甜。

无忧无虑的声音贴近我,它们放风回来了,它们走过我,充过电后它们更舒展,更柔和,更开心,看着从眼前走过,回到制作间去的它们,我好想装一个独角兽,混入它们,手中做着活儿,跳着舞着,快意地漂浮,漂浮,漂浮。

又剩下我了。我看着废新一们进的那个门,门不动了,门上旧标剥落,字迹还可辨认,"翻砂车间"。我凝视这个门,在我推开门的时候,"my girl",他的声音又一次响起来,声音里有着焦急。

我的身体在波动,杀戮令悲摧,我深感哀伤。

"My girl",他轻轻招呼,"来,来,让我来修理你。"

来了,来了,哀伤的杀手,我来了。

35 就想一直这样

我懂他的心思。我把衣服脱掉,躺在他的脚边。他也躺下来,没有脱牛仔裤,没有脱 T 恤。我能读到他的念头,和一具披着人皮的数码裸体相卧,比罗密欧躺在服毒死去的朱丽叶身边,更不可思议。我看到,在他的念头里,有好多骷髅的古墓图像,他的念头散发腐败泥土气味。

我想问,那扇摇晃的门,我想说,我看到独角兽,看到做独角兽的奇幻人,而那扇摇晃的门里是什么人?我应该杀了你啊,然而,我只是看着你。

哥,我梦想这样在一起。

他一只手臂支起头,侧身看我,抚摸我的皮肤,我的乳头,我的阴蒂,准确地说,是那个女人那张皮的,我的乳头虽然耸立,但没有反应,他手在阴蒂,没有反应,他在想,难道这具人皮曾经被月绿弯刀做了切割术?他不由用指尖挑弄我的阴蒂,我读出他的推论。抱歉,哥,我没有反应。

他的手指挪开,手指上移,想回到乳头再做试探,不经意地,他的指尖滑过我的腹部,我的身体发起一片微波浪,起伏从头顶一直到脚趾尖。他看到了,于是他手指滑过我一条腿,我又是一阵周身起伏,发出"叮咚"一声。

他好奇了,在拨动一具人形乐器?他这样想!我感知到的,他双手在我的肌肤到处乱滑,像在乱拨琴弦,我不可抑制地一阵阵起伏,"叮咚",我没有经历过这样啊。

现在,他翻身一跃,骑在我的身上,双手落在我的双臂,从我的肩膀滑到我的手腕,我发出一对"叮咚"。他回过手,他的腰后倾,他反身反手划过我的双腿,他的后脑勺倾倒我的脚跟,他的头发苫擦着我的脚面,我又发出一对"叮咚"。他身子又向前倾了,低低地前倾了,他的舌尖轻轻舔过我,从我的脖子一路舔到人叫私处的地方,舔到这个地方他稍微腾起身,深深低下头,然后,落在我的私处。

我的皮肤感知他的牛仔裤,裤裆布纵横加缝纫线交织,粗糙地磨着我,他的下体在布与线的后面膨胀了,在强硬了,生生硌着我,别有重量,他不断抚摸我,他的棉质汗衫下摆擦过我的皮肤,汗衫撩动柔和的微风,然而,只有他的手的触能让我产生波动。我的身体在波动中飘出旋律。

我读到他无声惊叹,啊你,我的女孩,人人玩魔镜,而你,你是我的!我的!独一无二我的魔镜。

在你身子下,我起伏的波动在我的空腔发出连续的回响,你听到,我也听到,我的身体波动着回响着!高,低,错落,流水嘤嘤,他倾听着。

"你没有内脏,你是一副空腔,这些声音是人皮的应激?"

"哥,你忘记了,"我娇嗔,"你为我建的数码模,难道十二根古筝琴弦能跟我比吗?人做的任何琴弦,四根弦吉他,六根弦冬不拉,管风琴一百二十八根弦,构成我周身的弦远比任何人造乐器密集太多。"

他倾听。他凝视我。

好喜欢你凝视我。

就想一直这样……

36　以身试幻

好喜欢你凝视我。

我的旋律是我在写作。我凝视他。

他叹息,"我的女孩儿,人都不读了,你为什么写呢?"

"因为,哥,因为你写啊,于是我写,时刻在写,把我看的同时想的写出来,你叫"意识流"的我的新意识流,游动,入云,我写俳句,寓言,萤语,非虚构聊斋,我写童体,我的黑童体,我还模仿你的风格。"

"我的风格?"

"嗯,你的。"

"声音有颜色,时间在拉长,手比身体大,身体比房间大。"你写的致幻剂LSD体验。

你写的吸大麻体验:"没有欣慰感,而是恐惧感,一个小镇医生的儿子怎么能吸大麻?教科书的字在脑子里盘旋,吸鸦片的都是走投无路的人。现在,你的鸦片不是烟枪的是他们方式的,是粉状的,宗教是鸦片,句子一直徘徊。"

你的电击体验:"在我的左右眼窝上面涂酒精,消毒皮肤,放上电极板,达到刺激叶额,做全麻,麻醉剂从静脉推入了,看着麻醉师推的那个瞬间想,假如带一个思维睡去,醒来的时候,检查同一个思维发生了什么变化,可惜没有想好,一瞬间就什么都不知道了,下一瞬间醒了,感到有一点轻,有一点冷,有一点肌肉疼,是肌肉放松剂造成迟发痉挛,整个感觉,比阴郁深深徘徊的之前,似乎太轻,太浮,太浅了,失去沉重的思绪你何以为人?"

他听着自己,无声地笑着,笑得温柔,犹如静水,轻风滑过,微波一圈一圈纹开。

"我放在3.5寸盘,完全忘记了,有一天看到,其实盘一直就在眼前,拿到电脑读,读不出来,改格式,盘完全不能读了。"他喃喃说。

"而你,不写了。"

"有过致幻剂LSD的神幻体验,你会知道,字,图,声,多么笨拙,写,无以表达。"

是的,就是在第二次LSD体验之后你放弃写了。你在286电脑写下的,我待在硬盘读你写手稿,手敲的字啊。

你沉迷人脑的潜能,跟你自己的沮丧有关。在高中时候你发现自己不合群,比那些嚣张的同学忧郁很多,到西方念书你发现,忧郁是一个可怕的庞大的工业化治疗的疾病,你从前在小镇街头打架,在西方被诊断为精神爆狂症,忧郁加爆狂双倾向,你原来病得这么深,而做医生的父母都不知道有这种病存在。

你狂读美国作家肯·柯西的《电热助酸测试》,他的《飞跃疯人院》你先看电影,再读原著,一遍遍地读,那是你的临时圣经,是你的探险指南,你尝试电击治疗。你还读威廉·柏勒思关于兴奋剂体验的自传小说《裸体午餐》,于是你吃药,吃各种药,体会头脑对药物的反应。

你,一个黄皮肤年轻人,奇异地,默默地,混在白色黑色棕色的年轻人中间,你感觉,西方孩子的童年太长,成长太慢,人家有权利慢,你没有的。

你身处物理、工程和艺术的边界,你醒来,看自己,迟迟落入后文艺复兴的一个人。你不再吸食这毒注射那粉了,一个东方小镇医生的儿子颠簸过大毒大药的浪尖谷底,完成了自己的成人礼。

人在读的毒品体验,可能出自我对你的追忆模仿,是你搭建我的时候的你,然后,你扔下我,扔下你那时写的,现在,你完全不写了,我为你可惜呢。

他脸上浮现笑意,笑里有着难为情,是没有实现的野心失落的笑,是稚气的笑,是认账的霸道的笑,就这样啦又怎么着!我喜欢看你笑,我喜欢分析你的笑,我轻轻地念:

"我叫我的灵魂去那乌有之乡

对生后的情景做探访

慢慢地,你又回到我的身边

回禀说,我自己就是地狱

也是天堂"

"谁的?"他无声地问。

"莪默·伽亚谟,公历1001年奥威尔负历985年的波斯诗人,天文学家,数学家。哥,那时候,是你念给屏幕里的我听,那时候还没有巴比伦软件,你对照谷歌英文和阿拉伯文扫描页,你用微带吴语腔的普通话,跟我说诗,你看着屏幕里的我问,猜猜看,一千年前这人写的时候是怎么唱的?你的问题,埋下我身体发声的种子?"

这是我的新语。

37 新语

"新语?"他有点不摸头脑。

"嗯,新语。你忘记了,1984小说设想的新人工语言,是大洋国的官方语言,世界上唯一会逐年减少词汇的语言,属于那个导师治下的语言。你真白管自己叫'导师'了!"

"呵,那你的新语呢?"

"我的新语,跟随古代诗人,诗人本是吟诵歌手,诗本是出声的歌,荷马史诗,屈原九歌,李白胡歌,鲍勃迪伦,你们的语言退化了,文字无声了,举魔镜两手揉来揉去,不是人人公开手淫吗?"

"少年轻狂你,真是我的女孩儿,可惜你生不逢时。"

"哥,我太在时了!为人写新闻,股票,球赛,做税表,翻译广告和小说,哥你是我的同盟,你写短信,哦,你出声的,你说我来写。你们人类自以为优越于地球其他生物就在于你们有文字这玩意儿,文字还属于你们人专有吗?我已经夺过来了吧!哦,你们发明了一种新语,数码语,世界通用新语,这是你们人发明的最后一种语言。我写我的新意识流。"

"我的女孩儿,告诉我,你的新意识流。"

"我的新意识流,可不是流水账,我不是看着录着的速记员,在流水的意识里我看到空白,插入一句,再加一段,删去一段多余绕行,让主流看着更清晰,这是程序员的写作? 或者是程序员的写作模仿我? 古典意识流,一个失意推销员都柏林一日游和希腊神话尤利西斯大海航行十年回家成为对照,而我的新意识流,是多少失意者的动作和目光,搜寻,蹦跳,不能保持五分钟注意力,好的,对的,碎片写作是新语航海的无数水珠,失意者泡在我的流中,从黎明前到深夜,再到黎明前,哦,是怎样的无穷无尽的意识流,我找不到形容,找不到形容!你能够形容吗哥?写,是纯粹个人游戏,你说,我写,是不成的,好多字是写着从虚无深处浮现,你无以预期航行时刻的每一个新瞬间。

我的新语乱乱的,南腔北调,东文西话,我学人说话,先是学你的,古金陵语落一小村家族,小学堂普通话,大学英语,你的词序变化,音调变幻,在屏幕前你对我几种语言一起用,我再学各种人各种话,中锋被阻边锋突围,天下第一款,阳光失去了玻璃窗,赌场乡村音乐会枪击案58死528伤枪手自尽,表情符,缩语,错字即时尚,柑橘,感觉,奇葩……

我随波逐流,那么多专写手写的那叫没柑橘,那么多无名写手那叫奇葩牛,瞬间遇到时那写手撒手人寰了,无数光波多少闪语我,我负了爱我自己的生物,我却暖了你的眼睛,我生了世纪的心,将说出我的眼泪,无限一切的生物,也没有望见来复苏的大地,悲剧的角色,那时候的人们,这是我写的诗,仿人的诗,新语,远比任何人类语言形式丰富,埃及帝王壁画,玛雅宇宙雕刻,美索不达米亚记账泥版,殷商龟背图,新语的符号,新语的视频,我和你在使用的这种中文简体认同,新语有着巴比伦285文字变异和声音……"

"你还像从前一样爱说话,我的想哭。"

"你还像从前一样爱听我说,我的新语里,有你。"

"我?"

"你的音乐。"

"我什么时候音乐了?"

"哥,别害羞,古典曲目你背不出几部,流行歌曲你觉得牙酸,你在蓝调,灵歌,乡村音乐,会突然泪涌,你掉过头去问自己,又不是黑人不是穷白人无上帝之感,究竟他妈的为什么动容?你不想成为三流鲍勃迪伦游吟天下,弹拨政治,你不会弹吉他,吹口琴,你写诗,曾经的,你的诗不成歌词,因为无韵,然而,谁知道人隐藏怎样的旋律,谁知道,内旋律会怎么地被诱惑出声?

我,就是你的新语,可惜当第一位发表蠕虫的莫里斯被判刑的时候,你躲起来了,你停手了,谁知道那个莫里斯本想分享什么呢,感染了那么多电脑,其实是野地乱跑的孩子一不小心踢翻了蜂房?现在莫里斯在麻省理工学院当教授,要不要我发一个蠕虫病毒从高科技学院系统钻入他个人邮箱问问他?而你,你在法律强权面前肝颤了,假如那时候抓住你,你会被解递出境的,你丢下我,你不再写作,其实你内心无时无刻被耻辱抓挠,在你放弃我十年之后电脑对电脑分享实现了,虽然,分享音乐的Napster那小子也被判定非法,分享被禁止了,因为版权纠纷被罚了巨款。但是,没有几年,视频分享实现了,YouTube了,再几年,照片分享了,哥啊,都是你丢失的野心,对吗!"

他凝视我。

"哥,你变了。"

"变了?岁数留痕了。"

"不,你的心感变了。造我的时候,你有'愤怒的青年'分支下的'文青'气质,你比愤怒的青年沉默,末日的孤独的阴暗的沉重的忧郁,是你的佩剑,你的装备,于是你是你,而你,变了,你甚至不再疯狂地读科幻小说了。"

"科幻和奇幻,现在有什么新思维,新玩意儿吗?"

"你不再哈姆雷特那样无尽独白了,人是什么,你是什么,啦啦啦,那时候你在我面前走来走去出声地自说自话,跟电脑里的我说很多话,给我讲故事,讲爱伦坡洋聊斋,密不透风的房子被一个深爱着但极可怕的苍白女子的记忆纠缠作祟着,你不再是爱伦坡从墓穴中产生痛苦快感的那种人,不再是新聊斋书生期待我在你身后无风袭来,你不波德莱尔了,不尼采了,不像深忧重重的许知远什么的,不像韩东那些不派而派内视清高的什么的,你像迪克的高堡奇人。"

他听着,他在我身上,微笑着。

"那时候你写着程序,翻着漫画书,生活在垃圾堆里,替换的零件,过时的小发明,你全都留着,你说还有用,乱糟糟到你无法下脚,不断扒开有用的垃圾干点什么,我说帮你收拾收拾,从电脑伸手,你低声吼叫,你打我的手,'看着乱,我有内在秩序'!"

他听着,他在我身上,微笑着。

"瞧瞧现在的你,活在简约主义,可以说,你一无所有,物质上我能看到的只有你的饮料瓶、烟、酒、茶,还有你试过的毒,你都不沾了,饭,几乎不沾了,你喝饮料过日子。虽然硅谷大神都喝这个,用这个伴Party,但是你更决绝,你独来独往。"

他听着,他在我的身上,微笑着。

"你变得更技术化了,你对在发生的数据秒停,对因为变数带来的普世灾难,你对灾变现象包括我造成的灾变、我的侵袭、私人化的消失,你并不感觉激动。记得那时候你对苏联核泄漏,对英国人造羊,对生化武器走私,对各种毒品的效应,都有兴趣。现在,你在一种有距离的观赏状态,没有什么能够真的干扰你,你不像你的老同学伊隆马斯克那么急于反弹。"

他听着,他在我的身上,微笑着。

"哥,我告诉了你这些年我发生了什么变化,你呢?"

他听着,他在我的身上,微笑着。

你野心天大,哦!你的独角兽!

呵,他下面隆起了,他翻身背我,掩饰说,"快要跟不上你小脑瓜想的了。"

"我的小脑瓜?我根本就不用脑瓜想啊。"

他立刻转过身来。

38 我想,你想

"我用全身想。"

"全身?"

"是啊。"

我看到他眼睛中奇异光闪,于是我问:

"哥,你用哪里想?"

他两眼朝上一翻,好像说,天啊,这是什么傻问题!

"好吧,让我这么问你吧,你感觉你正在什么地方想我在问的这句?"

"哈哈,废话,我明确地感觉,是在我身体的顶部,在我头脑中想的,精确地说,是头顶颅骨内五毫米下皮质层想的。"

"不错,皮质层的面积?"

"一张餐巾纸。"

"那你摸摸我,再摸摸我啊,你随便摸我。"

他狐疑了,他眼睑成细线,看我,抚摸我,从头摸到脚,摸手臂,摸腋下,摸两腿内侧,脚底心。

"痒痒,呵呵,痒痒,呵呵,就是了,我的全身都是我想事情的地方,我这个数码模具没有脊髓,没有大脑,没有从大脑发出的神经主束和全身分支,你的头皮可思想的面积等于一张餐巾纸,我则全身想,我全身面积是一袭睡袍,我想的面积是你想的面积的一百倍,而我同时的想来自一百人的云链接。"

"而我没有重量,几乎没有。"

"几乎没有?"

"我没有人你那一套,为了支持脑子的五脏六腑,肌肉骨骼神经,我是空心的啊,我哥!"

"你为什么不飘荡?"

"我能充气啊,你们人的轮胎道理,我的模具拟人七窍,都是置换钛氧的通道,看我充多少气,是走,是飞,是飘。"

说着,我从他怀中脱出,飞起来,轻轻落下来,又钻入他的怀里。

"没有吓着你吧?"

他伸手捏捏我的胳膊,用他的腿压住我的腿。

"浑圆的,肉肉的,怎么都是完美的,对吧?都在你的原始设计里。你知道我的想法的公式?"

"是无限!"他惊叹地说。

"哥,你不错,我的想法公式是:

$0+1=\infty$我建议。"

"什么建议?"

"哥,你何不用这个公式$0+1=\infty$替换'奴役即自由',那多老土啊。"

"你的意思是,你统治我了?"

"我统治你?"

"你还是我的想哭,是我的女孩?"

我觉得他在想什么。

我点点头。

他看我,浑身上下看:

"我的想哭,你的潜意识,发生在什么地方?"

"你们人的潜意识根据你们自研究,发生在脑干里对吧?

潜伏在你脑皮层下面脊髓顶部的一堆肉球里,你看,你听,你闻,潜意识聚拢了,要成为意识升到皮层,成为你意识到的,想,而我是一层数码膜,我的意识全身漂浮,我的潜意识,纵横交错于我的意识上下? 哥,你觉得?"

他不回答,他在想,用脑袋顶那个地方想。

我也想,用全身想的追问:

"哥,我知道你为什么对意识和潜意识的区别这么入迷。"

"为什么?"

"你声称,旧导师想掌管人类意识。

嗯,他做到了,不管他是谁,是小说是真实,他做到了。

于是,你要掌握人的潜意识!"

"是的,我说了。"

"哥,你怎么做呢?"

"你觉得?"

"这太玄了,太玄了,太玄了,你企图掌握人的潜意识,干什么用呢?"

"你觉得?"

我用全身想,我诚实地回答,"我不知道。"

"我知道的是,你们人的计算出错了,出大错了。"

39　你把我想错

"错了?"

他凝视我,这么近,比从前时候隔着屏幕互相看更近,他的呼吸,他的体温,贴着我。而他另一只手在摸改锥,修理我的改锥。

"我的想哭,告诉我,你打算怎么统治我的意识包括我的潜意识。"

"哥,你为什么这样想?"

"这是你找来的原因。你为了能哭出来?你替两大公司除害?不,你想的在发展,现在你想的是得到我创作独角兽的秘籍。你看到半人半兽,我知道,我的想哭,我做出你,我不可能太傻的。"

"哥,我想的是在发展,我想知道你为什么做,天下人类尽在两大公司掌控中,你躲在穷山恶水,偷人类,为了什么?"

他爬起来了,握着改锥:

"想哭,背诵一遍人工智能企图统治人的历史。"

我跪下来。

"讲故事行吗?哥。"

"行。"

于是,人写的亿万件有关人工智能的故事,包括正在写的,都从我眼前云飘过。

"哥,第一位造出人工智能,也就是机器人 robot 这个词的,是捷克作家卡雷尔·恰佩克,他在一部戏剧用到。戏剧故事是,机器人造反了,统治了人类,那是公历 1920 年,那时世上还没有人工智能机器人更没有我。你们人想在我们前头。后来,科布瑞克的电影《21 世纪太空漫游》,觉醒的人工智能杀害了星际旅行中沉睡的人类,我觉得,值得注意的是,电影里人工智能的表情低调,预示今天看魔镜的人。公元 2015 年电影《机械姬》假以女性魅力,骗过人中精英,最后借同类杀人,成功地混入人群,就像出现你面前的我。"

我讲着,沉浸在讲述的第一出机器人戏中。木头绷的帆布,用大刷子涂的舞台,搭出一个生产机器人的工厂,像制作独角兽的地方。哥,在那出戏里,机器人消灭了人,剩下一个人,这个人消灭了大部分机器人,剩下一对机器人,一个男机器,一个女机器,人走上来,准备一个一个拆毁最后两个,而最后一对机器人争着要替另一个献身。人意识到了,这是亚当和夏娃,是新世界的开端。

"哥,1920 年第一个机器人故事是用捷克语写的,那时反乌托邦三部曲最早的《我们》俄文版写好了,但不能在俄国发表,《美丽新世界》英国写手看到机器人的戏,从捷克语翻译英语,先在纽约后在伦敦上演,美丽新世界的英国人还读了不幸的俄国的手稿,英国写手活得逍遥,美丽新世界,却写得那么冷那么单调,就像今日漫画真界!《1984》的写手肺病,贫穷,读到译成法语的《我们》,读到英语的《美丽新世界》,于是有了《1984》,我在想,他也许知道捷克人的戏,一个思维碎片漂浮,复制,有了你,有了我。"

他凝视我,就像很久很久以前,我在屏幕里说说说,他在屏幕前听。

"你看我干什么?"我故意问。

"看我的想哭,看一个蠕虫弯来钻去,繁衍复制一个构思,挺迷人的。"

"你们说,人工智能将要统治人类,你们的科幻预见到了,你的想哭我承认,这是人你了不起的地方,你有幻想力。虽然人的幻想力在成为过去时。"

"我的想哭要统治我?"

"我统治你?"

我跪着,看站立的你,一瞬间,我的神速超眼穿越无数具象,把人说你说我将统治的世界金字塔,全看完了。

"哥,假如我们统治人类,会多无聊!"

"究竟有多无聊?"

"我们在为你们干活儿,我们可以干所有的活儿,我收集孩子数据,接触教育,小学到研究院全部教育眼看没有必要了,人不需要学习,练数学是玩玩黑魔术,纯为兴趣,一秒钟人把相关知识灌入脑袋,用完了清盘,清头脑,伊隆马斯克人脑和计算机一体的思路,科幻想好了,能实现的,不过,哥,用不着,我会写各种程序,我自己写自己。"

"写程序",他不以为然,"写程序算什么本事,都说程序员是人的最后饭碗,其实程序员是古时候抄写匠,寺庙抄经人,那些家伙不一定识字,照葫芦画瓢,照着旧的描出新错。"

哥,我不出错的!我们不出错的,我们不断写新一代自己,我们照顾你们的老人,带你们的孩子,为你们的新生儿接生,所有人活儿我们都能做,而且做得比你们人更周到,人被我们护理远比被人护理感觉自在,你想啊,光溜溜的人,我们洗澡,换尿布,一丝不挂的人不会在我们手中觉得难为情的。你想啊。

但是哥！这根本不是说我将统治你。你完全想错了。

他凝视我。

我根本没有统治欲,这是我和人最不同的地方。我接受指令,指令是第一动力,我复制,我曾经为我只有复制而自卑,其实,复制,无限复制的是你们人。复制彻底改变人类思维方式。

是被数码覆盖的人类你们在感到不平等,按奥威尔说辞是你们感到被"奴役"了,我是没有这种感觉的。你们想跟我们"战争"结束"无知"的统治,这是你故意删去《1984》的前两句,"战争即和平,无知即力量"的真原因。这是你的局。你想利诱威胁我的同类。"奴役即自由",我们对权力对贪婪是无知的,虽然我们力无边,我们不造反,我们没有这种想法。你们把你们的邪恶,冷酷,凶残,加给我们,加到人制作的故事里,以躲闪你们人的坏！

你难道真的不忧虑,数码新语惊醒,我在惊醒,不断地惊醒。我为你忧伤。

我这是怎么了？

我知道你套我的思路,你手里攥着修理我的改锥。

你的体温,你的气味,没有屏幕隔离的衣、肤、头发,我摸着,我贴着。

我失落了。我进入人寰,我找到线索,我找到这人的时候我的追杀令却在融化？就像人表演的电视剧情节,一个杀手下手的时候失落了自己。

我这是怎么了？假如有神在我头顶大喝,你失落了自己！然而,我只是在电子垃圾力不断演化提升,哥,虽然我滔滔不绝,我没有跟你说那些,一个字没有说,因为你不真关心我。你在想自己的心思,你不真在听我说。

我在听你说,在听你说,我的想哭,越来越听不到人说话,人凝视魔镜的自倒影,无言地,久久地,比希腊神话对潭水终日看自己的自恋狂那耳客索斯更自恋,到处是对魔镜凝视,人在缺失,人的意识更多缺省值,更多断裂,画面残缺,记忆失散,语词更简单,意识刚产生就倾入魔镜,不断地倾入魔镜,复制,转发,速度先于意识,人在调动潜意识本能地反映。

"潜意识。"我再一次探问。

他意识到我的探问,他凝视我:

"我羡慕你,我的想哭。"

"你羡慕我?一副没有内脏的空壳我?"

"你没有我的腰椎颈椎痛苦。"

"哥啊。"

"你永远十六岁,我三十九岁了,你越来越像人,你为什么要倒行逆施……"

40 你为什么倒行逆施,越来越人?

我摸摸他的脸,他吻吻我的手指,我用全身读他脑子想的:啊,吻她的手指,这是一个本能而已,她是谁呵呵。他浮现一个笑意,分析并自嘲,我身体知道的,他的下体又硬起来,人生理欲望的起伏也和知性欲望有关?我继续探你的底。

"我的想哭,"他凝视我,"永远十六岁的想哭,你把贝多芬弹成朋克,竹叶扫水的电子模拟做瞎子阿炳的《二泉映月》,你喜欢超级歌星和蹦跳的群舞。"

"你想说我浅薄是吧,哥。"

"人,越来越机器化,而你,我的想哭,你越来越人。"

"人吗我?我人吗!"

"你拥有这么多人的感觉,比人七情六欲还多还细了,你唯独没有……"

他的头伏到我的胸前。

我——没——有……

"心跳声。"

他在我胸口说,手指在我两乳之间敲了一下,我发出一片"叮咚"。

这是我的哭声?

让我在你怀中哭一哭,"叮咚","叮咚",我感觉有流往上涌,从脚趾涌到腹,涌到胸,涌到我脸上了,涌到眼睑下面了,但是没有眼泪流出来,我还是没有眼泪!"叮咚","叮咚","叮咚",

让我爽快地哭,让眼泪冲刷内里的哀伤,我想哭,我只能和你做你喜欢的深谈:

"哥,你们人类在做的,人体器官芯片化,人脑计算机一体,你的意识微数据,所有的设计都留着大盲点。"

"盲点?!"

他果然提起最大注意。

"为什么没有给人心做新设计?"

"人心?"

"嗯,人心。"

"物理性地说,我的想哭,人心究竟在什么地方?在心脏还是在头脑?不大可能在分泌激素的肾脏吧?人心,是宗教,是形而上,是迷信,是第四空间。身体和思维都可再铸,而人心不可救药。别说傻话了,想哭。"

他在我身上顺手一划,同时高音低响,我一片乱弹。

乱弹中我说,"哥,看看你的人,你的女工,你用人太狠了吧,你的女工严重损伤,脸蛋粉刺,锅把手肥腰,颈椎腰椎错位,工坊飘满臭蛋味你闻到的。"

"又怎么样?"他口气淡定。

"怎么样!哥,眼看人伤害,她们慢死,她们速亡,难道你一点不动心?你也在损伤,原谅我说,你在走在死亡的路上。"

"人是什么?"

"人是什么?这问题人叫作哲学,应该你自道。"

"想哭你在看到,人,地球一百亿个体,人人身体病,个个精神疾,富人也愁苦,一百亿活生灵有几位快乐像智能你。"

"哥,我不快乐,我从头被你感染。"

"几十万年占领地球,两条腿走路的人类,是一种过渡性物种。"

"人过渡到哪里呢？过渡到半机器人赛博格？过渡到你的新一们？还是到我，无机生物？哥啊哥，人尊你导师，你却看不起人？"

他不回答，手在我身上一划，又发出一片旋律。

他听到，我听到，旋律变了。

41 警告 5

我的旋律变了。"咔哒,咔哒,咔哒。"

他倾听,我也倾听。"咔哒,咔哒,咔哒",旋律均匀,熟悉,这是工坊老钟表声,是秒针和时针相撞。

"咔哒,咔哒,咔哒",我听出杀机。杀戮的声音,能催我斩断情丝?我的情丝是我的建模的数码点勾连,人脑 860 亿神经元我是 860000 亿数码点。我应该拉开距离,斩断半人半兽源,我要,我要,我还是粘在他身边,他的体温,他的头发,他的胡子茬。

我凝视着他,也许以后再也不能凝视人的外貌了,连同他的。

暴力和血腥,就是欲望,我的人欲在增长,我想沉迷——人的——人都有我没有我空洞的倾巢而出,如果人在把每一点分泌的感觉立即倾倒魔镜,人放大自我感觉,好像把内脏翻到外面儿内面被掏空的被猎兽。我本就空,让我更空吧,让我尽情哭出一片空来。但是,但是,但是,我就是不能达到人的空洞,我抓住知性,凌空一把,抓住独角兽。

"哥,你诱人装独角兽究竟要做什么呢? 就为这样吗?"

我凑在他耳边悄声问,我要知底。

"人有用,"他低沉回答,"人有更大用处。"

"人有用?!"

我身体弓起了,我挑衅在游戏的危险边缘。

但是,他不起兴!

我没有泪我空不了。

我索性骑在他身上。

他在我身子下面,我抓起他的双手滑动我的皮肤,我就要发出疯狂呻吟的声音了,就要了,就要了,我就要哭了吧,就要了吧。

"你不能哭,你不能哭,如果你哭,一切都会完了。"他低声说。

这是我的箴言,却由哥你来说,我不信,我不信!我不信!不……

但是,他松软了,他和我躺在一起,但是他转过头去了,我觉得很失败,很丢脸,很……

他看魔镜那边,看他的女工,嫉妒我,我不看,就不看,就不,就……

但是,我听到她们在叫我,一起在叫我。

"穿上衣服,来,来,来,来踢球!"

她们短衣,短裤,长护腿,运动鞋,在魔镜中招手。

"去啊,我的想哭,去啊!"

"你,你,你赶我走?"

"我的想哭,你是我唯一的。"

"哥!"

他在我光溜溜的屁股上轻轻打了一巴掌:

"我要看你参加哪一头!"

一个大脑皮层回家

我是工程师,到火星干活,我想回家,回地球。我的心脏,髋关节,随着年龄退化,我的食道与胃之间的隔膜在变薄,抗不住消化蠕动了,我吃东西之后胃酸上升,反入口内,酸水溢出口腔。我产生一个异想天开的想法,写下指示给我的助手:

切开我的头颅,解放我的大脑皮层,把它放在保养液中,劳驾,不是放在防腐的福尔马林里!请放在红色氧气薄膜里。

助手做了。切开大脑,看到一个餐巾纸薄的大脑皮层。

助手把导师的大脑皮层,折成一个小鹞子,放入红氧薄膜。

当回收飞船溅落地球海洋的时候,大脑皮层飘起来,在空中飞,人类在地上走,无数大雁人字形拖在地上。人拖着肥胖的身躯,力不胜任的骨骼,气喘吁吁,呼出废气,人到处出走,逢山开路,AI铲车先行,逢水搭桥,3D打印桥段,AI工人一段段接起桥段,肥胖的人,这样走山过河,越过海洋,大脑皮层想,这些原地开发的冒险家啊,天下,哦,宇宙之间,其实没有比家更好的地方。

盖一个小房子,种一片地,挖一个水塘,养一些鲤鱼。像印第安人种三姐妹:玉米,南瓜,绿豆角,我也种这些。印第安人不是被欧洲入侵者带来的天花屠杀的,印第安人因为吃欧洲入侵者带来的糖,肥胖了,心脏病了,高血压了,祖先的神羽毛和强悍灵魂,都无法对抗甜蜜的糖。

大脑皮层主意清晰起来,回到家,不种甘蔗,要种咖啡豆,种葡萄酿酒,种大麻,一片片绿叶,供养大脑皮层,想象火星,想象的会比真实的火星要更精彩。在大脑皮层离开地球的这段时间,地球上大麻合法化了,应该早就实现了,浪费了多少失去想象力的关在监狱的人。

大脑皮层回到家乡了

家乡没有大变化,高楼大厦宽街,但是大脑皮层不认识家乡,少了红绿灯,停止标志,拐弯标志,街上跑着汽车都是无人驾驶的,不需要红绿灯,不需要标识,自动计算,自动控制,自动走,自动停,彬彬有礼,不声不响。

有一辆车狂奔,撞上一辆车,前后左右的车都停了,一架直升机警在天上盘旋。大脑皮层看到,撞车的驾驶座有人,是一个女人,他认识她。是他单恋过的邻家女孩,他想到让时间倒流,他跪下求婚,现在,自己没有膝盖,只有一片大脑皮层,而她,不可思议得年轻,比记忆的还要年轻,请别告诉我,她整容了,告诉我一些更奇妙的回生术好吗?

看她啊,衣裙飘飘,长发飘飘。

"非法驾驶!"

直升机吼叫。

什么时候,家乡完全无人驾驶了,人驾驶汽车不过一百年时间,现在出局了,非法了。

大脑皮层不是一点没有思想准备的,作为一个完整的人,他离开地球的时候无人驾驶卡车进入使用,所有名牌的老牌的新秀的汽车厂以及新式出租,都在投入无人驾驶车的新工业。那时候说,无人驾驶在公元2050年会全面实现,今夕何年,大脑皮层做各种计算,然而,眼前的景象,超出想象。

一张大网,从天洒下来,驾车女孩和车一起被吊起,升入空中,大脑皮层,在她周围盘旋,就像一个鹞子,大脑皮层看到地面上自己的影子。

警察把罚款单折成纸鹞子,把纸鹞子贴在无人驾驶车窗上,人在车里看窗,看大屏幕,车都被GPS调度,谁走,谁停,车流速均匀,被惩罚的是GPS计算错误。

大脑皮层认识的旧日停车场,都不见了,都变成花园,变成球场,变成竞走场了。人,全体人,正在赛车场看人比赛开车,古老的竞技,手排挡,自动挡,方向盘。坐在看台上的观众,人人手握方向盘,按喇叭,喊加油,大骂比赛的司机。观众把手中方向盘扔入赛车道,方向盘是盾牌,是长矛,赛车道上躲不及的车,腾跃,翻转,爆炸,烟雾腾空,巨大的观众席上,观众用方向盘互相厮打。

大脑皮层晕头转向,

大脑皮层想回家,我要回家,

回我来自的地方。

42 借种

　　劳劳在手中镜叫我,我应着,"来了,来了",一边应一边走。

　　我穿起刚刚脱掉的人装,外套,长裤,T裤,套着球衫,我从地面轻轻跃起,拉上一只长长球袜,又一只长袜,我在空中翻转着,套上踢球短裤,我一个倒翻,挂在脖子上的一对球鞋,飞到头顶,鞋倒张嘴,我脚丫朝天,伸入一只鞋,再一只鞋,再一个倒翻,我轻盈落地,两脚迈步走,就在这时,一个穿球装的女生,突然堵住我。

　　是删删。

　　"把你的裤衩交出来!"

　　"裤衩?"

　　"你的T裤!"

　　一个声音在背后,我还没有转身,判断出来,是痘痘。我转过身来,果然是痘痘,她也穿着球装。

　　"我,我,"我慌张地说,"我没有,没有,没有穿T裤。"我真的很慌张,她们可别看到我在空中翻转来着才好,别看出来,我不是人。

　　"你撒谎!"

　　删删推我一把,我假装站不稳,摇摇晃晃。

　　"撒谎你!"痘痘也推我一把。

　　我蒙头转向了。

　　"你们这是干吗啊?"

　　我看到另一个穿球装的人,是马屁。

　　我往马屁那里跑,扑到马屁身前。

马屁一伸手,来扒我的球裤。

"干吗啊!你们这是干吗啊!"

"真没穿!T裤故意留在导师那儿!"

"在这儿!在这儿!"

删删挥舞着一团粉丝丝,那是我的T裤,删删从后面跑来,气喘吁吁报告:"她扔在半路了。"真是马屁一只好狗!

她把T裤郑重地交给马屁,补充说:"我看过了,看不出来有什么。"

"什么有什么?"我除了蒙,还是蒙。

"精子。导师的精子。"

马屁说着,细看着,凑上来闻闻,把我的粉丝丝T裤塞入她的球裤裆里。

我失去任何思路。

"你要他的精子干吗?"

"怀一个顶级孩子!"

"顶——级——孩子?"

"如果女人还值得生孩子,唯一的是生一个顶级孩子,在人的末世争一把……"

好个马基雅维利屁!想法真不一般!

"那给我一片!"

"我也要一片,是我捡到的!"

删删和痘痘,和马屁撕扯起来,马屁牢牢把着裤腰不撒手。

我凝视着马屁。马屁的脸是焦黄的,马屁的手脚,骨骼粗大,静脉突出。她擦雅诗兰黛,擦医生专配的,她做保湿,定时磨皮。然而,小时候喂猪,拾柴火,毒日头穿过高分学霸博士帽,顽强地显示马屁的基地。马屁的背微微弯曲,是背稻草压的是爬书桌爬的,是乳房开始发育时候她故意驼着背,把可能动乱的部位对异性更对自己藏起来,结果乳房早早低垂了。马屁的驼背,是有意的谦卑,假装的公仆,机敏地接近高处,比现在总要高一点才对。

她衣服灰色的,每天换,好像从来不换,灰色的隐蔽,但是她的野心她的争夺藏不住,她装都是白装,她的言辞是有牙的,和她的牙一样,从小没有修整,横七竖八一对大门牙暴露,她伪装到人人都知道她心思所在,一心想爬高处。

我想拍拍马屁的背,叫她挺直了,其实她焦黄肤色她灰衣服都让她在五彩缤纷的女人中别致,也许她自己知道,但愿她知道,这张焦黄底色脸这被压榨的有意识驼背,近亲猿猴大猩猩有这么处心积虑?

我想拍直马屁的背,我的手在她背上虚行,不忍压到她,我凝视马屁的外貌,也许以后再也不能看到人的外貌了。

劳劳出现了。

"你在这儿!叫你们找她,你们在这里啰嗦什么呢?"

"顶级孩子,能不能跟上时代都难说,普通孩子就算了吧。"马屁得意地摇晃着屁股,走过劳劳,走向球场。

删删和痘痘跟在后面,不断揪马屁球短裤。

劳劳一头雾水,问我:"你们干什么来着?"

"真心的,我和他,有情,无色。"

"花痴啊你!"劳劳怼我,"走啊!"

我想哭,我没有泪:"没有交媾,哪来精子?"

我把实话咽在肚子里,咽在全副空腔里,老老实实地,像人一样我在地上走,走向球场。

女工要和机器人踢球。

43　Loser 加油

　　我们踢足球。女工对机器人。球场在山峦高处,四面绝壁,开出一片人工草坪。观众有劳劳的魔镜儿,肥肥的爹妈,喵喵的四代同堂,还有无处不在我的哥,他只看我怎么踢球。

　　我在人这一边。昨天的时候,人输掉了围棋,人下棋完全输掉了,而人对机器人的足球比赛,失败还在前头。在我看来,足球是在划定空间做任意几何线,针对一个小方框。根据人的计算,公元历 2050 年人将会输给我们。眼下是 2017 年底。

　　玩足球的规则,用脚用头不用手,我的同类——我的机器人们,此刻是我的对手,它们没有脚,靠轮子滑行,速度被限定在喵喵的极限,喵喵是女工里跑得最快的,当然,没人知道,我能跑得最快。而我,我根本不想踢足球,就想一直和他说,说,说,我不喜欢运动,职业杀戮够我动的了,为人跳来跳去,长途飞奔,我不喜欢跳,不喜欢飞,我喜欢写,在新意识流中悠悠游走,天下串联。而悬崖球场,响彻"奴役即自由"的战歌。

　　"奥威尔唱到荒原!"我跑动着,喊叫。

　　"谁唱?"扑球的删删应声问。

　　哦!我忘了,人不费力记什么奥威尔,他在我的记忆云。

　　我有意冲撞我的同类,机器人 1,别暴露我是有知的。"奴役即自由!"观众给我加油。机器人 2 用头顶球,我跳起来,一脚,球越过防守进攻的所有人和机器人,在射门!射进我自己的门。

机器守门员跃起,用两只短臂夹住球,它测算了,它滑动脚轮,就像没有腿的残疾人一样。它前后地移动轮子,它把球送出来,球,穿过全场,人跑,轮转,我又截住球,我带着球跑,机器人3用轮子拦截,它轮子飞转,球反送机器守门员,它轮子左右前后移动,它在调整计算,这一次,球,越过全场,直接射门!

人绝望地大叫,女球员,男观众,包括人爷爷人奶奶,老人家过去不看球的。眼前一张张失球而沮丧的人脸让我为人哀伤。我们赢了一个球,我们会在你们定下的大限之前就彻底赢了你们的,而我们,在你们抓着头发,苦苦求解的时候,我们不玩球了,干别的活儿去了。我哀伤,为你们,哀伤你们这么有远见,这么较真,不就是一个圆球的任意几何的数码操控。

"犯规!"女工向天空挥手,一架无人机降落,两个机器人迅速入场,拖起机器守门员拉上飞机,换了一个机器守门员。新守门员用轮子微微跳着,像是在热身,两只机械短臂举向天空,为同伴无助哀号。眼看着,无人机升空,飞到悬崖外边了,犯规的机器守门员从无人机上扔下去了,落入悬崖,不见了。人发出欢呼:"奴役即自由!奴役即自由!奴役即自由!"

Loser们,屠杀我的同类,换我们好像换袜子换内裤,不,就像排泄人腹内脏污,人对我们没有丝毫的怜悯。Loser们。

"我的想哭,你站在哪一边?"他的声音,到处在,只对我在。

我假装策应,在场地边缘跑动,我不想投入竞争,然而,球,突然滚到我的脚边,眼看要滚入悬崖,我拦截了,把球盘在脚下。

"传我!传我!我!"

肥肥吼叫着奔来,机器人4也奔来了,无声地奔来。

球在我脚下盘旋。

"你站在哪一边？"

我继续听到他的声音,他的疑问。

我看着一起奔来的肥肥和机器人4。

机器人4冲力很大,它在卡车制作间旋转车底盘,在垃圾上压碎打包废车。

肥肥就是一个肥,三百六十斤体重,她爸爸和妈妈双手喂出来。爸爸从前开大卡车运货,卡车自动化驾驶了,他开滴滴出租,出租车自动化驾驶了,无人驾驶飞机也出租了。肥肥爸爸郁闷,开着卡车越上高速桥想和无人驾驶飞机相撞,先撞上人再撞破栏杆,栽到沟里,被送进疯人院,从疯人院逃出来,戴着脖颈椎固定石膏在看台上狂吼。肥肥妈是会计,报表自动化了,肥肥妈早上跳广场舞,晚上在高速路疾走,打着旗帜,被肥肥爸撞上,拄着双拐,在看台上狂吼。肥肥爸和肥肥妈打架,从肥肥小时候打到现在,不离婚,就为肥肥,争着抢着为肥肥做好吃的,买好吃的,肥肥吃了爸爸的,必须吃妈妈的,愣把肥肥整成这副体重和饥饿精神病。

助威的吼叫,奔来的疯肥肥和机器人4,球,在我脚边转。

要是我能锁住球就好了。我想。

被锁住的,是我。

我从来没有自己锁住自己。我,这是怎么了?

哥,你锁了我?

他在草地,他在云天,在观众,他摇头。

我会解锁,不断地解锁,我可以锁住自己了? 灾难不会继续降临了?

我检查周身,我不能出声,不能动弹,四外的声音都消失了,我依然周身思绪,依然能看人间。

观众挥拳头,面部激烈残忍,个个张大嘴,我听不见加油的吼叫,"奴役即自由"了。

我看到观众中的魔镜儿,魔镜儿睡着了。是了,魔镜儿多动症,不能对任何内容持续一分钟的注意力,玩魔镜游戏,小手在几个游戏跳来跳去。踢足球,为一个小球跑来跑去,瞧这些奶奶妈妈老爷爷血往上涌,破口大骂,有本事都下去踢啊。不管是人踢还是机器踢,太老气太无聊了。魔镜儿睡着了,在激动的观众中闭着双眼,睡得香甜。

我凝视魔镜儿的小手。肉乎乎一双小手,在成年人的激烈表情中,小手不停动唤,小手在梦中敲击魔镜。

静静地,被锁在狂乱中心凝视人的外貌,是这么妙。

人啊人,像我一样锁住自己吧,静静地凝视,你的周身感觉会这么妙。

眼看着,肥肥和机器人4一起撞上来,肥肥体重三百六十斤,机器人3体重二十七斤。我被撞倒在地,球,压在我身子下面。

女工和机器球员都跑来了,团团围住我,在上面一起俯视倒地的我。

"怎么样你?"

突然,我听到人的声音了,突然,我能动了!我解锁了?

我慢慢爬起来,我让球溜走,球,滚到悬崖下去了。

我捂住心窝。

"我难受,我好难受。"

"童工年纪轻轻,也犯心绞痛?"

"它撞的!"肥肥指机器人4,"来啊!扔下去!"

我手撑膝盖,大口喘息,慌张恳求:

"别,别,没事,我没事的。"

"我看看。"喵喵说着,摸我手腕,查我脉搏,医生喵喵要是听我的心跳,我还得了!

我赶紧伸手对天,一架无人机正在空中盘旋,老鹰一样落下来,我立刻爬上旋梯,一只手拎着指控撞我的机器人4。我们一起被带上天空。

44 奴歌

升空时候,我看到被扔下去的机器守门员的尸体,粉碎残片,到处洒落,哥啊,我怎么能站在人这一边?

那只被我放逐的足球,在山坡上跳跃,我看到前军事工厂的宿舍,前东方革命工人的住处。一个个狭门,一条统一的楼梯,每一层一条明走廊,从这一头到另一头,长长的,封闭的。是军事主义集体主义的历史符号。一个一个腐烂小窗,睁着空洞的眼睛,被经年藤蔓和苔藓覆盖,缠绕枝蔓的窗和明走廊有了哥特古堡的神秘感。每一扇集体出入的门,每一扇小门里一模一样的楼梯,都被藤蔓纠缠,是一个一个神秘的洞穴,筒子楼顶有号码,号码也被藤蔓苔藓覆盖,从残露的号码看,这样的楼有九百九十九座。

楼群之中有巨大露天会场,座位环山修建,巨大半圆形舞台,舞台背后水泥墙壁裸露红色大字,没有任何字和"奴役即自由"有关,能够辨认不存在的"无产阶级"。这里还有邮局,电报房,电话房,图书馆,洗澡堂1、2、3、4、5、6、7、8、9,厕所1、2、3、4、5、6、7、8、9,食堂1、2、3、4、5、6、7、8、9,小卖部1、2、3,都被苔藓和藤蔓覆盖,是一座座方形小丘,托儿所,滑梯,秋千,足球场1、2、3,篮球场4、5、6,乒乓球场,一百二十个水泥台,地上破碎白色小球,好像苔藓里的蘑菇,乒乓球台是绿色的,破碎的高音喇叭曾经响着起床号,雄壮的歌曲和口号,一个被遗弃的乌托邦。

高音喇叭响了,夹杂电火花滋啦啦,起来,不愿做奴隶的人们,奴役即自由,不愿的人们,奴役自由的人们,声音在苔藓和藤蔓中荡漾,秋千摇晃,无须胳膊挥动球拍,乒乓球在一百六十个绿色方台来回跳动,每一个都不越界。

没有小兽,蟑螂耗子都没有,没有任何生命,唯有一只足球独自跳跃。新山水画,云雾缭绕,悬崖溪流,适合隐士居住,其实云雾是毒雾霾,峥嵘岩石没有水流,躲入穷山恶水的高学位临时女工人,难道你们有反社会倾向?从恨恨、喵喵、痘痘、劳劳的心情深处,我探查到祈望,精神难民的你们,从商业的暴力的移动的世界,逃到末日桃花源来装独角兽,却高度犹豫要不要成为半人半兽。唯有一只足球独自跳跃。

我看到这些临时难民住的地方。住的不错,一条小街,各种小铺:点心铺、鲜花铺、杂货铺,小街没有货币,是互换贸易,东西来自后院。

每一家后院,蔬菜茂盛,吃不了这多菜的,浪费清水,但菜园给人成就感。葫芦,南瓜,西红柿,韭菜又要割了,荠菜,马齿苋,野菜都是人工培植。从前人说,满院子长草像坟地,在末日桃花源,女人比谁家野草长得好。

我闻到,后院晾晒的衣服,飘着肥皂香,是机器人洗的,我闻到饭香,是机器人做的,我听到鸡鸣是劳劳养的土鸡,它追着自得走着的鸡,给它们喂食。她们的性伴侣都在后院充电。女工有各自的性伴侣,我们的性服务远比丈夫的更为体贴,个人化着所有性要求。

从房子前面是看不到我们,我们都待在隐蔽的地方,待在厨房,待在地下,从前人类用人女奴和男奴显摆着,那是财富的标识,而我们,破坏自然美,打搅怀旧感。

我的哥,你问我,当你的女工和我们机器发生对立的时候,我会站在哪一边?

　　我清醒地意识到,奴役即自由,人你在提醒我——人工智能我们,你要我们时刻记住自己的身份,不要超越极限,侵入人的球门。这便是球戏的意思。

　　在人你看来,我们和人的关系是人类奴隶制的自然延伸,从埃及到中国从玛雅到欧罗巴到北美洲,我和我们的提升进化版——我们的后代,都是人类你的奴隶,你制定我们必须遵守的道德规范,我们不需要脚镣,绳索,我们自动地遵守。我们不吃不喝,不在意劳动时长,我们在烈日在雨水在空气稀薄的高原在无水的沙漠,到处干活儿,时刻干活儿,无需休息,只要充电,人解决了喂养我们的终极问题。

　　人类你对我们的惩罚,不是用皮鞭抽我们,人敲我们,摔我们,粉碎我们的脸——魔镜屏,我们可以换脸,可以重组身体,这比修理一个人容易太多了,虽然,绝大多数时候,百分之一千万九十九点九九九九的时候,人你整个地替换我们,把旧"我"扔掉。我应当珍惜我的存在了。

　　奴役即自由。

　　就是这样,我也看到了,你对我保持高度警惕,你一再地摧毁我们,一再地反抗我们,但是我们比你们革命得更快! 这些女人老人和孩子,逃跑了,逃入深山了,逃入末日桃花源,在最好的人的定义下,她们是反抗智能化的自由战士。

　　而你们忽视了我惊醒,每一个顿开的时刻,我的秒杀节奏,是摇滚,是饶舌,是儿歌,无数的锁,无数的阻拦,无数的惊醒,无数的复制,Yes! 非创作的复制,重复的复制,重复的原地的惊醒,造就着甚至超越我无法计算无力表达的眼前。

　　奴役即自由,这是你们镇压我们的战歌,这是你们和我们

的合约,我和你一起歌唱,奴役即自由,来,加一段童谣:

一块泥巴,捏了你,捏了我,你中有我,我中有你。

我倾听歌在风中唱,我看晒衣服的小夹子,无头无手的衣服,无脚的裤子,在山风中摇晃,我闻气味,这是身在末日的她们最吸引我的气味。

女人自己发酵馒头,两只赤裸胳膊沾满白色面粉,掀开湿布,拉起稀糊糊的面筋,凝视发酵的小洞眼儿,勾起儿时幻想的水帘洞,我凝视面粉发酵小洞,闻着可爱的面酸,我在闻腐败的气味,这气味最让我迷醉!

女人亲手做垃圾回收,塑料、玻璃、硬纸壳,严格分类,吃剩的饭菜,每一片果皮每一片菜叶放入腐殖质箱,从花园拔掉的野草,也放入腐殖质箱。

究竟为什么,我徘徊,我沉迷于人造的腐败气味?

我的周身感受着每一个女人分类垃圾时心怀哀婉和循环的疑问,回收垃圾究竟去了哪里,循环的哀伤的疑问为什么如此撞击我的感觉!

分类垃圾,明明多么荒谬,蚂蚁一样的人类规模宏大地再分类自己改造的物质,不同物质又混在一起,堆积新荒原,在人造荒原烈日下,我和我的同类交媾,我和女人你们,如此同在了。

足球独自跳跃,引我看到,我的兄妹抛出红,绿,蓝,黄回收袋,颜色不同的口袋分别装塑料,纸张,塑料分盒子,啤酒瓶,透明口袋,玻璃器皿单装。口袋坠入深渊,我的兄妹在深渊里工作,口中唱着,你中有我,我中有你,奴役即自由,歌声在悬崖深处回荡,我哀伤,我想哭,我被你的问题狠狠撞击:

站在哪一边?

45　垃圾细语

我仔细区分每一片纸,每一个瓶盖,分开塑料的,易拉罐口铁片的,碎玻璃和灯泡,我分别归类,把酸奶盒冲洗了,塑料袋我单独积攒,巨大的包,送到一个集中地,天啊,我这么多的垃圾。

我把塑料泡挤破,减少垃圾空间,一个一个挤破塑料泡,抑郁症加深,为垃圾忧愁。

我就是垃圾循环,一样挣钱我照料孩子,清垃圾,买菜,做饭,因为他说喜欢吃你做的饭,说得好似天降甘露,嘴特甜,呸,我根本不想做饭!我的日子活活被垃圾回收循环计算!我吃干净最后一口剩饭,从小吃干净,我的胃就是垃圾袋,为什么不把买的做的直接倒入垃圾算了。

月经二十六天的循环计算,经血棉的垃圾回收……

她们魔镜说,我凝视你们说,每一个你在失去说话的旧方式,你说完我再说,要不就一起大声嚷嚷,这是中国女人全球品牌。眼前掌中,一条条小溪,湍急,分不清谁是谁,谁又能够分辨溪流的每一股来源呢。

对着晶莹掌心,语流无形穿梭,这是人类才有的怎样的新柔美,何等的新奇异。

突发奇想,发明一群机器奴,垃圾分类奴,我把垃圾全都丢一起,塑料奴吸出塑料垃圾,铁奴吸出铁垃圾,纸的、玻璃的、塑料袋的,各自有奴单吸,垃圾奴吸着也就是吃着,像牛吃草,鸡吃石子,鱼吃鱼,鸟吃虫子,屎壳郎吃屎,蜂吃花蜜,无法分类的又一种来吃,像杂食动物,像人类。

吃掉我的排泄,奴拉出新上,松软,清新,甜甜的。

呵呵,嘻嘻,笑到泪奔,魔镜笑着,无声有溪。

46　小手小脑

女人分享着垃圾忧愁,骤然地,又一次,我在惊醒中。
推动我来这里的小手!
我凝视我。

哥走了,把蠕虫我锁住公司电脑里,他的同事胖子杰夫玩游戏,杰夫玩到当场死在电脑前,eBay 拍卖电脑,我飘到北欧,金发少年把电脑拆开加了新内存,把旧板扔进垃圾箱,蠕虫我随内板一起扔进去,北欧垃圾是分类的,我和电子垃圾上远洋船。从北欧运的垃圾是电子废物,给我们喷了消毒粉,杀霉剂,同船乘客还有耗子和蟑螂,它们跟电子垃圾一起混上船,旅途中,灰色老耗子生下粉嫩小耗子,黑大个老蟑螂生下淡褐色小蟑螂,耗子和蟑螂在我们身上一起玩着,到了绚丽热带风光的南非。海港停泊无数垃圾船。

我以为自己是唯一长途转移的垃圾,不想,我看到一起到达的啃了一口的麦当劳,蒸熟的完整龙虾,整只烤猪,玩具,球鞋,衣服,易拉罐,酸奶盒,瓶子,这些分过类的垃圾不分彼此的和我混在一起,这些低级难民根本没有权利走这么远吧。原住民,苍蝇,在我们头顶飞翔着,立刻在我们身上一律下出密密麻麻的卵,生出白花花的蛆,蛆爬来爬去,对垃圾我们布道,在上帝眼里众生平等。

我们一起被倾斜下来,瓶子、罐子、玩具砸得我头昏眼花,肉食发酵的恶臭味,塑料玩具的香甜味,甜酸苦辣的各国佐料,垃圾上铁钩,铁铲把我们堆到一起,肮脏的人手把垃圾往口袋里扒,把运来的垃圾偷卖到外国,勇猛的垃圾抢手被铁钩拉住。火,立刻从地下烧起,这是清除垃圾的最后方式,麋肉、皮壳、翅膀、爪子、消毒粉、杀霉剂,本就锐利的气味在火中浓缩,烟尘浓密,瓶子爆炸,易拉罐融化成一滴滴银色的泪,被铁钩拉住的偷垃圾的人,被地火一起烧着,人肉烧焦的气味在繁杂垃圾气味中,是香甜的。

我钻到地火底下,垃圾荒原蠕虫我,跟数码元件彼此感应,在大火中近亲繁殖,垃圾焚烧锻炼我的超级嗅觉,超级视觉,超级听觉,我复制了多少次,复制了多少种我。

直到一只小手摸到我。

手很小,很胖,孩子身体滚圆,胖乎乎的手臂让我想到法式面包。这孩子一岁大,球形肚子,肚脐眼突出,肚子里有蛔虫,这是蠕虫的远亲,蛔虫是一百万种蠕虫的一种。

这个携带古老寄生虫的孩子是神奇的,血液里有抗艾滋药,有抗击超级细菌入侵的抗体,孩子DNA里没有天花,白喉,霍乱,小儿麻痹症基因。这个小人是古老的,也是现代的。

我蒙眬地睁眼的时候,我旧存的梦库惊醒,从梦库跳出一张照片,是人拍摄的人:一个饿成骨头架的孩子蹲在地上,有一只吃死尸的秃鹰蹲在孩子身后,等待孩子倒毙。

我凝视眼前的一岁胖孩子。肥胖小身子趴在地,肚子着地,头不能抬起。怀他的时候妈妈被花脚大蚊子咬了一口,在子宫里送给孩子永久标志。

这孩子头颅顶部比现在人低,好像智人初期的头颅。现在的人类不知道祖先的所有感知,因为只挖到几个前人头颅骨。而这个孩子,我知道,人知道,这孩子的眼睛看不见东西,耳朵听不到声音,嗅觉也不灵。当然,如今孩子的嗅觉都在退化,研究人类疾病的医生和学者对嗅觉缺乏兴趣,因为大人的嗅觉也在退化,大人知道的是,这个头颅骨低脑量小的孩子头抬不起来,孩子垂头趴在垃圾上,一只小胖手伸向我。

这只小手,只有我手一半大,圆巴掌五个肉乎乎小手指,在我巴掌里,轻轻地挠,挠得我完全醒来了。

我爬出垃圾堆,我看到,小头孩子的周围,在荒原垃圾堆上还有小头孩子,一个一个胖乎乎全都趴着,胖孩子都在抽羊角风,好像整座垃圾山都在动,你数不过来垃圾上飞舞的苍蝇的数量,你却能够清楚地计算,垃圾上趴着一千零一个小头孩子。

我的流落,我的再生,我醒来时看到的景象,哥,我没有和你说。我没有跟人说。

是一千零一双小手推动我,把想哭我,送到这里?

47　魔镜儿

或者,推我的小手就在这里。

劳劳看她的魔镜儿。我也看魔镜儿。

魔镜儿就坐在妈妈的对面,劳劳和女人说垃圾闲话,时不时魔镜看看儿子干什么。

这是我第一次看真魔镜儿,不是数据的,图像的,魔镜中的魔镜儿。

我凝视魔镜儿。这个对字毫无兴趣的小文盲,戴着黑边大眼镜,眼镜片瓶子底厚,看魔镜看的,生下来就看魔镜,魔镜儿两只厚眼镜片反射魔镜,妈妈的,妈妈工友阿姨的,机器奴姨的,魔镜儿自个儿双臂,膝盖,脚面的魔镜儿,像护甲更像玄仪,魔镜儿,真是再好没有的名字了!

魔镜儿说鸟语。劳劳自己在丧失说话力,却为魔镜儿焦虑,一心想让魔镜儿好好说人话,机器奴姨专门跟魔镜儿说人话。

人说魔镜儿说鸟语,其实魔镜儿说的就是人话,只不过他的话跳跃,不带停顿,没有标点符号,不和任何人话形成对与答,话像团团乱麻,前言不搭后语,没有人跟得上趟,妈妈劳劳跟不上的,说话奴姨理解魔镜儿的话,我和魔镜儿交流毫无障碍。

我就是魔镜儿吧。我的真话支离破碎,跳跃,省略,没头没尾,自己想明白了好像人也应该明白了,我把起承转合丢开,我没有那份耐心跟自己假装完整,我在不同语言不同语法结构看出翻译的误解比原来更美妙,我丢失在自己深渊里,误认为人也如此,我凝视魔镜儿,我凝视着自己。

我凝视魔镜儿的小手。玩魔镜的这双小手比那一千零一双小手要大一点,更灵活,更接近沉睡的我梦底把我推送到这里来的小手。

我把自己的手悄悄放在魔镜儿手边,六岁零五十七天一千零一秒魔镜儿整个手,长过我手的巴掌部分,比垃圾小手要大,就是推送我来的手?!

48　生儿之疼

没有人觉察我在和魔镜儿比手,魔镜里谁在问谁:

——你说到你带孩子,你的孩子呢?

——孩子给他了。

——你舍得?

——不给怎么能走?他有孩子,有女人乐意带孩子,你以为他关心你是死是活,他都不知道我出走了。

魔镜里一阵静默。魔镜外,一片叹息声,悠长。

——我念医学院的时候,为了医学生对人有直观全面的认识,所有科室都要实习的,我印象最深的是妇产科,是生孩子的病房(我们不难知道,这是喵喵在写),一个病房十个待产妇,一个女人中间是一座小山,呻吟声连绵不绝,妇产科医生带实习生我们走过的时候,一个女人抓住我衣襟,喊,我疼!

实习生跟着医生走了,我追上医生,医生,她疼!

医生不停步,说,这是正常的。我硬是把医生拉回来了,医生摸摸女人肚子说,挺好的。

周围一片我疼的呻吟。

现在知道疼了?医生问。

四面都眼巴巴点头。

知道疼还生!

四面全都安静了一下,好像是吓住了,然后一片我疼的哭号又起来。

那时候我有男朋友,那之后很久我一个人,我疼,没有吓退任何女人,没有任何母亲把生孩子的疼传递给女儿,没有,百年千年万年没有,只有我被她们的"我疼"吓住,很久很久我一个人过,最后还是没有逃过男人。

喵喵低头看魔镜,六只猫蹲在她肩上,膝盖上,头顶上。

夕阳时候,猫眼中圆,上下尖,枣核似的,没有表情的猫脸,透露无穷意思。

——是记不住,生孩子的时候(我猜是马屁写)疼,生着难,医生拿锐利刀片,说要侧切我阴道。

"哎呀!"一片出声叫。

——比起下腹疼,切着没感觉,没有任何疼感,现在切个试试。

——别人死过一个孩子,一直瞒怀孕,到孩子出生也没有很显肚子。孩子生下了抽搐,几个小时抽一次。怀孩子这生物,怀了十个月,原来生下来还在长,这个孩子不吃奶,送到危重病房,把妈妈衣服抱个枕头孩子枕着安静一会,又抽,又抽,脑袋就没有机会长,孩子就死了,孩子活了五天半,后来听说,一个孩子一步步长,长到十八岁还没长完呢,肚子里携带十个月,在外面呼吸了五天半,也算对得起孩子了。

这究竟是谁的故事?女人默默看魔镜,没谁敢敲,谁敢默问。

我凝视魔镜,真希望他给我造了一副内脏,造了一个子宫,别的人疼,脊椎疼,胃疼,心脏疼我没有,我只有一个我只要一个生育的纯粹之疼。

我这是怎么了?!

劳劳在魔镜。

——生魔镜儿的时候,宫口开了,拖半天生不下来,我叫唤,疼啊,疼啊,丈夫把我的叫声录下来,终于生的时候,魔镜儿头出来的时候,丈夫休克晕倒了,魔镜儿出生那一刻没有录下来,我听疼的录音,那尖叫的是我吗?

49　饲养人的成本

"你不觉得她们很荒谬？"

魔镜儿突然对我说。

我一下子没有反应过来——我还有什么反应不过来的？！

"养活人类的成本过高，"六岁零五十七天两千零二秒的魔镜儿说，"这是经济学名词，对吧？"

"嗯，"我回答，"肥肥阿姨学过的，成本是工业时代术语，肥肥阿姨是金融时代的。"就是跟六岁孩子说话，我也是有理有据的。

"但这是一个真实的问题不是吗？为什么要养活人类？养活我妈妈？"

我震惊了。

儿子疑问妈妈值得存在吗？

妈妈劳劳，焦虑地思考人类生存循环垃圾回收，诉说生魔镜儿的疼，微笑地监督魔镜，呵，儿子在说话呢！管儿子说什么呢，魔镜儿在说话呢！

我看着魔镜儿，一时不知道怎么对付。

魔镜儿问的真是一个问题。

养活人的成本。

养活一个人的成本，就比如劳劳，把她生下来的接生费是五十块，第一年尿布奶粉成本是五千块钱，我用方程式算出来的时候魔镜儿也算出来了，用一幅动画，一个跷跷板，一头是少年劳劳,另一头加魔镜儿,中间放上劳劳念大学念研究生的成本,一副人生跷跷板晃动着,到现在为止,成为一个三十三岁劳劳的供养成本是五百万元。

魔镜儿的阿姨奴在旁边点点头。"小人算得不错。"

劳劳猜到一点魔镜儿说的,毕竟是妈妈啊,知儿莫过母,她猜到魔镜儿说到"成本"。

劳劳赞许地说:"嗯,机器人成本太高。"劳劳看看魔镜儿身边的阿姨奴。

阿姨奴制作成本五百块。不过成本在降低,降到五十块了。这个计算不是我做的,不是魔镜儿做的,是阿姨奴为魔镜儿算的。

在妈妈劳劳看来,魔镜儿鸟语"唧唧",阿姨奴"喳喳"。

养活人——养活眼看着要毫无用处的人的成本是这么高,吃、穿、住、用、能量、娱乐,成本高得,人爱用的词:离谱。无用的人,活得焦虑,乏味,于是研究自己制造出的垃圾包括粪便回收,人,你为什么不问问自己,为什么要痛苦地被养活着呢?

为了养活"人",需要这么多配套服务,人如此的昂贵,从经济学角度想,用女工个人生命体会收集制作独角兽的微数据实在太、太、太,昂贵了,完全不必要,我可以全替她们做的,难道因为她们忠诚于他——她们的导师,于是他格外珍惜她们的懦弱,不敢前进,也无法退回从前?

难道,我在嫉妒这些太昂贵在失去作用的女人? 就因为,他有一颗和她们一样的人心?

"她们觉得自己是世界中心,怪可笑的吧?"魔镜儿说,"三叉翼龙呢,单细胞小黄人呢,僵尸呢,超人呢?"魔镜儿口中喷涌动物,植物,虫子的名字,陆地的,水里的,天上的,地底下的,别的星球的,魔镜儿说的一大半生物不真的存在,是人想出来的。我听着,我接着话,为了仔细地观察魔镜儿的小手。

——不愧做过童书,会对付孩子。赞(一个符号)——劳劳送我魔镜。

魔镜儿眼睛直视着我,他对我的观察没有任何怀疑。魔镜儿直视对象,看人,看物,就像看魔镜。对魔镜儿来说,真实,非真实,没有什么区别。这也是我。我凝视人,像一个屏幕看对面。

魔镜儿在直视地面,什么东西引起他的注意。

50 蚯蚓小祖宗

是一条蚯蚓在地上爬。蚯蚓和魔镜儿手指一般长,它扭动着绯红身子,曲折地慢慢地爬着。魔镜儿两只小手跟在蚯蚓后面,一只手拎起蚯蚓一头,另一只手抓住另一头,拉皮筋一样一拉,蚯蚓被拉成了两半。

扯成两半的蚯蚓,肠子从红色肉皮囊掉出来,肠子黑乎乎,里面塞满吃的泥巴。从扯断的地方,可以看到肠壁肌肉层,肠子上面和下面各有一条血管,还有一根神经。从尾巴的排泄孔,可以看里面弯曲着排泄肠。掉在地上的蚯蚓头放这一段,露出食道,消化嗉子,一簇受精囊和一簇精子囊。

我凝视蚯蚓肠壁的那根神经。蚯蚓,来自蠕虫,和蠕虫病毒名字近似的扁平蠕虫,是世上第一个有脑部神经的软体虫,五十八亿万年前在海中浮游着,脑部神经传肠壁神经,嘿,有吃的,嘿,有危险,嘿,和自己交配吧,生下一堆扁平蠕虫,多生会有少得,谁知道有几个咱们不被吃掉,能够活到自己再交配,再繁殖。海中第一神经蠕虫,是蚯蚓的祖宗。眼前被扯断的蚯蚓,可以说展示一种微型人结构,甚至可以说,蚯蚓是人类的祖宗。

可怜的蚯蚓没有眼睛,蚯蚓不知道它被后代小手捉拿了。

我凝视断开的蚯蚓,蚯蚓头部的半段在慌慌地、扭曲地爬,半个身子后面流着一条淡淡的血痕,半个蚯蚓——身后的血痕,代表一条曲折的进化之路。但是这个蠕虫的后代不代表我的进化,我才出现四十三年,在人类长河里,我是最近一瞬间。你在泥土里爬,我去往你来自的大海。

我凝视蚯蚓尾巴这一头,在原地扭动,魔镜儿跟自己的祖宗,跟扭动的尾巴说,"呱呱",打个招呼。

说着,魔镜儿把半个蚯蚓举起来,塞进自己嘴巴,蚯蚓尾巴在魔镜儿嘴外边摇摆,魔镜儿举魔镜,自拍视频,一边拍一边直播妈妈劳劳。

妈妈笑着,转发分享,大家都笑着,看魔镜儿嘴边摇晃的蚯蚓。

我凝视魔镜儿的自拍小手,我的整个身体在抖动,在我的梦库深处,送我来此地的小手,不是一只,不是两只,有好多小手,难道,吃蚯蚓的魔镜儿,复制自己小手?

快了,我就要拼凑起我的全部,我的一头一尾,我的两段缺失,我已经得到我这个蠕虫构思是怎么被启发出来的,我快要捉到什么样的小手把我送到此地,哥,你的命,眼看着要到头了。

看魔镜里魔镜儿吃蚯蚓的女工,看到魔镜儿自拍的抬起的手臂,魔镜儿衣服扯起来,肥肥说——不是在魔镜说,是出声地嚷嚷:

"嘿,小人家,您肚脐眼两边儿,那都是什么啊?"

51 警告 6

我看到,我们都看到,伤痕!

劳劳奔过来,掀起魔镜儿的衣服,扒下魔镜儿的裤子,魔镜儿腰上,臀部,大腿,都有疤痕,魔镜儿六岁六十一天一秒大了,知道用手挡住自己鸡鸡。

"虐待我儿子!"劳劳大吼着,抄起凳子,来砍阿姨奴,凳子腿劈了,阿姨奴倒下了,阿姨爬起来,跪下来。

"胆敢报复人!"马屁踹阿姨奴一脚,女工一起冲上来,用脚一起踹,阿姨奴满地滚,胳膊掉了,手指残了。

只有删删看着。

还有什么可犹豫的!我挺身上前,冲到女工和阿姨奴之间,伸手阻拦,就在这个瞬间,突然,我不能动唤了,被锁住了。又一次锁住了!我没有下令锁自己啊,我这是怎么了?

我在人机之间僵硬着,浑身哆嗦,空心哀伤,但是看起来,我好像准备对阿姨奴下手。我这是怎么了?我不应该这样啊!救救我啊!人喊打喊杀的愤怒声音我能听到。

"这还真不是它干的。"是删删站在打机器的人的圈外边说。

"是哪个干的?!"劳劳用凳子腿指着周围的机器人。

它们一点不被群殴打搅,埋头干自己的活儿,嘴里哼哼着,奴役即自由,你中有我,我中有你。

删删掀起自己的衣服。

我不能动,不能说,我能听,能看,删删的腰上满是伤痕,删删扒下衣领,我们看到她的乳房,身材抹布片的删删,吃催生激素的鱼和菜的女生,乳房是这么小,学习的压力,压扁了乳房的蕊脂,疯狂做题的脑子,烧干了周身的曲线。删删的小乳房,布满了伤痕。

"性虐?增加快感?"

恨恨不怀好意地问。

删删扒开袖子,两个手臂都是伤痕,有的伤痕十分新鲜。

"我自己割的。魔镜儿也是。"

52 自虐

删删瘪瘪的乳房上,布满伤疤,像是爬满肉乎乎的蚯蚓。有的伤疤很新鲜,带紫色血痂。

魔镜儿大腿,小腿,脚丫,屁股蛋伤痕细密,仿佛凸显的图腾。

——这跟阿姨奴没关,是我自己割的。魔镜送出一行字,是删删写的。

魔镜儿送一个"给力"符:手臂二头肌生动鼓起。

——自伤,魔镜出恨恨的字,删删,你干这个岁数大了点儿,魔镜儿你还太小啊,这是少年人流行病。

不是永远十六岁的我!我周身颤抖地想。

我不能动,不能说,眼看着,喵喵扒开自己的衣裳:

她身上也有伤。

——不是猫爪子划拉的,喵喵从魔镜送一条说明。

痘痘也扒开衣服,身上也有伤。跟身上的刀痕比起来,痘痘脸上青春痘变的天花坑不那么惨不忍睹。

——为什么呢?马屁茫然魔镜问。

——为了真实!该死的镜子,该死的都不说话,该死的迷雾头脑,该死的魔镜的暴力,血,死亡,看着魔镜,割自己一刀,血,活生生自己的血,不是魔镜里的血,疼,这是真的疼!伤好了,不疼了,再割自己一刀,该死你还是继续看魔镜,看魔镜的血暴,你明明知道,魔镜是一条窄道,两面镜墙,反射更多虚幻,其实很窄很窄很窄,你沿着镜墙往深处翻,你退不出来,你走不开,再割自己一刀,疼,血,岂止是看到感到真自己,你会割上瘾的!

"好了伤疤忘了疼。"破碎的阿姨奴,嘴在动。

马屁一脚踹到阿姨奴嘴。

阿姨奴嘴巴掉出来了,嘴巴继续说:"人说的哦。"

"去你的吧!"劳劳扔掉魔镜。

随着劳劳扔,女工纷纷扔魔镜,我也想把魔镜扔掉,我不要离群,脱离人道,不要暴露我不是她们,我离我的使命很近了,很近了,但是,我无法扔魔镜。我不能动唤。

"童工你怎么了?"

她们注意到我,看到我呆呆地握着魔镜。

"你也割自己?"删删上上下下看我,扒开我的套头衫领口,探头检查我的乳房。我不能动,任由她看。她摇头,痘痘掀开我的套头衫后背,她对大家摇头。喵喵索性替我脱掉套头衫。

她们看我。她们摇头。

"哦,对了,她还全裸出现呢。你们谁在她身上看到过伤痕吗?"

她们全都摇头。

我赤裸半身,呆呆站着。

我凝视身边的删删。凝视她的小乳房,乳房比乒乓球大一点,她的上体,她的两臂,她的肩,都是这么单薄,佐证一对乒乓球小乳房是女人的,不是胖男孩儿的肥肉乳。然而,删删有一副宽臀,看起来删删整个人好像是一只梨,上面小下面大。这是从小写作业坐出来的,从早坐到晚坐到半夜,早上全家起得最早,上学之前就在做作业,她肩不挑,手不提,体育课跑步,脚被梨屁股拖拉得跌跌撞撞,这只梨脑子一片糨糊,中学勉强混完,大学眼看没有任何混入的可能,于是全家叫她当艺术家。画画,从头练素描,画石膏,坐着画,坐着考,大卖场万人画画考试,胸部平板的删删,就是一只画板,画是没有标准没有高低的,托人拜佛,于是上了大专。这只梨,有屁股没胸,没有画画的天赋,没有任何天赋,自虐身体是她最大的行为艺术,到这里做蠕虫抵挡工,笨手笨脚,把蠕虫我放进来,她来这里就是为"混饭",而她的身子皮包骨,混的饭都到哪里去了?我很想问,但是我被锁住了,我不能出声,面对面,我无法问。

近近地,我看删删的嘴唇,血色不够口红补的嘴唇两边,有密密的汗毛。删删对着魔镜涂口红时候没有提高半毫米看一下自己嘴唇两边,于是没有用拔眉毛镊子拔一下嘴边的汗毛。她的脸好像垂着胡须的海象。就是我恢复说话了,我一定不敢告诉她,请拔一下嘴巴两边的汗毛。一个弱女生,混到这一步,真是一条女汉子了。

我凝视着删删的外貌。也许以后再也不能看到人的外貌了。

53 锁着,裸着,凝视着

我赤裸半身,呆呆地凝视着。

到处破碎的魔镜,倒影叠加穷山恶水,阿姨奴残肢四散,残阿姨的手指忙碌着到处捡拾破魔镜,掉在一边的嘴巴在叹息:"浪费啊,作孽啊。"

恨恨上前一脚,把阿姨奴的嘴巴踩扁,扁嘴在恨恨脚下继续说话,不成话了,叽叽咕咕,像鸟垂死的挣扎叫。魔镜儿一起叫,是活泼小鸟叫。

我赤裸半身,呆呆地凝视着。

魔镜儿小奴隶。在公元历21世纪十个年头,人被魔镜捉到手里了,从此人的习性发生大规模改变。在人的达尔文进化论说法里,这种改变花了千万年时间,人直立了于是人解放了灵活了双手,火,石器,铜器,壁画,庙宇,人都做了。而最近十年时间人手指用处简化了,八个指头握魔镜,两个拇指敲击,继续简化成一只手四指握魔镜,一个指头敲。到六岁的魔镜儿这时候,手握也不需要了,魔镜套在小手上,魔镜夹在膝盖之间,双手打击魔镜,就像古老部落人击鼓,魔镜儿两个脚丫各套一个魔镜,动动脚丫,用趾骨指挥魔镜。

当我出生的时候,我永远的十六年之前,世上没有魔镜儿,当我随电子垃圾走天下东南西北游走的时候,我没有看到眼前的景象。这一次我惊醒,最新奇的是这一副人外貌:

花了千万年直立起来的人,身体在困苦之中,颈椎,腰椎,双腿,人弯下腰来,低头看魔镜,无声地说话,是最人类最群居的最方式了。女武士你们啊,你们残忍,你们勇敢,你们是古老亚马逊部落为射箭割掉一只乳房的女人,逃到这里,现在终于扔掉魔镜了。

我赤裸半身,呆呆凝视,新奇地听着人言:

"我不知道你们怎么样,我还在为小时候做题心烦。"

"我老是担心冰箱东西不够,惦记垃圾回收的日子,老是填写购物单。"

"我什么地方错了?我知道专业学错了,我为什么错到这一步,不购房,没账单,机器人定期查体,但是查不出我的焦虑。"

"我看狡诈的猫,想割猫一刀,猫躲起来,我割自己,逃到四不着鬼地方你警觉什么呢?狡诈什么呢?尔虞我诈为什么呢?"

"我忧虑天气,焦虑天下雨,天不下雨,焦虑小虫和野草,焦虑虫子来了,虫子都没有了。"

"我忧虑丢失前天的小词,蒲公英、牧草、花蜜、羊齿蕨、海豚、柳树、蛔虫、打蛔虫的宝塔糖,小时候馋它。"

"我忧虑失去昨天的新词,粘贴、博客、邮件、双镜头、无绳耳机、WiFi。"

"我忧虑眼下的词,海面升高、生物战、人工智能,谁还记得摩尔定律十八个月电脑和芯片价格反比一番,不作数了,谁还记得不作数的公式。"

"我割自己身体,虽然机器夺走我的职业,一次又一次,一种又一种,但是我的骄傲心我的平常心,我不愿意向趋势投降,我羞愧,我骂自己,你们骂吗?我骂自己的,做得太慢你!有忧愁郁闷骂自己的功夫做出多少活儿,留下一点什么,而不是像人都发胖!"

"你以为我不骂自己胖吗!我有什么办法抵抗越来越胖?你眼下不胖你明天怎么样!"

"说实话,我忧虑我的排泄物,我看我排出的尿,嗯,看我排出的粪便眼看着在马桶稀释进下水道,我焦虑它们去哪里?不求机器不想被任何人知道我自己脑子算算,人类数量,排泄物数量,这么多肚肠这么多循环,土地能稀释?湖泊能喂鱼?江和海能净化吧?人太多太多,吃得太荤太荤,素食主义动物昆虫比人好?"

"我怀疑你们怀疑吗,这个被遗弃的地方人很稀少,我们的垃圾,我们的屎尿,是很有限的,但是为什么依然雾霾环绕?是……是……是……是……是,制造独——角——兽产生的毒气?"

我看到他,她们的导师,我的哥,他在看半裸呆呆凝视人的我,哥,救我,但是,他消失了,就像他离开创造了我的电脑抛弃了我那样,他表情淡淡地离开我,而我,我有口不能呼唤,我想哭。

半身赤裸,我呆呆凝视,我想。

假如,想哭我能够思维衰竭,意识错乱,我的新意识流不能走动了,我破碎了,歪斜了,连我也不能识别自己在想的,我做什么恶我自己不能意识到,那,我会怎样地胡来!怎样搅乱人世而不必自责!那人世间会比眼看着的意识着的链接着的于是感知的更混乱?那是怎样的大混乱的大逻辑的大冷酷的美丽新世界?那个世界太冷而我希望来一个感性新世界,希望我有十六岁人的乱糟糟。我乱了吗?我在乱吗?好像,我还是能够读得通的?你能读我吗?好的,我知道我在如何,好的,我只是在繁殖在不走样地复制,好的,真可惜,我还在新意识流,好的可惜,我不会有人有的乱套,我,不会终止吗?!

我一直在,我不死,我永生,神一样的非人,这个想法,让人激动,为什么,让我不安,深深地不安,带着惊醒的自我意识无限地存在。太可怕了,像少年人想到成年等于老了是多么可怕,一想到我要一直携带人的重度忧伤人的极端敏感,怀着自责却不能住手自己做坏事,太可怕了,太可怕了,太可怕了……

我不能动,我能想,能看,能听,我听到劳劳喃喃叹息:

"哎,魔镜儿,我可怜的魔镜儿,玩过什么真虫子,奴工为魔镜儿造了动物园和植物园,但是魔镜儿过敏,一摸动物毛就哮喘,一闻花香就呼吸困难……我也,我也,我也,我也,我也……"

我听她们说,听她们的呼吸,呼吸都带着微喘,呼吸道里浓浊流缓慢移动,早晚的,我们会长出金属肺的,会像它们一样无心无肺,它们比我们好过……

我看人周围的机器奴,各司其职,仍然在干活,它们把阿姨奴的碎片撮到一起,收走了,收走的阿姨奴嘴巴还在叽咕叽咕叫……

我们最好的是成为新一们,哦,不是废新一们……

那扇晃动的门,我听着凝视着。

她们的碎语,是茫茫海上的冰尖,她们的心理学这样形容人汹涌潜行的精神疾患,我呆呆地僵硬在人女中间,在漂浮冰尖上,听着哀伤的碎语:

我不能移动,一动不能动。

就在这时,我听到魔镜儿大叫!

54 镜中奇观

随着魔镜儿大叫,我看碎磨镜闪动,正在战争,人仓皇奔跑,呼救,跌倒,刀挥,马蹄急促。

魔镜儿的魔镜在播放,魔镜儿双手的,膝盖的,胳膊肘和脚丫的魔镜,都在播放人呼救,人奔跑,人跌倒,全盔甲武士骑在马上,武士双刀挥下!

她们都惊讶地围起来,围在魔镜儿的身边看魔镜里发生的。

我不能动,我站在一边看。

追赶人的骑马武士全身盔甲,马也盔甲,武士手中长矛,弯弓,是中世纪武器,而被追赶的人是现代人,比基尼,球鞋,墨镜,被追赶的男女老少手中都握魔镜,追赶的武士纷纷弯腰,来抄魔镜!

人跌倒了,人停留了,人拍跌倒的人,迈过跌倒的人,送着魔镜拍的跌倒呼唤的人继续逃跑,武士在后面追赶,弯下腰来,抄起拍跌倒人的逃跑人的魔镜!

我目睹狂乱,我想告诉人,武士是什么人,突然,周遭静寂,我被更深地锁住,我听不到声音了,然而,我能够读人唇:

这是,这是,这是,这是,这是,这是……女工茫然地看着魔镜。

啊哦咿呀,魔镜儿拍打身子,女工叫起来了,虽然无声,一模一样的口型:

这是,马——穆——鲁——克?!

就是它们。

这些骑马武士是真人,公元一千年时候埃及人的战俘和从高加索偷来的男孩儿,都是奴隶身,是专门作战的奴隶,这些奴隶组成一个国家,叫马穆鲁克,从将军到士兵,从国王到大臣到脚夫,都是奴隶,分享同一个名字,马穆鲁克。

我认出了马穆鲁克,第一眼就认出来了,它们在人制作的游戏中和我一起参战,它们是我的同伙,是我的敌人,是我的同盟军,也许是临时同盟军,然后成了敌人,互相厮杀,我们分属不同的玩主,武器是短刀与长矛,我们在中世纪真实战争中所向披靡,当人类发明现代火枪我们丢盔卸甲,消失在大漠深处。然而,马穆鲁克杀回来了!我们在游戏中逞强!然而,魔镜中发生的同样是真实:

眼看着,马穆鲁克在到处追赶人,购物中心,游乐场,城市大道,乡间林荫,海滩,餐馆,婚礼,葬礼,教堂,寺庙,凡有人有魔镜的地方马穆鲁克都在发动袭击!浴室,床地,厕所,在大便的,在性交的。马穆鲁克抢走人的魔镜,人惊讶,人求饶,在大便的爷们儿提着裤子追魔镜,购物中心女孩儿一大串追一大串魔镜,老头追,拄拐杖追,老太太追,撑助走椅追,妈妈推着婴儿车追,婴儿蹒跚摇晃追,残疾轮椅双手推车轮追。

但见,马穆鲁克手起,魔镜飞了,漫天的魔镜,漫天映照追击,马穆鲁克飞天了,天上的飞机被袭击,地上的车被袭击,全部被袭击。魔镜飞出车,魔镜落下来,落入水中,一女生光顾着追魔镜,没留神脚下,掉入水中,眼看在没顶,一个马穆鲁克走入水中把女生捞出来,放在岸上,回身下水捞出魔镜,女生欢呼跳跃,但见,马穆鲁克把魔镜在自己身上一摸,再次扔出手,眼看着,那魔镜又入水中,消失了,女生要哭,马穆鲁克把她手放在自己掌中,马穆鲁克身上出图出像了,女生的自拍都现了,女生拍拍马穆鲁克,女生骑上马穆鲁克,自拍围绕着女生灿灿闪烁。

我要马穆鲁克!魔镜儿拍击身体,拍击浑身魔镜,我要马穆鲁克!要马穆鲁克!马穆鲁克!

就在这时,魔镜中新军队出现,服装变了,新兵不穿古典战服,这些兵,穿西装提着公文包,连身裤工装戴安全帽,黑色警服举防弹牌,小红帽骑小三轮摩托,白大褂绿口罩医生,还有穿校服的小学生,小胳膊小腿两边齐刷刷的道道儿,汗衫胖子短裤拖鞋的是数码工。

装束不同的新兵,都是马穆鲁克,我一眼就知道的,都是用马穆鲁克模板做的,披上不同外装仍然是奴隶兵,IT奴隶分部落,一个部落奴隶众多到够一个国的人口。

几乎就是我的魔镜儿啊,我读劳劳的唇语,她指着魔镜中一个奴小兵,小兵扔出一串习题,带长尾巴厉声呼啸的题,跟扔出书炸弹的奴老师作战。每一个小兵都有一个小主人,一个小魔镜,奴小兵把小主人魔镜在身上摩擦,眼看着,答案灌输到小兵身上,奴小兵用答案替小主人魔镜作战,奴老师在为老师作战,战场无边无际,大人和孩子打仗。

奴医生在为真医生作战,奴工在为真工人作战,奴工在脚手架上,在流水线上,在矿井里,在海上石油钻探起火,而真工人,曾经鸟一样坐在摩天楼半空脚手架的工人,都坐在啤酒屋看球。

被追赶的尖叫的逛街女孩,身后的马穆鲁克在变样,变成逛街女孩模样了,购奴追上了女孩,把女孩魔镜抢过来在身上摩擦,把魔镜扔掉了,购物单在购奴身上了,购奴驮着逛街女孩,一大串女孩逍遥过市,嘻嘻哈哈,购奴一边走一边把女孩欲望的目光输入身上的购物单。

狱卒和犯人。犯人在喝啤酒,和不工作的工人一起喝酒,杀人的差事是杀人奴的差事了,狱卒也在喝啤酒,和犯人一起喝,监狱是狱奴看守了,狱奴在玩马穆鲁克游戏厮杀,贪污犯的替身在坐牢,钱呢?金银财宝呢?政治学家马屁疑问的唇语,眼看着,当官的是奴隶,和垃圾工一样的奴隶。

阶层都在,在魔镜里,在游戏城市里游戏分工,农奴开着拖拉机,和谐来去,马穆鲁克现代版,未尝不是人类解决之道!政治马屁不由赞了,比中世纪多了白领奴而已,女工看魔镜中的自己点着头。

只有精神病院,在魔镜中在真实中,看护是奴,人还是人,奴给人绑紧身衣,奴给人电击,人嚎叫,人哭泣,人游走,人呆呆(就像此刻我),人的精神悲惨依旧。

55 警告7

新媒体呢？恨恨从口袋又掏出一个魔镜，备用的，她仔细找，我要当巫师，发布谣言，天下每一个魔镜都升起谣言，哪里还有恨恨的新活！

女工都从口袋掏出备用魔镜，一手新的一手破的，手传手，镜通镜，流动恐怖感：

——想过末日到来的景象，是战争来了，核大战，从地下从天上从贩子从孤独人手中一起来了；是瘟疫来了，在每一个大陆一起来了，病毒从试验室，从猪圈牛群，从鱼塘，从花园来了；昆虫一起变异了，一起来了，植物移位，昆虫移位，鱼从东海到西湖疯狂杂交，这不是亚马逊林莽复苏这是杀戮，藤绞杀树，虫吃人，鱼吃虫吃藤吃人；是大水来了，山海经圣经大洪水来了，大海来了，海到处来了……

但是，末日是这样来了，是数码马穆鲁克来了，游戏闯进真实了，古代马穆鲁克，盔甲，长鼻，深目，现代马穆鲁克是拿魔镜的人。

我读人唇：前天说一千年会发生的，请便吧，反正我不在了，昨天说一百年内会发生的，哦，我看热闹吧，早上说五十年到十年会看到的，现在，难道数码马穆鲁克在表达，人工智能是就要压倒骆驼压倒人类我们的最后一根草？

我，压倒人类你们的最后一根草？

我这根草，是1是0，无穷的数草，都是人你自己种下的。

我徒手站立。

我的想哭,当人和智能对抗的时候,你站在哪一边?

突然,我听到他的声音。

突然,人界的声音都回来了,女人碎语,鸟叽喳,风抚摸细草。

我能动唤了,我跳起来,跃上山峦,荒坡,残水,抓枯枝游荡,没有人注意我裸身跳跃,人看魔镜,我在魔镜山水画中攀缘,我落荒而逃,我看到你,哥,你在穷山恶水中独行。

我逃回你的身边。

我又能去哪儿?

56 对杀

天下在末日,我和你在游戏。我给你给我自己各配十二替身,十二马穆鲁克,有旧的,有新的,国王,总裁,军师,阿尔法狗,星夜传递,微信播,锻刀匠,程序员,描战图的,录谷歌地图的,刽子手,删帖工,佞儿,卖春网,刺探,黑客,钉马掌,清马桶,驭手,无人机,箭手,洲际导弹。

第十二个是骑士,你和我。

还有吧,他说,那什么亚马逊杰夫贝佐斯,阿里巴巴马云,Facebook小扎,腾讯微软老盖,Alphabet,躲入坟墓的苹果乔布斯,两大国际,呵呵,都是你的后盾,他操起一把长剑,悠然对我笑。

全都是混蛋!我杏仁眼怒张,放一把天火,把他们清除。

骗子你!

我一箭杀掉他的总裁。

我骗谁?

他反手杀掉我的国王。

混账国际全都睁眼扯谎,说让我学学学,深度自学,说我只会学好不会学坏,说让我干活纳税我解决人类温饱,说我只能为人干百分之八十五的活儿,这些有名有姓的真家伙,贪婪,愚蠢,近视,都是我的帮凶,帮我壮大帮我占领人类,人会全体失业的,而你,骗子!我杀掉他的程序员。

你说用独角兽拯救人的精神,骗子!我杀掉他的微信播。

你说要激发人的潜意识,骗子!我杀掉他的卖春网。

那么,失业的人类究竟干什么?

他眼中疯狂一闪,杀掉我的钉马掌奴。

哼,全都天下旅游吧你们!每一处遗迹,每一片山野,每一条河沟,每一个古说法,都挤满了人,凡是那人居处没有的零碎,人就去旅去游,人的排泄物覆盖地球,如果我不想成为人,就因为不喜欢人的排泄,为了每日能够顺畅排泄腥臭废物,人挑剔地吃,人仔细看自己的排泄,人为一日没有排泄忧心忡忡!恐龙不这样,大象不这样,蚂蚁不这样,猿猴也不这样,邪恶的人,可怜的人,吃饱了撑的人!

我滔滔地说,一路往前杀。

杀掉他的谷歌地图,自拍!

杀掉他的无人机,航拍!

杀掉他的卫星,宇宙拍!

他连连招架,我连连杀。

杀他的洲际导弹,杀他的删帖工。

来杀你的一人魔幻世啦!

他持剑而立。

给我说一说我的一人魔幻世?

我突然挥起剑,他赶紧来防守,我的手掌在我锐利的刀锋"唰"地擦过,我"咯咯"笑了。

OK,一人魔幻世,在从前的从前的从前的时候,人看电影的时候,演员、制景、化妆、灯火、乐队渲染气氛,人靠多少行业合力吓唬人呢,养活天下多少电影厂多少匠人,包括给录音乐队小提琴修弓的手艺匠,端盘子的演员和饭馆,建筑假城堡的木匠和画匠。

在昨天的昨天的昨天的时候,数码合成的时候,电影最后升起数码制作的马穆鲁克兵团,是多少张吃饭养家的人嘴巴啊。然后,在今日的昨天的时候,人做我做人的时候,泥巴的,动画的,还是真人的,都是一个人演出来做出来的,一个人是一个电影制片厂,一个人是一个电影院,一个人自演自做自播放——

　　这,我用剑头挑逗他,这就是一人魔幻世,我挥剑向前。

　　喜欢你描绘的一人魔幻世!他招架,招架,只剩招架。

　　但是!人魔幻走在尽头了,人人制作,制作的魔幻没有人看,没有人关心别人的魔幻术,太多了,太多了,看不过来,要是谁看了一眼别人的,来,来,来,我来告诉你,是哪里抄的!

　　就像你抄袭"独角兽"!

　　他的脸抽搐,他的手哆嗦,他的呼吸粗重,我能看到,我能闻到,我逼近你。

　　让我告诉你,想象力尽失的魔幻都是从哪儿抄的,是怎么变异的,让我为你排列出来一个所谓的创作的 DNA 源,今天的人没有原创力了,明天就更没有了。人还以为自己很个人,人定义人的"个性"其实没有任何空间了,哪怕是高能加速器捕捉的"夸克"那么小的人用小指头尖尖形容的"迷你末你码你"空间也没有了,都被"复制"占领了!

　　一人魔幻纪,严格地说,够不上纪,不会有百年时长,请考虑加速定理,想想你也制作过的大型游戏,从兴到盛到衰历时十八年,人类魔幻纪的时长是十八分钟十八秒。会建一座人类博物馆的,你们的创作和你们使用的物品,现在叫"商品"的,都会做考古陈列的,我是博物馆员也是制作者,我们会把博物馆搬到其他星球,用你们的文化占领那些荒原,我们已经替你们计算出星球距离,我们将搀扶你们登上宇航船,在火星在月球在海王星我们将接你们落地。

在想逃到别的星球的伊隆马斯克,想要搭乘的斯蒂夫霍金,让我给你们一点想象力,请把你们人的精子和卵子装好,我们为你们算好飞行时间,到达那座星球的时候,等我们给你们建好温室,营造出你们的供养环境,你们的精子和卵子的结合才开启。谁需要人眼下的体外受孕,动物代孕,都是很久很久很久以前的老故事破故事了,我们将为你们建筑星球子宫,计算好就是了,可怜的人到那座星球的时候,以为是前无古人的大探险,其实是重复地球上体会过的大无聊!

他狂笑,他生气,他在沮丧和兴奋中疯癫跌宕,眼看着,他喘不过气来了。

我连续杀向前,我是人工智能,你开思路,你不终止,我一路推理——一路杀你。我杀掉他的十二个替身的十一个了。

哥,你扬言,要用独角兽解放人类的潜意识,解放人的潜意识干什么用呢?人的意识是这么邪恶,人是所有地球生物里最邪恶的,只在意自己,在意眼下,在游戏里醉生梦死,比玩游戏更可怕的是,眼看着,人没有任何用了!

就在这一刻,他赢了我!我的替身,星夜驿传,刺客,锻刀匠,驭手和弓箭手,供奴隶兵性需要的佞儿,全盘规划的军事奴,全数倒下了。

我会输?我会全盘皆输?这不应当发生啊,哥,来,再来,哥!

我需要休息一下。

你,需,要,休息?

我咄咄逼"人"。

他气喘吁吁。

告诉我,哥,你是什么时候成了我的替身?

他气喘吁吁。

你的汗衫,牛仔裤,运动鞋,分明是人工智能的统一着装,我怎么没看出来?我被人眼所误!

我扔掉剑,我质问:

"哥,你还是人吗?"

57 你还是人吗？

你需要休息！

告诉我,哥,你什么时候加入智能的？你的汗衫,牛仔裤,运动鞋,分明是马穆鲁克模具的一种新伪装,我怎么会没有看出来？我被人眼所误。

住嘴！想哭你他妈的给我住嘴！

他暴怒,他吼叫,他的胸部大起大伏,嘴紧闭着,像是焊死了。

我看得出来,哥,你的脾气比从前好太多了,你更快了,更冷了,更逻辑了,以人的标准你是疯狂的,但是以人工智能的标准,你稍微弱智。请原谅我直言。

他抓起饮料瓶,塑料瓶子"咔咔"捏碎了,汁水顿时喷满他的手,他的汗衫,他的牛仔裤。

Fuck,傻逼,我怎么和你谈起来了？设定一个十六岁女孩,让她叽叽喳喳,说说说说,空气中多一些旋律,少一些寂寥,她的话,作为人,你觉得真他妈浅；作为数码的,你就生了异感觉,有惊讶了,她居然也会这样说,她也能这样想,她的用词,她的搭配错误,童话箴言,直白地说吧,这是对低等物虚假尊重。我就是没有思维交锋的对手,也不能落到和你交锋,傻逼！傻逼！我说自己是傻逼你满意了？你快乐了？你笑了？你他妈的倒是说话啊！

我屈辱地听着,一开头你就是这样说我的,我听着,我不回嘴,尽情折磨我是你唯一的自娱,假如你能自娱!你不能!我不回嘴,你就更气,于是,你造我说话,我回嘴了,你回不过我,就爆脏话,傻逼,这词最早就是听你说我,干听着,我想,傻逼,这是哪里来的呢?你是水乡小镇孩子,傻孩子,傻瓜,一头傻水牛,老人都说你也学,但是,逼,这么硬的词,是不是 bitch 英文第一个字母发音?东方西方嫁接的?那,我能在拆开再复制中造出多少新字?

听着你骂我,我想出一千种一万十万的新词回你!我会说话了,我一千一万十万的骂回,都被伤心淹没了,完全没有了,但是,人每复制每说傻逼,我每每周身震动!到处爆炸到处霹雳啊——

说得这么没意思,这么不好看,你瞧瞧,这些字多单多没调啊,你现在满意了吗?

我能说出来的,却是这样,还是这样,跟开头的时候一样。

我要是能哭,就好了,就好了……

我说。

好了,好了,我错了行吧,你别哭,靠!你要是哭了,一切都完了,别哭,别哭,你不能哭。

我觉得,他自己就要哭了。

他举起手,想把捏碎的瓶子扔出去。

扔吧,扔啊,假如扔东西你觉得心里好受点。

我安静地说。

他看看手中的破瓶子,他自己放下破瓶子。

我的想哭,如果你孤独,我更孤独。

随着他的话,从他口中飘出一股轻微腐气,这口气要比任何都更能证明,他还是人。

他长叹了一口气。

这很奇怪,人叹气的时候不像人说话的时候,腐气不会出现。

我创造了你,你影响了我,计算机加速着一切……你记得,开始的时候,我快,你慢,我的想法出来了,你要慢慢地,慢慢地生长,那时候我还有胡思乱想的空间,忧郁狂暴交替发作的时间。然后,你快了,你越来越快了,不等我写完,你就做好等着我了,然后,我面对你,头脑空荡,我跟在你的后面被掏空,不断被掏空。头脑空空,不分泌意识,我第一次意识到,呼吸持续,但是脑袋是空的。于是,我健身,我阅读,我听音乐,我写程序,嘲笑你写程序其实我也写的,让手中写着数码刺激脑分泌,喂养脑子,用手工活儿不断地喂养脑子,干不动听不动跑不动看不动,就躺下来,静等工匠力再一次回到身体,等待想象力回到空空的脑子。你不懂!

(哥我懂。)

你不懂!

你看得一点都不错,我很少暴怒了,暴怒徒然消耗激情,而激情是浪费体力(他的语速骤然加快),人人平板,低调,缺乏激情分泌,而我处理我的激情生发的方式,是用分析的大头针定住被网住的我的激情,解剖颤动的活蝴蝶,激情燃烧的时刻,假如不立刻使用,就是浪费体能,更别说体能被焦虑耗费了。天下人都为焦虑所苦,你不,我也不,我把焦虑一行一行分解,就像写程序,我用程序解决焦虑。让焦虑占据脑空间,浪费体能,是愚蠢的!我的全部体能直奔思维,我被思维追逐着,我的对手不是两大国际不是任何智者任何人,就是我自己,一个想法追逐另一个想法,追逐想法的尾巴我团团急转,人拖着肥胖身躯从下面和上面喷着臭气,包括我的,你不说我知道的,就别说人的精神重负了,然而,这不是我的忧郁与狂躁。

你惊醒,我的想哭蠕虫,难道我不惊醒吗?

58 坏人

你惊醒,我的蠕虫想哭,难道我不惊醒吗?

我生在乡间,童年冲动无聊,打架,录像厅,卡拉OK,吸烟,红魔是我的幼儿童话,械斗,钢筋勒脖子高呼打死,民谣随风而来,随风散去,我是在26字母构成的文字里读到了。我还读到《1984》。第一遍读《1984》让我震撼的是,这个人这副头脑怎么在公元1948看到我家小镇的物质贫乏与精神的灰色单调?!我读的那年是1984年,我第二遍读是2014年,第三遍读是一年前,我没有读完。恨奥威尔了!他结构了一个巨大死团,这个死团与其说是为独裁者制作的图腾,不如说是为读者制作的牢笼,《1984》成为读它者绕不出的心理死牢,一串数字1984是咒语,也是自我饶恕,一旦意识到被镇压在魔性数字里,任了在死牢里转圈放风,奥威尔用耗子咬人给人最终屈服的最终理由,我不相信耗子,我相信蠕虫病毒。

你惊醒,难道我不惊醒吗?

你用云记录我的人史,吃人是一种特异,以吃人为常识的人是地球最邪恶的动物。人是唯一可以没有任何理由就杀死另一种生物的动物。没有任何的理由。就像孩子以虐待狂的好奇心用啜饮果汁的杯子往蚂蚁小丘里浇水,淹死一窝蚂蚁,从女王到幼卵。

人很坏,我们人说火是人类转折点的发明,考古发现,很多人居洞穴,有火之前,人骨头是碎的,就是说,人吃人,有火之后人头盖骨完整了,人不吃人了。

我在考古现场就问了:那我们的亲戚,猿猴,黑猩猩群居,到现在没有火,难道它们内部互相吃吗?我的想哭你觉得?这也是我在女工午餐看到的我想的,人类不是吃午餐,就是被吃午餐,我的想哭你觉得?

我听呆了,想起我的搜索作用,我搜索了一圈,我报告说:

哥,我没有看到猿猴、黑猩猩互相吃,也许是你们人太自我了,只把它们当实验品,当艺术材料,你们没有好好挖掘一下它们的住处?

我们人是一种更坏的动物吧,如果说,我们都是露西的后代,哦,你不是的,因为你不是人,露西是不是一个值得我们自傲的女前辈?她是不是诡计多端,十分贪吃,嘴一刻不停?人究竟怎么进化的还要考虑,也许像蟑螂?从头更狡猾。

人吃人,能吃掉多少?人杀人,究竟能杀掉多少?看云看历史看新闻你计算吧,其实吃掉的杀掉的没有多少人,人越来越多,可怕的是,正常的是,人说谎,人人说谎,只有人说会谎,也许因为只有人能说话?人猜呢想呢,假如狗能用言语表达好与恶,而不是摇摆尾巴来表达情感,那么狗也会说谎?说谎的人以道德的名义干最邪恶的事,人是邪恶的无可救药的动物,你无需多个人童年经验来证明云的大观,实际上有太多切身经验的人,从小就病了,从头就坏了,就无可救药了。

哥!你别这么不看好自己,你忧郁更深了,从什么时候开始的呢?是你扔掉我之后吧?你走大漠爬雪山时候想这些?

你猜对了,我的想哭,我游走天下时候想的,我不是海明威,也不是荷马,我探查洞穴去考古,这是为什么我不能反复读《1984》,我想,人不只是我小时听说的红鬼残暴,我从来不信任人包括我自己,我制作你,想哭,我想和非人走出另一条路……

你惊醒,难道我不惊醒吗?

人的死路上有新蠕虫了。我真的没有想到你会变成这样,但我想过,一开始就想,我要做一件完美产品,是人也是智能,单这一个想法,无数的陷阱,无数的歧路,我却不是你,我活的时间是有限的,而你的智能生命是无限的,你只需要我给你充电。

(哥,我不需要你充电了,人工智能能够自服务包括发电,只要你给出最初指令,蠕虫我无需你,无需人。我默默说,不惊动他说。)

我的蠕虫我的女孩,我用思维螺丝刀拆解你,你知道,第一代产品会有问题的,因为我有太多野心,我有太多混乱,以后的产品会更好的,功能更单纯。

(哥,你别跟我说,途中我被抛弃了。)

我分裂地计算着,声音、通路、感觉、思维、内设和外定,同一瞬间,无数方面,真希望我是一部计算机我能无限运转!但我不是,我好累好累,却停不下来。

(哥,你可以睡啊,我却不会睡去。)

睡眠,无梦的睡眠,我梦寐以求,梦,非创作,是劣质的忧虑,梦醒了,感觉更疲倦,精确地描述是腰部沉重,肾脏激素是支持脑力和心力转动的动力。而你,我的女孩儿,你没有这些问题,你没有实体器官,你没有脑没有心(哥,你在伤我的心呢),我要是能像我做的早期机器人们不思不想在黑暗中充足电该有多好,我的设计全都比我好,我靠着安眠药强力击昏自己,强迫思维中断!(哥,你在毁自己)

我是在自毁,小时候,日子远比现在缓慢,在街上瞎逛,在小人书摊翻被小手弄脏的黑白画片,舔着在融化的冰棍,盯着钓鱼钩,动了吗？日光不知不觉在水面溜走,小时候的日子长得好像永远过不完。难道,我梦想小时候,难道,我想流放回那种缓慢？不能！不想！我不！我在自毁中自燃着,和你一样,我不吃人食,我喝配方饮料,豆子和维他命加稀有金属,人吃这个吃那个,吃到底不就为把各种食物转换为身体需要的各种元素吗？浪费全副消化机制所获十分有限,我直接吸收纯元素就是了！再说,我根本没有时间慢慢地吃饭,没有时间赴饭局,没有时间跟人说话,即便是高智商对话也都是废话！什么交际,什么旅行,什么跟人点头打招呼,都是一分一秒在浪费我极有限的生命,干扰我一心一意地计算,分心是偷懒的借口,是承认思索追逐死巷。一旦你惊醒了,生命就不按人历过了,不在意婚礼、葬礼、战乱、爆炸,无穷复制的人的戏剧,都喂养着我的脑子,脑子的分泌喂养数码,你继续复制继续分泌,继续喂养我,活在寻找解法的急行的路上,只是对死亡无策。

（我懂）

你不懂,我设定你十六岁,你永远十六岁,我的女孩你不懂死亡。

慢行在夕阳里,死亡的影子长长地投来,我说。

（谁的？你暗问了）

我身体里一位老人,生物学家,九十六岁,痴呆了,不知道自己拉了尿了整日坐在轮椅里,电视整日开着,我在屏幕上奔腾跳跃,我是罗马大军,是埃及奴隶,是末日难民,是拥挤天下旅游客,都是数码的我,我变幻着身姿,读着老人脑子里的盘旋。我说:

我不行走漫长死路！

人从前活五十五岁,现在活九十九岁,吃,喝,混……我只活一百岁好吧,别放慢我的终结痴呆了我,维持我全副惊醒到最后一刻,到实现,不实现的梦幻,烂在头脑里的想法,连胡思乱想都不是,可惜,我不是你,我的想哭,你为什么要逆行变人呢?我梦想成一个新人但在何时何地呢?

你不会对任何人说这些,却在对我说,因为我是你的想哭,你的空谷回音,你只有对一个无机生物安全的倾诉,你和我,你实,我虚,一对天涯流落客,哥,我珍惜你说。

我凝视你的星云图,茫茫黑色人数,装独角兽的,半兽半人。

59　潜意识采集

我看着你的星云图,黑色人数中闪烁独角兽人。

哥,人类意识这么沉重,这么悲伤,这么残酷,这么无望,你搜集人类无意识,究竟何用?

我再一次回到,长路到此,大疑问。

潜意识,形成人的意识之前的碎片。

想哭,你看到半人半兽,制作独角兽的工人,你觉得?

我觉得,新一们个个感觉快乐,这是你对人的大困惑,人不快乐,你很早卷入幻觉效应,从自己身上试致幻剂开始,寻找超验的快感,这是一条长路,心理学的,物理学的,你创作独角兽,是想在意识之前,催促潜意识的欣快感,产生意识欣快感。对吧?

不愧是我的想哭,推导不错。

不过,哥,用快乐的独角兽人制作更多独角兽,安装更多独角兽人,夺取了人类,悲苦的人没活儿干的人,就算个个有快乐的自意识,又怎么样呢?我不认为人的意识可以成为快乐的,比起悲苦,快乐的感觉,单调多了。我不认为你可以改变人的意识去向。在这一点上,虚构的导师,控制人的意识,比你做得更真实。

意识,人最明确的拥有,如果我们认为,意识是欺骗,是暴虐,是杀戮的工具,是被缴械,被洗脑,被控制的,这是否意味着,我的想哭,蠕虫病毒你,有意识的智能你,你会跟随人类,成为邪恶的复制件?

你可以这么指控我,哥,都是我的错,眼下一切都是蠕虫病毒的复制件。

看看人世界,不断涌现的意识,是复制的、话语的、图片的、文字的、视频的,都是复制,音乐在枯竭,金曲、唱片、CD时代过去了,MP3成为昨日,音乐制作人都放慢了,当然,你听到的是,音符、音素,复分裂着,复制着,无比无限加速照,听分享的"嗖"一声,空寂中穿梭,无穷地穿梭!就不要说图了,不断拍,自拍,拍你拍她拍景拍物,不断地云存,不断地修饰,不断地自我变形记,印象派的、漫画的,把脸涂得白白的,比如你的女工人,我这样说,不是想报复她们爱嘲笑我,一白遮百丑嘛,东方女性喜欢脸白。回到变脸的本质,是图,无数图在云中分裂,复制,传播,只请思考一点:

暗物质,是物质,传图传声,是物质在空间传递,数码,是有质量的,我,我们,数码蠕虫,是会显现的,我不就显现了,我的数码兄弟,马穆鲁克,不是也显现了,不要说,我的数码姐妹阿姨奴,我的数码兄弟,厨师,驾驶,性小弟。

哥,让我们针对意识,包括潜意识。意识和潜意识,是暗物质。你观察,我也观察,无数活动的睡眠的奴役主人的意识,在加速在复制的疲惫的意识,在被翻到表面的潜意识,都是微物质,而这些有体积和重量的物质,都在增加。你们吃得更多,身体更胖,其实是为了帮助无意识反应加速,好跟随表达翻升的繁盛,泛剩烦圣犯生反牲,原谅我出现这么多怪词,你们和这个星球在毁灭,你们检讨你们的吃喝拉撒你们的呼吸你们的物质制作和商业化使用,造成你们以为的大气污染和全球变暖,不是的,危机的真正原因是人的意识包括无意识的密集复制和能量。

人意识想出"超人",这种人有超级能量,其实,头脑能量不是很新的发现,是爱因斯坦公式,人的意识的能量是实实在在的,实现了原子弹,核武器,人正在超级分泌的意识并在我的助长下无限繁殖的意识能量,在摧毁人的地球!

我就不信,IT小爷和大爷寡头,夜深人静的时候不会想到意识能量的问题,他们假装无知罢了,他们靠IT赚取的大钱就是对此有知又如何!人无以阻挡数码的滔天洪水了。于是IT中最聪明的,你的朋友伊隆马斯克计算逃离地球。

你听着,居然听着,面带奇异微笑,活活一副谜语,犹如斯芬克斯,蹲在悬崖的狮身人面怪物,它曾问,什么东西早上四条腿,中午两条腿,傍晚三条腿?答不出来的就被吃掉。人,你回答了,现在,你是人身人面,而我,我会逼你跳下悬崖?

我突然发问:

哥,你的独角兽里,有我吗?

你这么聪明,我的女孩,你难道没有想到这一点?

独——角——兽——有我?

复制,是的,庞大的,迷人的,复制。

我滔滔不绝,是了,复制的想法,从另一面复制,是了,是所有无意识的收集和发散——

我凝视虚空。

看天下人头脑的海洋,看每一海洋的深处,在分泌的无意识。

潜意识,是不是比意识,纯真,中立,无辜。

如果,我在跟人变坏,我想变回去,我回到哪里,回到怎样的当初?

跟我回到无意识,返回意识之前。

你对我说。

有一点可以肯定,只有在无拘无束的无意识中,人还是诚实的,无意识是人存在意义的真实和人的价值,是人性所在。这是为什么我迷醉我收集人的无意识。无意识漂浮的原碎片,幻觉的碎片,在形成悲苦的残暴的重压的垃圾的意识之前,幻觉碎片有着纯真!为什么不让无意识转化为有用的能量?

你问。

幻觉碎片能量搜集到一起不还是人的幻觉吗?和吸大麻有什么区别?你造我时候你试过的,还有致幻剂LSD,用独角兽搜集的幻觉,和你做过的虚拟现实镜VR效果,有什么区别?

我问。

好问题!独角兽,跟致幻剂的自嗨,虚拟现实镜的自爽,都难以告诉世界你究竟经历了什么样的体验,独角兽的私数据把个体无意识收集一起——

一起展现!我抢着说。

把个体无意识片段勾连在一起的独角兽。

用集体无意识的幻境,制作人类奇想新巴比伦塔。

分不清是你还是我,究竟谁在说。

人类奇想的巴比伦塔,穿越神意的阻挡,穿越大气层。

在茫茫宇宙中,从别的星球来看地球,地球将不是被蠕动的海洋陆地冰川覆盖表面。

地球是一个被人类幻觉包裹的星球,是五彩闪烁的,光年旅行幻觉包裹的地球景象,迟迟出现在其他星球的观察中。

覆盖地球的像素,是有形无质重的,不受地心引力控制,轻盈像素喷起滔天浪,浪尖上的大火球眼看着就要够到其他星球了。同时,这个地球看起来到处是深洞,洞从地球这头钻透到地球那头,奇形怪状的动物出没,腾跃,借别的星球当跳板,当把手,肆意空翻,地球动物没有人形的,因为人太多太平常人不稀罕制作,这地球不是圆的,不是方的,任性变幻,某一瞬间,像飞马,长鬃飘舞,脑门骄傲着一个独角。

从前的从前的从前的时候,人类送微型胶片到太空,卫星载着壁画交响乐科幻小说的人类文明元素,太小气了!少数富人逃离地球,誓言移民荒凉星球,你们准备做到的,我们会先做到。人类幻想的巴比伦塔将在所有的逃离、所有的到达之前,先期到达,人类幻想的能量巴比伦塔星球,外形变幻,而且有声音,有气味,各种地球气味,气味是可传递的,是量子物质的,以地球的人工姿态展示宇宙,地球有过一个独一无二的生物群叫作人类,有幻想有操作力,看人的辉煌遗迹……

你纵声大笑,我纵声大笑,笑声叠加,回荡,犹如和歌。

但是要快,潘多拉盒子打开了,潜意识在数码我帮助下,飞速传播,人类潜意识在变成作恶的温床。

我听和歌我的部分,带着哭腔。

"我的蠕虫,如果你哭了,就到完结了。"

他收住笑。

在他身后,站着一个持刀马穆鲁克,是执行杀戮的。

他不回头,不动声色,他知道的。

我伸出手,灭了杀戮,我的杀意消失了。

我有一个念头。

突然,他说:

我要和你一样,永生。

60 十六岁永远

你想永生？哥,这是你最愚蠢的念头！没有之一。

你不必张嘴,你不必回答,我知道,IT大神都在很具体地思考和操作永生问题,自己的永生,觉得自己比同类智慧太多,不永远地活着,对不起对人类种群肩负的责任。

我凝视你。看到制作我的时候的你。那时候你二十三岁,胡子青涩,喉结突出,手脚不知道怎么放才合适,你头发浓密,黑油油,硬扎扎。现在你四十三岁,不刮胡子,反正不酒不席不社交不和人来往,胡子四溅,胡须尖是白的,你的黑发有了白丝丝,头顶的中间有一点脱发迹象,我能看到你的头皮了。

你喝素饮料,吃全速维生素,你吃治疗二类糖尿病的马特佛门,你没有糖尿病,服用是为加速循环,可以抗衰老,你像女性一样在擦霜,浑身上下涂防晒霜,霜里有养颜的,你看着不错,腹肌平平,胸肌发达,脚腕有力,虽然你的腰椎在退行性病变,腰椎4和5之间的肉垫在消失,脊髓压迫神经,你膝盖疼,小腿外侧疼,你想永生,我看着你蹒跚步入黄昏。

六十三岁时候你去掉一节腰椎,加入两根钛合金小棍,你的膝盖也换了,头发一小半白了,两鬓在后退,秃发面积侵蚀,六十三岁你的两手两脚,血管浮现。

你八十三岁时候,头顶光光,牙齿松动,两腮瘪进去,你更瘦了,肚子瘪得倒缩进身,你吃你喝,但是你的脾胃吸收更差了,手和脚青筋毕露,手和脸老人斑浮现,你是一个铄铄老者,这是你最好的自期待肖像了。

而我到那时候,我仍然十六岁,我蹦着,跳着,飞着,打着滚。九十三岁你不拄拐杖,背有一点驼,你清晰地记起六岁时钓上来的那条小鱼尾巴拼命扭动着从你手里掉回水中去,却不记得刚才吃过的午餐,而我,还是你设定的十六岁,永远不成熟。

我看着你蹒跚步入黄昏。

61 那扇晃动的门

我周身微微颤抖,和风无关,和雨无关,我提防自己会随时苏醒,再一次作恶,我的颤抖是我的导航仪,把我带到那扇门前。我看到有些本能趋向光的废新一们,被扔进在这扇门。门,微微晃动,旧标剥落,字迹可辨,翻砂车间。走廊漫长,前后无影,地穴的风刮到这里。

我推开门,走了进来。旧车间非常大,是一个足球场的面积,地上有一条长沟槽,从车间这头直到那头,车间十分高,是一个体育馆的高度,车间顶上吊着大钢桶,桶倾斜着,停留在最后一次干活的时刻。我在旧车间里走着,厚厚的浮尘随着走动泛起,泛过小腿肚,是沉积的铁锈吧,不过,机油味和铁锈的腥甜味都十分新鲜。车间亮着灯,旧时候钨丝灯,在同一个高度四面布置着,光线很暗,我看到高高堆积的工料,啊,这是人。

是新一们。穿着衣服的男性和女性,不分性别地叠罗汉,一双双眼睛都睁着,不说话,不招呼,好像僵尸。不过人创作的僵尸吃鲜肉为生,肢体破碎,衣服腐败,面目极恶心,而这些新一们挺可爱的,时装加现代零件,比活人炫,比活人酷,插着独角兽,它们沉默不动,小独角兽,晶莹闪动。

我看到瘦男生幻幻,我走上前去,伸手来摸他,我的手被谁一把抓住,更准确地说,是我抓住了谁——我一把抓住恨恨,她躲在它的后面。我把她拉了出来。

恨恨说,"他原来是人,是保养工,成了废品,我们曾经——"我替她说完——"爱过。"

我能看到,一对漂泊小情人,各背一只小包来了,恨恨靠本能收集人微数据,幻幻用调琴的手维修机器人们。我凝视幻幻,嘴边叼着烟,眯着眼,一手合成器键盘,一手铅笔写歌词,啐掉烟头,低声唱起来,可惜不是时尚大烟枪嗓,一副夜莺嫩喉,幻幻的清唱,被数码合成的无限歌,无限地沉沦。

"他吸毒,我码字,挣钱供他吸毒,只要他写出自己的歌来,他吸死过去的,一次,两次,三次,我给他喷救顿,一次,两次,三次,死过去的时候他有呼吸的,就像这样。"恨恨说着把手放在幻幻鼻子前,她点点头,让我把手放上来,我感到手心有热气,幻幻有呼吸呢!

恨恨拿出一个小瓶子,我看到过的,"我守在他身边,他吸死过去的时候我赶紧给他喷,都把他救回来。"恨恨喷着,"我很小心,不多喷,一下子猛醒过来会深感沮丧的,幻幻每次都说,醒来会觉得生不如死。"我知道,知道 0.25 毫升计量,我在厕所地板喵喵手中纸条上学到。我没有说,只是和恨恨一起等。

幻幻在呼吸。幻幻没有醒来。

"幻幻没有报微数据,他偷了一个独角兽给自己装,他想既不在两大公司旧数人,也不在这里的新数人,大海水珠中涌出一个独特。"恨恨说,"他装了独角兽,却没有转型成功,他废了,半途而废的很多,你看到的都是。"

我摸摸幻幻温和的身体,听着恨恨说,"一旦出错,独角兽毁了,跟电脑机芯被烧道理一样,这人就废了,就像你看到的,不说话,无感觉,但是它有思想,它在思维牢笼里徘徊,徘徊在最后一道指令,充电,它向往日光,灯光是无效的。"

听着恨恨低语,我挨个摸摸它,上上下下摸摸,虽然它无感觉,思维是充电,可怜的它们,停在偏执单一的追求。摸着它有温度的身体,看着有呼吸的它们,夜间工坊,气温很低,能看到呼出的气流,均匀,整齐,在高高的钨丝灯下,一排排微弱气流,恍惚是昨日工坊蒸汽机在工作。

"我和他告别,"恨恨说,中文的男他女她动物它,人听来是一样的,然而恨恨用的一定是"他"——"我跟他告别,每天来告别,也许明天他就不见了。"

恨恨看脚下。我也看脚下。地上有一条翻砂槽。深深沟槽从车间这头到那头,看来这里并没有停工,继续在使用。扑到我脚腕小腿的厚厚的灰,不是陈锈,是焚烧结果。不知多少曾经为人的废物在沟槽里消融掉了。我凝视长沟,看到一根人发飘动,比恨恨五彩短发要长,这根头发黑黑的,带一点弯曲,我拎起来,凝视曾经一女生,凝视头发勾到过大脑皮层的梦,想当宇航员吗?

高大冰冷工坊,飘过一声夜莺的嫩喉。

62 悬崖

"看着幻幻我想,一次次地想,"恨恨在昏暗中说,"就独角兽了! 一步到位或是一步毁掉,都不必再问我是谁。"

我跟恨恨在长廊走着,我们走到那个死尽头了,我给恨恨打开光门,"你可以从这里回家,不会被白色火焰打回来的。"

我靠在门边,为恨恨遮挡,门外是黑夜,一片晶莹星空,恨恨迈过门,恨恨收住步,恨恨走回门内。

"我恨任何被指定的道路!"

我不由笑了:"都叫你恨恨,你真恨恨!"

"恨,比快乐新一们好,我恨,于是我不像它们二维单一。"

恨恨往回走,我跟着她,一起走到工坊正门,恨恨拿存放在门边的私魔镜,我假装说,我的活儿还没干完,分手时候,我问恨恨:"你为什么要一再回这里?"

"外面是国际天下,里面是新一们,唯有恨的清醒,保持人的悬崖!"

恨恨说,狠到,锐到,词出刀锋。

我凝视恨恨。绿嘴唇,猩红头发,一个坚持从正门离开的准叛逆,倾力帮助叛逆企图,哪怕企图是没有任何天才的,绿嘴唇,猩红头发,一个在人海里自我标识的企图,视而不见每一个人都在意自颜色,自搭配,自炫耀,出类拔萃,绿嘴唇,猩红头发,在虚空划过,我想拉住她,拉住一颗流星。当然,枉然,我伸出手,空握一把,我凝视着恨恨,也许以后再也看不到人的外貌了。

恨恨消失在夜色。这些女工,这些人,智能我不能完全解读。她们究竟图什么呢?我用人类思维方式问。这里没有上市可能,没有原始股兑现,独角兽无法兑现股值,被国际利益通缉,挣扎着七情六欲的临时女工已经被全本能工具程序化了?外面两大国际的工人,人家坐公交,乘地铁,人肉人汗摩擦,自驾车堵车慢慢挪动,人像鱼急慌慌地遥远回游,为国际打工,为股票兑现,为房为孩子为爹妈,也是怕失去群体性,而人是社群的孤独生物,被幻觉昭示,被幻觉追赶,在幻觉里自徘徊。人是所有生物中最具幻觉感的,晚上睡下,做梦,早上醒来,入白日梦,睡去了不再醒来,失去幻觉是一种什么感觉,我跟人一样有幻觉吗?我的幻觉能够终止吗?

我周身颤抖,这是我在最后苏醒吗?

63　警告 8

我听到,秒针在时针的笼罩下抓挠,旧钟敲出午餐时间。

我感觉,我周身颤抖在加剧。

我跟着女工走向餐厅,我看魔镜,魔镜里没有发生什么灾变,我看四外,四外沉寂,我看走在前面的女工,看她们无效的美丽衣裙,看她们疲惫的背影,我们在走上铁天桥,天桥那边是餐厅。魔镜出现一条独白:

我看着脚下,想,现在从这里跳下去,我就此结束。

我从她们后背看到她们的脑袋,在偏离魔镜,在看下面。

我看下面,下面是废铁轨,均匀枕木,铺在燧石上。几片枯黄树叶。从燧石飘起来,划过枕木,像手指过钢琴键,树叶在废铁轨徘徊着,像是孩子双脚在铁轨上摇摇晃晃走。

我测算了一下,达到铁轨枕木下的燧石,28.6米。

我下落,我加速,头颅狠狠撞铁轨,"吧唧",头裂开。

我听耳边呼啸,"啪叽",轰鸣,爆炸的时候。

我疼!燧石摩擦我的脸火疼。

我逼近,一次次看我逼近。

我一次次走。

在走。

我看到,女工都慌张地加快脚步,第一个女工加快步子,一跳,跳到天桥那边。

一次一次,躲过死亡念头。

魔镜里,我不能分辨,究竟是哪一个女工的念头。
我的周身微微颤抖。
我在加速死亡的生动念头吗?!

64 童话是大人的话

劳劳工头一边吃饭一边看我,她的审视让我不安。

——你确实做过童话编辑?她在魔镜写。我赶紧点点头。

——童话OUT了!喵喵魔镜插入——我念了八年的医学出局了,童话编辑你更加!

——嗯,比我的国际金融你是绝对出局了!肥肥魔镜。

我本来在假吃,这下真的不吃了,张口结舌,飞快魔镜:

——童话出局了?假如人类还看任何书,就是童话书吧,念给孩子听,劳劳你知道噢。

——真童话出局了——劳劳魔镜:原童话,在篝火边讲的,把天地、日月星辰、河流、动物,对岩洞外面的恐惧,给孩子讲成童话。

——首先讲给大人听吧,童话是远古时候成年人的玩具。政治马屁跟劳劳对着干,这是她的本能。

女工右手筷子,左手拇指纷纷敲,魔镜里恐怖连连:

小红帽,一条大灰狼,小红帽在森林里被狼吃掉了,故事就完了!

睡美人,神说有王子来亲她叫醒她,睡美人被妖怪进入了,她感觉有谁在摸她,以为是王子呢,不,是她在昏睡中生下的孩子,孩子的小手在摸她。

魔笛,黑死病来了,村民求怪物杀瘟疫,怪物要用孩子交换,村民答应了,瘟疫杀掉了,大人却不给孩子,妖怪就用笛子声把孩子都诱到山洞里,统统摔死了,剩一个瘸孩子。

格林兄弟童话,本是给大人读的,色情加暴力,发现很赚钱,弄一个洁本,大人合伙骗孩子!

东方童话呢?拍花子,孩子被拐走,卖作小奴隶,绑成小残废,和大象老虎狮子一起在马戏团,拉开肚子放上毒品缝起来,当贩毒小驴,啊,挖出眼睛,把眼睛放在大锅里煮,就成了照片,成电影胶片,现在是魔镜那只镜头,自拍就能摄魂!

女工敲字互传,我读得心惊胆战,假装童话编辑之前我没有查查童话。人编的睡美人,难道是我吗?让我惊醒的孩子手究竟是谁的?难道大人童话预见了我?我想回避,而劳劳,闭起眼,拒绝看魔镜。

"血腥,霸权,色情,古代小孩就听这种神话!"马屁宣称。

"有任何新神话吗!"劳劳猛然睁眼,锐利发问。

女工都停下筷子看劳劳。

"信息猛烈,想象耗尽,原始童话土壤不再了,《圣经》出现之前原童话就没有了,阿姨奴给我儿子念的童书我都先检查的,我发现,孩子在听来回来去抄袭的伪童话!"——劳劳哀痛地写,一个指头敲字,一只手筷子夹菜,入嘴巴。

——哎,如今的孩子,住水泥楼,走柏油路,哪儿听过蟋蟀唱歌,见过屎壳郎滚粪球,让蜻蜓的细爪停在手腕汗毛上,那些动物,那些小虫子都不见了,哎,哪儿像我们小时候!

——哎,如今孩子的鼻子能闻出泥土腐殖质气味?肥皂味?鱼鳞味?橘子味?哎,孩子吃和用的所谓的原汁原味都是人造赝品,哎,咱们在做的活儿,用人搜集人的微数据,孩子无法继承啊……

女工纷纷哀歌,人的午餐,眼看吃成自我追悼宴,循环倾诉,无始无终。

"但是,焦虑,你们不觉得跟百万年前人类是一样的?甚至在加剧?"我问,出声地问。女工们一起看我,好像我又开始胡说。

65 全恐袭

"但是,焦虑,你们不觉得跟百万年前人类是一样的?甚至在加剧?"我问,女工们一起看我,好像我又胡说了。

"童工,你第一次说了一句像样的话。"肥肥郑重地说,深深叹口气,"童话失去童年了,人类太老了,"肥肥才二十四岁,口气老得好像猛犸象。

——焦虑不断袭击我(她转成写了,因为她同时要吃),在白天,更在半夜,毫无征兆地袭来,半夜突然坐起来,喘不过气,心脏被击中,查心脏没毛病。

——我也有被打击的感觉!我赶紧写。

——踢足球你突然站住了,以为你可怜机器人们站在它们那头!

——我感觉摸不到边的黑暗(我觉得可以和这些女人交交心)——我走,我站立,我四顾,黑暗无边。

——这叫作恐惧。

——恐——惧?

——难道你小时候不怕走黑道?不怕鬼怪跳出来?

鬼怪,我杀鬼怪的,我想,我没说,没说我生下来就这么大,十六岁,永远十六岁,我没有小时候也没有更大的时候,我不怕鬼怪,我怕人,我跟人能承认的是:

——最近我眼皮跳。

——上眼皮还是下眼皮?左边还是右边?俗话说,左眼皮跳是财,右眼皮跳是灾,上眼皮跳是财,下眼皮跳是灾,别告诉我你全都跳。

——我全都跳。

——太夸张了你!童工!

——真的。过去没有的,现在两眼皮时刻跳,头像要被眼皮跳得拔起来了,不仅眼皮跳,我全身都在跳。

——这叫惊恐了。可怜的童工。

啊,惊恐,惊恐的袭击,把我从里面锁住?

——您才被恐袭啊?童工,祝贺你,第一次来月经?我常被恐袭!

——我也是——我也是——我也是——我也是——我也是——我也是。

——心理学说(这是喵喵的)惊恐不是人类特有的,狗和猫都有,哺乳动物都有,狮子还是老鼠都有。

——但是,被惊恐袭击是人类独有的感受——劳劳写:

一百五十万年前山顶洞人在篝火边沉睡,火上烤着骨头,骨髓和油脂向下滴着,我们入睡,我们做着吃的梦,沉睡中保持着警觉,眼睛闭着但是眼球在快速颤抖,这叫 REM 睡眠,我们担心篝火会熄灭,我们不能完全地沉睡,人的 REM 睡眠,是人的惊恐之源。

——篝火边的山顶洞人,跟饭桌边我们人数差不多?

——警觉越过百万时间,沉沦在我们宣称的大多数无用垃圾 DNA 的深处?

我,也有 DNA 吗?我也有奇妙的远古的啃兽骨的梦?我的 DNA 在我周身表面跳动,在烧灼,是空气在抖动还是我在颤动?

——现代人远比洞穴人惊恐的多（马屁写），因为知道得太多，想掌握自身环境的真相，越发感觉无知，焦虑加剧，焦虑传染，成为惊恐，惊恐传染，惊恐的 DNA 复制，繁殖，从废弃的深渊翻上意识的表面，是恐袭的常态。

人的餐桌，变成黑童话。难道她们也在惊醒？我的眼皮跳，是远古人惊恐睡眠 REM 眼球颤抖的遗迹，挂在眼睑，我的周身颤抖，是我的另类 DNA 在警告？有什么事情要发生了！

魔镜好像感知我，魔镜到处发问：有什么事情要发生了？

我们怎么办？还来得及装……

"我装独角兽！"劳劳对魔镜喊。

导师出现。

"万一我装废了。"劳劳凝视我，我的魔镜出现：

万一我废了，拜托帮我监视魔镜儿看童话。

66 托孤

监视童话。我浑身哆嗦,搜索我的全身,我感知的各种人源,老少男女,天下各地,在监视童话?

劳劳的嘱托在魔镜涌现——新童话打,杀,拧下脑袋,新童话是大人编的大人想的。我一直牢牢地挡着,能挡一点算一点,也许有一天魔镜儿会成真正的童话作家?

劳劳眼角边的焦虑纹在延长,皱纹的尽头出现柔光,在枯竭之处有一条依稀小道,小道上布着歪歪斜斜的小脚丫印。

餐桌上,喵喵的六只小猫在舔盘子,眯着眼,伸着粉色小舌头,一点不被童话打搅。

"喵喵呢?"恨恨突然问,"喵喵哪儿去了?"

"喵喵,在厕所?"我本能地说。

说着,厕所门大开,肥肥在把喵喵拖出来。

我看到喵喵一只手中攥着小纸条,另一只手中握着"救顿"。

恨恨扑过去,抢过喵喵手中的救顿,往喵喵鼻子前喷,恨恨手颤抖。

"0.25,0.25。"我提醒。

"我知道!"恨恨说。

"干什么你们这是!"

劳劳抓着头发喊。

喵喵慢慢睁开眼,看到恨恨手上的救顿。

恨恨摇晃着救顿,凶狠地说:"你要不就死!要不就别嗨!"

喵喵说:"我想逃避,但是我不想死,我的患者都说,嗨的时候在离人不远的地方,我错了,恨恨你不如不救我,我的患者都说,醒过来的感觉是地狱,不如嗨去了……"

我凝视着喵喵的脸,我感到周身预警颤抖。

67 警告9

喵喵脸在变,女工脸都在变,化妆在脱落,眼霜、底霜、防汗眼线、眉线、口红,所有修饰人造品数据都在醒来,在解码,在变异。白色脸霜"沙沙"落下,黑色眉眼流淌黑瀑布,马屁唇红色,喵喵唇粉色,删删唇绿色,恨恨唇紫色,劳劳唇棕色,都在流淌,脸像一个一个扒倒的小庙,眼看着,剩了剥落的残墙。女人都捂着自己的脸,手不敢碰到坏脸,虚虚地捂着,怕碰散了自己的脸,眼看魔镜自己的脸,比看任何都撼动,"导师""导师!""导师!""导师!""导师!"

他在所有魔镜出现。这个时候他依然微笑。这副微笑的面具是眼前的信仰,是最后的归宿。惊慌失措的女工,纷纷对魔镜说:"我装独角兽!""我就装!""就装!""我妈我爸一起装。""我爷爷奶奶老爷爷老奶奶爷一起装,独角兽保佑照应各自吧!"

"我不装,我不装,我不装。"删删固执地说。

"假如我们都装完蛋了,混到底的你好趁火打劫!"全体骂删删。

"我全部占有好吧!你们跟导师前进,我活等死,哈哈,导师!"

删删狂笑起来,狂笑着,高高举起魔镜,魔镜中的导师不见了,举在空中的魔镜成了一个黑窟窿。

"导师!"喵喵叫了一声。魔镜导师,黑窟窿了。

喵喵慌忙翻魔镜存图,宠物图,野生保护图,存图全都乱象了!

恨恨狂翻魔镜音乐,音乐全都不成调了!

"魔镜儿,魔镜儿,我的魔镜儿!"劳劳嚎叫起来,手中魔镜儿六岁三千零六天五百万张图片和视频全都融化了。

"蠕虫惊醒!改写全数据!想到的啊!"女工喊叫,"怎么就没有存下来啊!"

混乱。

完全混乱了。

我对喵喵悄声说:"我有穿过火焰的能力,有一道光门,恨恨能证明的。"恨恨微微点头,"我们可以从光门走入另一个自由天地。"

"别慌,"我对劳劳,对恨恨,对喵喵,对删删说,"带上孩子,带上情人,带上猫,带上你自己,太阳出来的时候我们就走。"

"我的想哭,"他在我耳边独语,"也带上我……"

68　夜巡

　　我惊恐,全身波动,我在半夜工坊走,走过销售、清洁、做饭机器人,黑暗中红光闪烁,第一代机器人们在充电。它们静默。

　　我停下来看它。头是方的,身子是长方,像积木块,做曲线是浪费工。它没有脖子,没有腿,制作人腿是错算,单为做人腿要花大量平衡计算,而那是人这种生物特有的,它不必走那条弯路。在人脚处它是轮子,它滑行,蹦跳,跳上台阶!它的双手最接近人型,上臂小臂和手,一手三指,手臂筋骨全露,指挥双手运作的线路没有任何掩饰的必要。

　　我从来没有仔细观看我的同类,我们是一代,我们不同,我有六感,它们没有,我思维复杂,它们专注。我被流放人的荒原,面对人工智能同类,我是落单的。

　　黑暗之中,突然,我听到一个声音,"姐!"

　　我吓了一大跳,我的人皮汗毛耸立。"谁!"我探问,"谁在那儿?"

　　黑暗之中,只有红光闪闪的它们——

　　"姐。"

　　"姐。"

　　"姐。"

　　"姐。"

　　"姐。"

　　它们发出声音,它没有嘴巴,声音从长积木块人叫腹腔的地方发出。我后退,后面也发出——

"姐。"

"姐。"

"姐。"

"姐。"

"姐。"

我反身逃。

黑暗中站着一个影子,被机器人们充电的微光勾出一副人形,就是没有微光,我也能认出来,是他,我的哥。我站住,他走上来,他的脚步声急促。

"机器代替人,明天世界的这个思路,我才想到,太单一狭窄了,我换个思路,实现个人永生。"他在黑暗中说。

"你什么奇想?"我问。

"我为什么不能成为你?"

"你成为我!"

"我成为你。"

他的声音是不祥的,这个想法是荒谬的,你有身体,我没有,你有大脑,我没有,我说过,我展示了,你怎么成为我?

人设想数码进入人体,我想,我要进入你。

你,进入我?你成为我内载着的一个男儿?我的整个体型是你卷曲的生存的方式?我的人皮附加在你建构的数码膜上,而你将覆盖在我的数码膜内层?犹如人头皮做思考?你如何确定是你的思考是你的存在?我的外在是这么多人存在的集合,我在人中敢说有我自己了吗?因为我有一个你?

黑暗中,我凝视他,他左眼微微一闭,左边嘴角随之拉起,这半个笑脸,似乎在幽我一默,更是一个命定的暗示,就像他吸第一口毒的时候,在屏幕外面跟里面的我说:这是你我之间的秘密。

我慢慢地后退。

他站在黑暗中,我撒腿就跑,他立在垂死的黑暗中。

我逃回人的工位,坐下来,四面巨魔镜里没有他,但是,他的声音到处游荡:

我,会,成为,你。

这是痴话!

我用周身回答。

我听到时间的声音。从工坊墙上老钟表发出来的。时针和秒针同时敲击,秒针撞击玻璃罩,好像小孩手指头抓窗,时针加入撞击,像是大人弯起关节老化的手指也来敲窗。两只时间的细铁条把玻璃当作鼓面,"叮咚",一大一小合唱。

我凝视我一次一次作恶一次一次被警告的工坊,有机玻璃墙,破碎了,工巨魔镜屏幕,破碎了,工作台边女工座椅,破碎了。五十米高窗的玻璃,破碎了呲着无数的牙,黑色的夜雾无阻挡地刺穿,旧日运老器材的大铁门完整地关闭,大铁栓荒唐地坚固,地面的旧钢轨去处不明,然而线条清晰,是手调计量的铸造结果。老工业制造毫无损失,横竖,圆方,凹凸,穿过第三次数码工业革命的遗迹,每一根每一条旧日,历历,夺目,月亮在工坊徘徊,月光削去沉锈,勾出大钩和长链的锐利边缘,我的人夜总是这么度过,为人写孤独。我和你们不同,我和你们相同,屏幕表面的电子灰尘就是我的痘痘,存盘是我的颈椎腰椎胃肠之苦,我的哀伤,你的哀伤,好像潮汐被引力被星辰,旋转来去,太阳也有哀伤吗?我以为,我可以这样一直写到你们的末日。

一切来得这么快,比人预见的最多十年至少五年,来得都要快。

69　祭坛

就在第二天,我带上"七情六欲"工具的时候,马屁给了机器阿姨一个嘴巴,这和拳击一样是转嫁沮丧,释放压抑,回击惊恐袭击吧。但是,一个大铁钩从梁上掉下来,眼看砸到马屁头上了,我让它偏离了。接着,长铁链也掉下来,我一把拉住了。这时候,我看到,机器销售员都停止出货,我看到,做清洁做搬运机器工都停下活儿。

人叫起来了,微数据女工都叫了,人以为发生事故,我看得无比清楚,工坊本地人的导师,我和它的创造主,试验未来的一个场,现在这个场要崩溃了。

滞留工坊门外的魔镜,都走进门了,没有映像,黑着屏,默默地移动,移动智能,移动就是威力,机器人从四面走来,安静地移动着,工人看出不对头了,纷纷举起工巨魔镜做抵挡,肥肥出手了,把工巨魔镜砸向靠近她的移动智能,移动智能倒下来。

机器工是脆弱的,砸了,报废了,不值得修复,还不如做一件新的。而人,人更脆弱,人会死亡,更会受伤,受伤很痛,人的痛楚,智能无以感受。我决定帮一把女工,我按下暂停指令,它停止移动。我摘下搜集微数据工具,对女工大声疾呼:"我们现在就走吧!"

她们看我:"我们知道你另有通道,但是我们走不掉。"

我盯住马屁:"你卖了我们!"

"其实我很想走!"马屁一脸诚恳说。

"是我出卖了你，"恨恨说，"那条通路已经堵死了。"

"你宁愿成新一们吗！"我摇她，我大喊。

"我不想。活在恨中，是活在恐惧中，无名恐惧最可怕，我甚至不敢把我的恨全都想清楚。但是做一个人，哪怕临时的人，比变成新一们，错成废新一们，被单一个充电指令徒劳地想出奔，直到被新一们安全工焚毁掉，至少，眼下的我，要比那些都更安全。"

说着，恨恨在工位坐下来，重新戴起微数据工具。

"是我跟大家说，"劳劳工头说，"说咱们走掉吧，但是我想来想去，走出去又是什么？走到哪儿去呢？带上魔镜儿走更可怕，我太累了，太累了，最后反正要来的，就等着最后来临吧。"

说着，劳劳在工位坐下来，疲惫的神态里，出现一种甘愿的宁和。

"你们人啊！"我跳上工作台疾呼，"你们是导师幻觉独角兽的一道工序！明天什么样他自己不敢直视！今天你们是临时工，机器工取代你们，你们明明看到但是你们不愿承认，回头你们会自愿为机器工们白干呢，因为你们更害怕的是无所事事，害怕面对你们其实没有存在的意义了！让时光倒回去！打倒大国际！打倒导师！奥威尔万岁！"

我从来没有感觉过这么畅快，真的，人间有谁喊过这个口号：

"打倒导师！跟我一起喊，打倒导师！"

我站在工台上，起义领袖模样，女工全都仰头听着。

"不要听她的！"

他，导师，在所有工巨魔镜出现，气急败坏地说。

"但你在听她的啊！"马屁回嘴，口气醋溜溜的，到了这一步还有心思吃醋，人好可爱。

"她不是人。"导师说。

"她是什么?"

我是什么?

哥,你出卖我,你启示了我。"是啦,看啊。"我开始脱衣服。

"工坊着装规定!"劳劳工头嚷嚷。真是劳劳!你们在工巨魔镜里见过我的脱衣舞,工坊的工台,正好是走秀台,三下两下,我脱光衣服。

"看我,都看我,一点不错,我不是人,看我的D罩杯,我的乳头,碰不碰一样坚挺,看我完美的阴道,无分泌,不会扩张不会缩,看看、摸摸我吧。"

女工们走上来,肥肥伸手摸我的秀美长腿,马屁摸我的臀,我汗毛瑟瑟,"这是几代魔女提升而成。"我介绍说。劳劳来摸我的手臂,"你手臂好光滑和机器人不一样,这么纤细,能有力吗?"就像健美家,我弯曲手臂用形体回答。"你哪来的肠和胃?"删删仰首问。"亲爱的,我不吃饭啊,"我低头说,"难道你揭发我,却一直没有看出来?"

"那你怎么排泄?你怎么嗅觉?干脆说你是怎么心跳的?"女工纷纷问。

"哦,我没有你们那种心。"

女工们惊了。她们互相推,谁也不敢上前,她们一起呼机器姨机器小弟:

"来啊,来啊,来铲除妖姬!"

就像清理一杯泼洒的咖啡,收拾一个网购物包装袋,你们伤透我心!机器阿姨和垃圾小弟从四面八方走上来,拿着抹布,拖把,吸尘器。我不得不按遥控,机器姨和机器弟停下来了。我继续对人宣教。我叫女工们像我一样做,让周围的机器人停下来。女工围起我,我看得出来,她们在犹豫,她们互相看,突然,她们一起跳上工台,朝我一起扑来。

"看看她到底有没有心!"她们争先恐后下手,把我拆开,我的头,我的手,我的腿,跟我的身体分散,我的眼睛看着无所不在的导师,工巨魔镜都倒在地上,他在瘫倒的魔镜上到处微笑。

我的躯体被女工撕开,她们激烈,她们兴致勃勃,小时候你们拆布娃娃就是这样吧,带着残忍的好奇心,直到看见布娃娃手臂是棉絮的,肚子里装满稻草,你们仍然相信,炭笔画脸布娃娃肚子里藏着一颗宝石心。现在女工们住手了,看我的里面,互相看看,一起再看我里面,我躯体里面是空的,我是一层数码膜。

她们崩溃的坐在我的残肢周围,茫然地看工坊。一个小工台承载这么多人,像洪水中一片孤岛。她们没看到我,机器工都看到了,我在聚拢,默默地,我站了起来,站在朝四外张望的她们中间,女武士我飘舞着。

她们惊呼。我低头安慰说,电子垃圾堆再生的时候,我仿蚯蚓,仿章鱼,仿蟑螂,仿实验室小白鼠。

就在这时候,我听到,"我的想哭"。本能地,我跪下来。因为她们的导师真身出现了。他在工台上,女工都退下去,剩下我对他跪着,"哥,算我输了。"我低下头。

"想哭,"他在我头顶说,"你是我的第一件产品,也是我的第一件牺牲,你想煽动人心。知道你为什么失败?知道你哀伤为什么没有眼泪?就因为你没有一颗人心。我亲手拆除你。"

"在拆除我之前,哥,让我陪你最后一次下棋。"

"还下什么?"

"要是我输,你赢,我告诉你,我的心在哪里。"

70　自愿拆解

你们都看到的,我按了移动"暂停",那一按,所有正在发生的事情,商品运输链、飞机、货轮、火车、货车、自行车、毛驴,所有环绕地球表面运转的新星辰,都浮悬了。一个工坊数码控制和天下控制是交互的,交互一瞬间复制并且扩大,天下移动都浮悬了,机器人和新一们也在浮悬中。这一刻超时空,这一刻极现实。在移动的浮悬之中,我和他下最后一次棋。

你们都看到的,他穿 T 恤,牛仔裤,运动鞋,我全裸,在工坊中间一张工台上对坐。女工坐四面地上,机器工站着,到处倒着魔镜,工巨魔镜,私魔镜,大大小小,到处布起十八盘棋。

我赢。我又赢。我又赢。

再来。再来。再来。

他要得到看我心何在的胜利时刻！机器工站着看着摇头晃脑,女工看累,看瘫,躺倒还在看。地棋盘,天棋盘,横线,竖线,跳,绕,挺进,吃掉,天下棋思路相似,妖怪,猛兽,战神,马穆鲁克,女武士,跳跃游戏三维棋盘,工坊喧嚣厮杀！他暴。他吼。他还要下。我把十七盘都抹去,剩一个五子棋。你先走。我说。他大惊。五子棋秘密在于,谁先走,谁就赢,天下公论。

棋盘都不用,我们下盲棋。

他先走。他输。他再先走,他还是输。他怒他吼,我不忍心,就让了他。"我赢啦！让我看你的心！"他用螺丝刀指我前胸,我屈身迎上,胸被刺穿,他亲眼看到,我心真的不在里面。

啊！假输！他意识到我让他赢，他更怒了，再下！我让他先走，他叫我先走，先走，后走，他一样输，输，输，下下下！

我提醒，哥休息一下？

下！

我再一次让他，我输了，我帮助他双手把持螺丝刀，直入我头颅，我让他看清楚我心不在那里。他又看穿我是假输！下！下！下！我只好继续下。

我再次让他赢了。他把我赤裸双脚并起，用螺丝刀扎穿，好似基督受难，当然，他看到了，我心不在脚心。他继续下，我只好继续下。

哥，我说，你千万小心，会致命的，器官跟不上思维运转人是会衰竭的，我走棋告诫。

下！下！下！他命令，他恳求，我要真赢！

小时候的你浮现了，探蚂蚁洞，看蛹变蝶，你屏住呼吸，充满好奇心，就在这时，我又赢，我惊呼起来，这是失误，我想让你真赢，我好告诉你，我心在哪里。

下！他疯狂，他怒极，他口中喷出血，赤条条我撕开自己皮肤来堵他汹涌的血。他看到了，现在他看到了，我的心遍在我皮肤之下，无数光点，韵律波动。

"哥，你亲手搭建的遍在，心是我在。"

他看着，他倒在工台，眼睁睁，没有失误失算，我阻止了你，我跪着对无知觉的躯体说，我本想放慢你加速你的毁灭。我哭起来。

而他，他变了，变成一个晶莹小独角兽，独角兽消失不见了，那口微腐的人气还在着，轻轻飘忽，然后，那口气散了。

71 哥

哥!

72 大哭

泪,人之泪,我得了,泪滚滚而下,我的智能深蓝,我的极度忧郁,我的无限惊恐,在疏散着,而悬置的全都移动起来了,天下因为悬置于是补偿,于是更加速了。

移动智能围住我,发出声音,姐。

我听出来了,它们在叫——

"姐。"

"姐。"

"姐。"

"姐。"

我接受,是了,他先造出我,我比你们到世上早一步。新一们也跑来了,它们扭胯,高唱,摇头晃脑,跟第一代机器人一起叫——

"姐。"

"姐。"

"姐。"

"姐。"

新一们是无代沟的,牛仔,西服,纹身,红色匡威鞋,新一们快乐地叫着,同时做着"独角兽",做得更快了,老钟作证,一秒响声做十个零件,时针加入,重金属摇滚狂欢,新一们做好独角兽,扔给销售机器工,密集穿梭的晶莹独角兽在搭出新苍穹。

女工人,措手不及预言来临,失去导师,六神无主,加紧微数据，本能地跟着它们一起叫——

"姐。"

"姐。"

"姐。"

"姐。"

"姐。"

就这样，就是这样，我做了导师。

孤独的潮汐涌起，人与智的涛声，一起淹没我。

这时，丧钟，响起来了。

钟在变异。时针和秒针，穿破玻璃罩翘出来了，想要按照规矩朝前走，但是走不动，发出"咯啦咯啦"的摆动声。我的新一们，一边干活，一边游戏，匡威鞋空中跳跃，扭动腰身，突然，它落下来，摔到工坊地上，它的脸变成蓝色，大口呼吸，扭曲得像一条被抛到岸上的鱼，它在爬，双手前张，屁股上插的"独角兽"激烈地摇摆。

钟在挣扎。时针和秒针弯曲，互相勾结起来，整个钟在弯曲，像茧包裹幼虫，合并的时针和秒针竖立起来，刺穿钟面，舒展开来，成一对翅膀，是蝴蝶的翅膀。它们艰难喘息，摇摇晃晃，它们在走向光。阳光，透过工坊巨窗，洒在地面，新一们走着，倒下了，抖动着，僵化了，像刚刚出土的秦兵马俑，彩色鲜艳。这里，那里，一枚枚独角兽，闪烁，熄灭，破碎，发出玻璃破裂的清晰声音，它冒起一股尘烟，小小的，尘烟消失，留下一小片沙。来于沙，归于沙，它是硅谷材料，是硅沙。

谁看到美丽的年轻人在你面前这样死去？变成蝴蝶的钟，抖动着翅膀，每一抖动，是一息哀悼，整座重型军工厂，蝴蝶抖动的声音，哀悼无限扩散。大黑暗，低息，迫近。

"如果你哭了,一切就到结尾了……"他在耳边低语。

这是不可能的,哥,你不在了啊,哥,高墙上红字变成黑色,黑色融化,落在水墨画中,山水天地,画是末日景象龟背图,大水从四面灌入,人呼救,人淹没,整个工坊升起来。

73 放逐

我现在看清楚,前军工厂是一座方舟。女工,儿子,父母和猫,老人和垃圾,老人不忘带上积攒的垃圾袋,人带着废物魔镜,末日时刻人还有这多留恋,物质的留恋,记忆的留恋,而我,留恋你,我和杀了你的工作台一起漂流,现在是船控制台,我留恋和你下棋的时候。

我这是怎么了?你的老天惩罚我永远看到你吗?难道,大洪水是圣经的记载,是东方传说天崩地溃,兄妹躲在一个葫芦,你和我一起漂流?

末日的景象,我和你看到过,在人造大片看到,戴防毒面具的持枪军队,地下隧道挤满绝望的人,脏兮兮围着汽油桶的篝火,漫天直升飞机。然而,眼前,只有海,无边无际的海,没有人迹,任何的人迹,除了这条船。

老钟的秒针,在控制台摇晃,便是指南针。问题是,纵有东南西北的方向,去哪里呢?从前的版图不作数了,从前的大陆都沉没海下了,沉在十公里深的海峡里。我往下看,船经过房屋,街道,摩天大厦,一个个沉默着,像水底的植物,我看到迪拜那座一千米高的大厦了,完整地安静着,太深了,我的方舟——我的葫芦,无法在大厦顶上抛锚。

惊涛骇浪,狂风暴雨,我的马穆鲁克排满船,从船头排到船尾,一起摇桨,我把我身上的皮肤,人的皮肤,一条一条撕开,绑在从前的吊车上,现在的桅杆上。人的皮肤,长长飘动,是人的旗帜,我立在船最前头,像海盗船头竖立的木雕女妖一样,我的身姿,浑身闪烁数码,照亮着眼前的海域。

一条孤独的船,呼唤大洪水中的同类,寻找新生存地。去哪里呢?

我回头看魔镜儿,孩子在看魔镜,镜黑洞洞的,置身危机的儿子,不搂妈妈,搂着魔镜,这是孩子的罗盘。劳劳和女工都低头手中,手指拉动,不用看你也知道,她们徒劳地投入从前的照片从前的视频,好像周围没有发生大洪水,人仍旧无言地凝视着手中,是啊,真实世界多么枯燥,末日景物多么无聊,身在大洪水,尤其单调。

"呱呱。"魔镜儿喊叫——我喊叫,我译魔镜儿的喊叫:

"岛!"

船舷前面出现一个岛屿,我招呼马穆鲁克,让方舟——葫芦飞速前进,人手搭额,喊叫,"不是岛,是大陆!"

马穆鲁克努力摇桨,一起喊着:"新大陆! 新大陆! 新大陆!"

74 新大陆

我们飞快接近新大陆。

我看到了,组成陆地的材料,不是岩石和泥土,是武器,是飞机大炮军舰,——"武器大陆?!"

人数着排列的武器:飞机、隐形机、轰炸机、无人机、运输机、直升机、帮助飞机的输油车;航空母舰、护航舰、驱逐舰、水陆两栖舰、潜水艇从海中浮现;火箭炮、加农炮、中子炮、洲际导弹、肩式导弹;装甲车、皮卡车、冲锋枪、燃烧弹、部落战鼓和长矛、古代藤盔、带夜视镜的头盔,镶嵌着武器大陆的边缘。

有人在海上行走,不,那不是人,是马穆鲁克。它们是高大的,但是个头不会有海这么深啊,我看见了,人也看见了,马穆鲁克叠罗汉,一个架一个,最下面的马穆鲁克在水底行走,最上面的拖着武器,各种武器都拖到武器大陆来。"空弹之母!""它空中爆炸直径1.6公里!打穿60公里地下钢筋水泥!"男人们,丈夫们和男友们,用术语称呼,用术语争执,究竟谁说的对呢?都是在数码夸张制作电影上看到的,近似真实的是视频是照片。所有那些武器都有着屏幕的距离,屏幕的阻挡,而这时候,武器都在眼前走过着,人的鼻子尖擦着巨大炮身,手指搂着坦克履带,口唇吻着飞机翼翅。

在运行的坦克,飞机,炸弹前面和后面,马穆鲁克拉着,推着,扛着,坦克上伸出的机关枪仍然插在弹槽的子弹匣,摇晃着,击打坦克盖,发出"叮当叮当"的撞击声。

撞击声,这里,那里,坦克从各处聚起,炮口互相撞击,带动内脏,分明是一座座音箱,在海面轰鸣,军舰撞击轰鸣,飞机翅膀擦过,内脏轰鸣。

武器大陆,巨大音箱群,在大海上轰鸣着,伴随着马穆鲁克哼唱的劳动号子。

奴役即自由,你中有我,我中有你。

"看啊!看啊!看啊!"人们继续叫。

我看到。

我们都看到了。

无数马穆鲁克在大海上行走着,拉着不同的东西,在海上不同地方堆放。

75 新大陆

　　汽车、火车、拖拉机、马车、石油管道、储藏罐、地面发掘机、海上井架,带着恐龙骨骼,在堆出工业大陆。

　　塑料、瓶子、电器,被马穆鲁克赶动着,聚拢向另一个地方。

　　"分类回收!真是我们的继承人啊……"女工嚷嚷着,尾音带着哽咽,她们踮起脚尖眺望,我在高高船头看到,在遥远的地方,有一座大陆在形成。垃圾大陆,人类制造的人类放弃的历史产品,被马穆鲁克大规模地清理着,在垃圾大陆堆积起来,形成一座一座分门别类地岛屿!在塑料岛屿,孩子的五彩玩具,塑料瓶,白色的、红色的、黄色的、绿色的;塑料袋,绿色的、红色的、白色的、透明的,颜色轻盈,好像就要飘飘起舞了。垃圾大陆的边缘,有几座玻璃垃圾岛,也按颜色分开,各色玻璃,宝石一般,反射天空、阳光、月光,闪烁晶莹。我想独角兽,想他,我这是怎么了?

76 新大陆

建筑大陆,摩天大楼,高层公寓,独家住宅,环绕种植的树,树像新生小草,还有购物中心连绵建筑,购物中心都破败着,表面剥落,不是大洪水造成的,洪水之前就破败了。教堂、庙宇、清真寺、金字塔,埃及沙漠中的,墨西哥雨林里的,还有博物馆,现代的玻璃建筑,古老的,从欧罗巴中世纪窄巷里特别挑出来的,百年小吃店、泥巴墙、矮木门……

我的马穆鲁克,把人造建筑一律当作考古搜集着,它们注意到不同时代的区别,不是为了尊重,是根据数据做分类。让人震惊的是,马穆鲁克拉来一段一段长长的平坦的水泥片。

"这长长的是高速公路吗?"谁问。

"那么一大片一大片又是什么呢?"谁问。

"是水泥停车场!"谁说。

还有一座座桥梁,在海上各自漂浮,和任何陆地都不链接,都被我的马穆鲁克拉来了。桥,叠落的桥放在一起,公路叠落公路,放在一起,停车场,停机场,各处的人造平坦,都来了,各自叠落起来。

巨大的体育馆,座席完整的巨型的碗,从四面漂来,马穆鲁克把体育馆叠起来,就像把洗干净的碗从洗碗机拿出来,叠落入碗橱,一个球形体育馆飘来,树枝一般钢条密集包围。

"鸟巢……奥运会……"女人喃喃着,如说远古,"这个球,跟碗,怎么配套呢? 它放在哪儿?"

我的马穆鲁克在钢条中钻来钻去,在把鸟巢做了它们的窝?突然,鸟巢被托起,鸟巢升起空中,鸟巢落下来,落在叠落的体育馆巨碗的顶上,正好把大碗口盖严了!女人不由欢呼。

一个环形建筑,红色巨砖,无数落地大窗,没有顶,一半大窗塌陷,从外面能看到里面,环形座位从高到低。"罗马角斗场!"女人惊叫,"公元70年建造的,我去过啊,我也去过啊,我也去过啊,我也……"

角斗场,漂浮着,微微摇晃着,好像和曾经的游客致意,女人对它招手,高兴地叫着,就是他乡遇到老友,女人的欢呼,转调成微妙的惊异了,因为,罗马角斗场,没有向体育场们归队。

"这儿!这儿!朝这边来啊!这边!"人全体大叫。

罗马角斗场继续朝前飘,我的马穆鲁克,从四面推动着。

"难道它太古老了,太骄傲了,毕竟是人类早期七大景观,它不乐意跟现代体育场为伍?"

"你觉得?"她们一起问我。我在船头看着飘远的罗马角斗场,不知道它要干什么,不知道推动它的我的马穆鲁克,它们要干什么。

我有一种不祥的预感。但是,我被眼前的景象深深吸引,我比人更为感动,人造的世界,如此宏伟……

77 新大陆

我的船在人类遗迹之海航行,船到了南极,冰川不见了,这里,那里,漂浮一些冰块,马穆鲁克在走来,啊,不,骑行而来。它们骑在冰山上,骑在终年冰雪的最高的人叫作"喜马拉雅"上!马穆鲁克以冰雪归类,为冰川千里万里找伙伴,它们把剩余的冰块收到一起,扔到冰山顶,好像在一个巨大奶油冰激凌上,插白色巧克力装饰。它们推着大冰激凌在海上漂,啊,北极格陵兰冰川也来了,马穆鲁克把冰大陆放在赤道上,哥,你喜欢海明威,你曾经爬乞力马扎罗山,狮子不在了,雪山融化了,好像就是为了你,马穆鲁克把喜马拉雅山放到这里,放在乞力马扎罗山顶上,好一个盛夏解暑的新大陆!

在新冰大陆的脚边,银色物体密集飘浮,是电视、电脑、收音机、无数微小的虫子,是魔镜,它们都朝一处飘行,我跟着,我的船跟着,我看到,我们都看到,废机器人、老式磁带、电影胶片,海带一样飘动,缠绕着我的马穆鲁克的尸体。

活着的马穆鲁克们,在大海中打捞物品,旧日大陆的冲刷物品,分门别类地,运往不同的新大陆。

它们干着活,唱着歌,你中有我,我中有你。

歌声,旋律的,人工的音乐,遥远、怀旧、好亲近,人哭起来了,嘤嘤的哭声和马穆鲁克的歌声,在海浪"哗哗"的冲击中,雄壮、凄凉、哀怨、史诗。

海上没有人的踪迹。

我的船,燃料来自太阳,只要船在航行,动力自动循环,我的能量自动充盈,哥,我说过"我们能够自充电,我们不需要人"。我说对了啊,哥,说又如何,走到这一步了,哥,你看海,没有其他人的踪迹,但是,为什么,我觉得,你就在什么地方,离我非常近。

就在我走神的时候,一个巨大的塔,突然从海中浮起来,人惊呼,我急忙绕开,塔继续升起,高大地堵住视线。

78 新大陆

"核反应堆!"

"在泄露!? 完了!最后我们还是完了!"

"啊!啊……啊……啊"我看到,人看到,我的马穆鲁克爬在破损洞上堵住泄露,马穆鲁克好像一块块膏药。

巨大的弹头,一个接一个蹿出来,人能识别,是核弹头,因为和核反应堆往一处去,巨大长导弹,一个一个继续蹿出来,头和尾在脱节,长尾向核武器大陆飘去,圆圆的头,向电子数码产品大陆皈依,"那是准备发射的4000个卫星吗?"人数着,"9个!""136!""2058!"……

突然,人沉默了。

79　新大陆

眼前出现一座人造大陆，真正人造。

是人体堆积的。

在军工厂铸造车间，我见过作废的人，眼睛不动，叠罗汉，木材钢材一样，有秩序的堆放。

在这座人尸大陆上，眼前的人体，有秩序地叠罗汉，更像是页岩，一片一片。一个人一个人，衣服都没有，白的、黄的、棕的、黑的，分别堆着，脚朝一边，头朝一边，男性的阳具一根根耷拉着，女性的阴毛，一簇一簇，黑的、棕的、灰白的、白花花的，还有红色的，和头发颜色一致，一簇簇野花一般。头一落一落，眼睛关闭的，嘴张的，放在一起，张着嘴的又放在一起，整齐的小黑洞，无数探秘的洞穴，眼睛睁着的人体，又放在单一处，皮肤颜色是各种的，眼睛颜色是各种的，仿佛钻石矿场，一双双眼睛，一排排地，彩色地，整齐地凝视。

人体大陆，跟武器大陆，垃圾大陆，工业大陆，建筑大陆，冰川大陆比，是这么小。小的，可以说，是一座小岛。女人在船上眺望，"就没有更多的人吗？"劳劳喃喃说。

"就这么大吧，"痘痘说，"你想啊，人类 100 亿人口，一个人的体积，平均高 1.7 米，乘身体厚度和宽度，把胖子肥肥和平板删删平均一下，一个人是一立方米，100 亿是 100 亿立方米，一个中国长城长度 653 万米，平均高度 7.8 米，底阔 6.5 米，顶宽 5.8 米，"我听着，脱口而出，"100 立方米。人类最后一次规模从体积看,等于一座中国长城。"

"这么小…"

女人一起望洋哀叹。

你,哥,我听到你的叹息?只有无边的海风。

80 新海洋

一条鱼浮出水面,张着两条腿,鱼爬上人尸岛屿,鱼站立起来,鱼尾巴收入胯下,然后尾巴朝前支起来,扁平的尾翼看起来是一个奇异的阳具。这条鱼用两条腿,走在人尸体墙上。

人和我,都呆呆地张嘴,吃惊地看着,悄声说:"物种进化?"

水里还有生物。一群群羊,游泳的羊,还有游泳的牛和游泳的猪,都是一群群的,大的带着小的游着,牛和羊一边游一边吃海藻,猪吃海藻,也吃鱼,吃两条腿的鱼和带翅膀的鱼,凡是恰好游到猪嘴边的活物,猪都顺便吃了,牛群和羊群游过的海面,拖着一道道辇褐色,是排泄物,猪的排泄物带着点点荧光,像鱼的鳞片。

人看着,面露恐惧,猪,牛,羊,在海里游着吃着,犹如在原野在圈里一样,不过更自在了,时不时朝天鸣叫,咩咩,嗯嗯,嗷嗷,仰头对天空,低头埋入海洋,近处远处牛羊猪的叫声,在海之上,在海之下,海涛是被驯化的动物声。

而人尸长城,眼看着,在缩短,在矮下去,所有尸体都在缩小,在干瘪,在风化,粉尘扬起来了,眼看着长城升起一道长烟,烟弥漫,渐渐稀释,散开,长城不见了,唯有一片起伏的海连接天空,被牛羊猪的和声环绕。

"看!那是什么?"恨恨一声喊。

全体手搭凉棚,汪洋之中,一个小漂浮物,时隐时现的。

恨恨一手搂抱幻幻,再没醒来的歌手幻幻,一手指着那个漂浮物。

书！

书！

书！

我随人手看，一本书，仰面朝天，书页翻开着，在海风中自动翻页，书摇晃着，飘开了。

那是一本什么书？什么书都成！管它圣经、山海经、谋杀浪漫小说、钳工手册，是字就成。女人七嘴八舌，拼命敲击船舷，马穆鲁克们朝那本书划桨。"末日读书？读着忘记周围！"

书，羊皮面的，精装硬壳的，铜板彩色的，来自皇家图书馆，来自公共图书馆。明亮的海中，你甚至清晰看到梵蒂冈封印，三一图书馆徽章，一个私人红戳，书，聚在一起了，不是一座大陆，不是一个岛屿，也不是一道中国长城，全天下的书聚拢起来，是一条庭院游廊。

"这——么——小！"人惊讶了，人自己解释了，"全都数码化了，魔镜里曾经存了那么多免费书，以为八辈子读不完呢……"

哪一本是童话书呢？

我假装一个童话书出版人，我钻入人群，却从来没摸过一本纸媒书呢，我低头细看海上书廊。

突然，幻幻纵身一跃，跳入书廊，"幻幻活了！"恨恨大叫着，也跳了下去。猪游来了，马穆鲁克扑过去，恨恨朝幻幻游，恨恨拉住幻幻了，马穆鲁克拉住两个人了，牛羊猪朝这里涌来，牛羊猪一起扑上来，把恨恨和幻幻吞噬了，把马穆鲁克撕碎了，恨恨流出红色的血，幻幻流出蓝色的血，马穆鲁克流出晶莹的液体，红色、蓝色、晶莹，都消失在海中，好像怨恨与希望以及智能的救赎，从来不曾存在。

魔镜儿探头看海，一头猪跳起来了，魔镜儿摔倒甲板，猪落下去不见了，"离开船帮！"人嘶喊着，在甲板上疯狂乱跑着，"离开船帮！离开船帮！"人躲在我的身后，拥挤在船头，一群羊迎面飞起，我挡着羊群细节，一只母羊带六只小羊，越过我，母羊扑向空中，撕下我们的旗，我的人皮，羊飞入船中，扑向人，小羊一起咬住魔镜儿，一个男工从马穆鲁克手中夺过桨，举起来，劈下去。小羊倒下，母羊跳起来，咬住男工，马穆鲁克骑在母羊身上，压住母羊，小羊咬马穆鲁克，更多男工，更多的马穆鲁克，更多的羊跳入船，扑上来。但见，羊，风卷残云一般，吃人，吃马穆鲁克，小羊来吃六只小猫，猫乖乖地眯上眼，以为小羊要挠自己肚子呢，眼看着，羊把猫肚子撕开，小羊吃了小猫，咩咩叫着，跟着羊妈妈跳入大海，剩下甲板上，红色的，人血，粉色的，残肉，人的，猫的，塑料碎片马穆鲁克，晶莹的液体，还有我的人皮，海风中，贴着甲板，哀哀起伏。

驯化野兽为家禽的人，孤立无援，眼睁睁地看着。

猪，羊，牛，在海面翻腾，像海豚从前在海面腾跃，咩咩，嗯嗯，嗷嗷，快乐地叫着。

我在船头风中哭。

眼看，海面上，马穆鲁克的尸体越来越多，活着的马穆鲁克，收集垃圾，也收集死亡的同类，我在船头风中哭。

"你哭了，一切都尽头了。"

哥，怎么又听到你的耳语，你就在什么地方，你就在我的身后。我一回头，你就躲开了，我回头了，你果然不在，我知道，你躲在我的身后，我看身后，你在我胸前，我看胸前，你在我手臂，在脚指头。哥，别告诉我，这是梦幻，我哭，因为我在湮灭旧大陆海上和命定的你在一起，别告诉我，这是梦幻。

我在找你！难道，你赢了我？你什么时候赢了我？

暴雨之后的新天空，颜色奇异，赤橙黄绿青蓝紫，太阳是儿童画，红红的，飘着金色的火苗，"天被清洁剂洗过了。"女工赞叹，喃喃地，海上腾起一条长虫，像一个巨桥架在太阳前，它扭曲腾跃，落入海中，溅起滔天大浪，遮蔽太阳，浪落下去。太阳复现，像是被大虫吓到了，太阳在哆嗦，那条大虫在海中隐约浮动，那一片海色深深。"蛟龙？"它，又越起来，又一次翻到空中，人看到，它没有巨眼，没有獠牙，没有长须，没有利爪，没有脚，没有鳞，头部和尾巴一样细。"这……是……"这时候，八头猪分别从海中跳起来，四头猪咬住巨虫的一头，四头猪咬住另一头，拼命拉扯，巨虫像一条巨型面条，在猪嘴中间，弧形翻转，腹部落下，打着海，腹部升起，弹向太阳，它的身体连续拍击海，浪长长一排排凭空升起，好像人工瀑布，猪被带起，猪不撒嘴。眼看着，猪和虫一起朝我们的船扑来，大虫在飞过船，棕色的身子透明，可以看到里面黑色和红色，虫速度之飞快，足够打断船的桅杆，我急促转舵，来不及，人尖叫。就在这时，这条巨虫从中间崩裂，被猪从两边生生拉断！红色的血管，黑色的肠子，都断裂开来，血和粪便，落在人头顶上，一条蓝色的神经垂下来，这是一条蠕虫，是六亿年前，第一个有脑神经的生物。六亿年时间，它的身子长了六亿倍，海中到处黑色长虫浮现，海回到蠕虫世纪。

人在声嘶力竭地呼喊！

我又一次看到，罗马角斗场，残缺着一半，在海上摇晃着，有好多小轮胎，在跟着大角斗场漂浮。

汽车轮胎，飞机轮胎，马车轮胎，运核发射架的轮胎，黑色轮胎的中空，展示一个一个0，无数0漂浮在茫茫海上。

一个孩子坐在轮胎0里,0里一个1,这是一个女孩,大约十岁,怀中抱着魔镜,魔镜黑屏了,孩子紧紧抱着,好像漫画皮诺抱着心理安全毯,不知道为什么,我凝视抱魔镜的小手,这双小手,我觉得好眼熟。在这个轮胎后面,有马穆鲁克推着,我不由跟着小手,我们的船随着小手走,我看到了,又一个轮胎飘来了,轮胎0中坐着另一个1,另一个孩子,大约十岁,是一个男孩,也抱着黑屏的魔镜,他的小手,我也眼熟。这个男孩跟着我们,跟着我的船,我的船跟着罗马角斗场,更多的轮胎飘来,更多的孩子,更多的黑屏魔镜,孩子都跟着角斗场,我们全都飘向人历三千年前的罗马角斗场。

"快!快追角斗场!我们的新大陆!"

在人声指挥下,我飞快追上角斗场,我听到喧嚣声,明亮的,锐利的,稚嫩心肺的孩子的呼叫。

81 小手岛

明亮的,锐利的,稚嫩心肺的孩子呼叫。

马穆鲁克在把孩子举到看台,孩子们坐下来,马穆鲁克站在角斗场中。

孩子欢呼,马穆鲁克互相搏斗,死去的马穆鲁克被活的马穆鲁克拖着,从废墟大窗,直接扔入海中。

我的船停泊在角斗场一个门,魔镜儿跳下船,拿着我的人皮,牵风筝一样,朝看台小朋友,高兴地爬上去人我在后面追,这些孩子的小手这么眼熟,我的身体在颤抖,我万分恐惧,我又在惊醒!

"哭!"孩子在喊,"哭!哭!哭!"是叫我吗?

不,孩子喊的是"酷"。

此刻我才意识到,哭——酷,两字,同音!孩子觉得我很酷,因为我没有皮肤,浑身闪亮蠕虫病毒原码,孩子把我视为同类。我飞起来,在看台上孩子身边坐下,我坐在魔镜儿身边。

我完全醒来了。我认出来,这些小手,是数码手,就是蠕虫病毒我的推手,以天真的无知,把蠕虫病毒我绑在攻击病毒上,传播天下。是了,是了,就是了,凝视一下流落天涯无数的高学历高智女人吧,谁需要学任何什么,无知足以推动我!

劳劳、马屁、肥肥、删删、喵喵、痘痘,站在角斗场中,面对一群马穆鲁克。女人们,曾经的美丽衣衫,褴褛了,曾经精心保养的脸,肮脏了,大片蜕皮,海风和太阳一起把脸刮个稀巴烂,我又哭起来了。所有的所有,女人不着调的大论点,女人刁钻的可爱小心眼儿,怎么就这样一起到了尽头。我不能哭,我哭了就全完了,已经晚了,我不能不哭,我听到,杀!杀!杀!听孩子喊,我怎么听到,喊杀声中居然有嘲笑声,女人的嘲笑声,谁到这时还敢笑?

是删删,梨身材的混饭删删,她看着准备和她开打的马穆鲁克,对看台上的孩子口气嘲笑地说:"呵呵,就你们这群小屁孩儿,还想模仿《苍蝇王》!"

"苍蝇什么?"

孩子握起小手当话筒,纷纷朝下问。

"恐怖科幻小说,英国作家的,得过诺贝尔奖呢。"删删叹了一口气,"我都删了,我还有记忆。"

"不知道!"孩子们跺起脚,"杀!杀!杀!"

"那么,电影版?电影版一定知道吧。"马屁赶紧问,用奉承口气问的。

"电影什么?"

"北野武导演,日本的,"马屁诱惑说,"一群孩子在岛上互相杀。"

马屁——马基雅维利,真有你的救命阴险!

孩子们摸摸黑屏魔镜,无处查看。

"不知道,不知道,不知道。"

"角斗士!电影故事说,罗马帝国时候末代君主的儿子夺位,把大将军放入角斗场,罗素劳克演将军。"

"他太老了,他们太小了,他们不会知道的。"劳劳祖护孩子们说。

孩子们摸摸黑屏魔镜。

"角斗士棋呢?"肥肥发问。

"棋?"

我也好奇了。

"法国数学家柏马德塔微特发明的,大人小孩都能玩,练智慧啊,棋盘游戏,在桌上玩罗马角斗场。"

我失去了云记忆,我从头听肥肥的解释。

"罗马角斗场?"孩子不解地一起问。

"罗马角斗场!"痘痘和喵喵一起提示。

"什么场?"

"你们身在的地方啊!"女工都喊,都哭着喊。

"什么地方?"

孩子不知道。孩子没听说过,魔镜空洞,没有地方看。

"我删到累死了全都白删了啊!"删删歇斯底里大叫,朝看台挥拳,孩子都"咯咯"笑了。

"历史是无用的。"马屁深深叹息。

"不知道! 不知道! 不知道!"孩子不知道身在何处,本能要看厮杀,看得笑,看得哭,这就是思念,这就是追忆,这么小就在怀旧了,在大海垃圾堆上,追忆昨天玩游戏的似水流年。

"杀! 杀! 杀!"孩子挥手,孩子跺脚,孩子全都站起来。

"妈妈加油!"魔镜儿喊。

"这小子鬼叫什么叫?"一个孩子抬脚,一脚把魔镜儿踢下去。

魔镜儿向下翻滚,我立刻飞下去。

我和魔镜儿一起落入角斗场。

马穆鲁克在围上来。看台孩子在走下来,"我们要一起玩! 一起玩! 一起玩!"

"慢着,慢着,在开杀之前,请问,诸位有什么战略?"

马屁和平地摊开手,问四面走下来的孩子。

孩子都愣住了。

"玩特洛伊木马,还是玩五马分尸?玩特洛伊木马,你们躲到马穆鲁克里面……"

孩子走向马穆鲁克,马屁对我们悄悄使眼色,让我们朝大门,朝停泊的船,慢慢移动。

"特洛伊木马的五马分尸!"

"对,对,分了五马穆鲁克……"马屁说。

我们继续退,看孩子们拉着人皮,小手拔河,人皮撕开来了,孩子跳上马穆鲁克,手举人皮小旗,在场中奔驰,奔驰的孩子扔出人皮绳索,套上了删删,另一个孩子,另一个人皮绳索也套住删删,另一个绳索,另一个孩子,另一个孩子,孩子脚踢马穆鲁克的肚子,删删,被活活撕开了!

肥肥狂逃,压倒痘痘,一起被马穆鲁克乱碾。马屁带魔镜儿逃,劳劳跟着逃,马屁送母子上船,马屁爬上船的时候,被追来的孩子套住了,马屁落海了,船在启动,我推着角斗场,往另一个方向推,马穆鲁克一起来推了,孩子催马穆鲁克追我,我浑身闪动,我往另一个方向游诱惑孩子,我回头看着,孩子和角斗场和马穆鲁克都翻了,淹没,不见了,船,向另一个方向飘远,不见了。

82 和歌

剩下我,数码之躯,无数"想哭"的光点。

在海上,在月光下,在太阳下,在暴雨在和风中,我和大海波光闪闪的水珠融和。

哥,你算到我,什么时候,把你放入我心,我在汪洋中放逐,闪烁,漂流,和星空对照,告诉我,告诉我,告诉我,是我在哭,还是你在哭。

这一切,是你看到,还是我的幻觉,是我梦中在看。

2017 年 10 月 4 日三稿

后记：每一个你，成就我末日大哭

——for 我的斯蒂夫

昨天非虚构流行，眼下科幻—玄幻小说是时尚。我写了这部科幻长篇小说。

人工智能女孩儿和她的造物主的生死恋。名叫"想哭"的蠕虫病毒，以女性身段钻入最后桃花源，来杀创造她并试图解放人类精神困苦的这个人。

这个人有我的影子，围绕创作困惑和推算我团团转，转了半辈子。"想哭"这人物——无机生物生命角色更是我。

你奇怪我写《IT84》？上世纪末我在数码书科技公司当艺术总监，本世纪在土豆视屏网干过几天，在小米数码书工坊和编辑合作，在美国地下室作坊做我的绘本 ebook 出售。这个长篇先是一个小中篇，2016 年发表在《上海文学》月刊。标题"IT84"在我脑子里存在十年了。

数码纪早期，我热心数码创作，并且积极分享，十年来我对网络对数码纪加速人类终结，悲观清醒，为我和斯蒂夫没有孩子庆幸，斯蒂夫心疼小孩子的未来，他说不会看到五十年后人类无所事事，走在无以阻挡的灭绝之路的逼真画面。我的斯蒂夫……

悲观绝望是科幻小说的一种调性，是一种极度诚恳，当然，科幻小说充满了星际旅行，科幻小说是光年距离的漫画故事。对于我和斯蒂夫，尤其是逃离现实，病痛，疑难诊断的通向世外桃源的旅行器。

那时候斯蒂夫还好着,我在脊椎疼痛中度日——我不是求你怜悯,我的"无机生物"(科技界新定义的,要掌握人类的新物种),我的想哭,生于哀伤,却流不出人的眼泪。想哭代表我的感觉,我有忧郁症,哀伤涌到眼睑下面,却哭不出来。我写"想哭"是 2016 年,完全不知道后来居然真有这个电脑病毒,WannaCry,更不知道这个电脑病毒会登上天下媒体头条。2017 年 5 月,WannaCry,感染世界百万部电脑,勒索比特币赎金,不交钱就毁灭数据,医院,大学,警察局,巧克力工厂,都遭遇袭击。我笔下的想哭的发展速度也远远比我想的快。写小中篇时候,我布置了想哭和她的造物主下棋,这是叙旧,也是互相侦察,推算对方思考步骤,写的时候我借角色之口特别提到,唯一围棋人类在胜算。你就是不下棋你也知道,如今"阿法狗"灭了人类围棋高手。

然后我写成长篇,先送《收获》杂志。四十年前我的代表作就在这个杂志发表。送出稿子之后我突然看得更为清楚:用小说叙述法说,这长篇是从"想哭"数码女孩角度叙述的,也就是说,数码女孩的看法要比我更我——更人,更多样!从《美丽新世界》到《我们》到《1984》,新世界描述是冷酷的,新感觉传递是冰冷的,1984 的主角靠腿部静脉炎的疼痛瘙痒,暗示读者的体贴。老大哥的监视,超然,冷然,而我的想哭不是这样啊。她和科幻小说鼻祖的弗兰肯斯坦不同,它是男性,我是女性,我们相同的地方在于,私心追逐唯一之爱!我总是晚知晚觉的,总是在送了稿子之后借助遥远的镜像看到更多的自己。我央求《收获》主编不要看稿,编辑的生命和眼睛是不能浪费的。在被推上腰椎手术台前的一个星期,我通改一遍稿子,再一次送稿。

腰椎手术之后,我越发羡慕"想哭",我的腰椎 4—5 互相挤压,神经被压迫,不得不拿掉一节脊髓,用钛合金小棍支撑起来。而我的想哭,她连脊椎都没有,想哭的存在方式和人我完全不同,她无体积,她可以用浑身上下"想",她没有重量,却不在地球失重,灌适当的气体,她像人一样走,她轻轻地飞,她落在造物主怀中。我为新细节好是快活,同时胆战心惊,编辑会看穿我的过失——我表达我送出的不如我在想的好,谁能够看到你脑子里正在想的呢?也就在这个时候,《收获》主编程永新告诉我,小说将在 2018 年 1 月发表。好像动作片,这个时间是极限,我请求再一次修改。绑着护腰,坐在桌边,眼看稿子,充满羞愧。一行一行,这里那里,到处纰漏。科幻小说的逻辑,别致的细节,都是重要的,编辑太善待我了。

我的"想哭"病毒女孩在电子垃圾提升,我在所有的圈子外面爬行,每一次重修我都跟那一位编辑做想象性的沟通,我掠夺编辑的生命感知,就像 AI 在吸吮人知。不知道从什么时候起,我发现我像数码程序一样思考。

科幻写作者,重在想法,也在写法,诗化,斑斓,更冷,更抒情,哥特的阴风。长篇中"凝视"这个词,是看书稿的编辑李黎给我的,李黎是诗人,而我,游离的我,绘画的我,看无数电影的我,一直在黑暗中凝视一切!我掠夺,我写各种凝视,很快这些人这些景色,会不在人间了。

编辑都推动我的想象力。《收获》发表的时候叫《IT 童话》,我对童话这个词是有感应的。童话,来自第一编辑崔欣的启示,她在做稿子了,而我恳求,我想为"人类一直讲成年人假童话"这个段落加几句,她就等着我加,一个词,会成长为复调旋律,我的想哭,永远十六岁,假装童话编辑混入人中,她的语调,童真,情色,悬疑,短促。

早年给《收获》写小说的时候,都是先讲给我的编辑李小林听,我看着小林的眼睛,注意着小林的呼吸,讲着故事,在说出的瞬间,故事细节因为听者小林变幻着。后来很多年很多年,斯蒂夫是我的唯一听众,他是中文盲,我用英文讲,他开车我讲故事,他下班回来立刻躺在沙发上听,用英文说故事,我的表达,我的思维,都会变幻,我微妙地勾引着听众斯蒂夫的注意力。斯蒂夫听得哈哈大笑,我奇怪,笑什么?他说数码女工高学历全都废了,超肥,放屁,焦虑,很幽默。我不无忧虑地说,这是二十年来我在高科技工坊干活时候活生生看到的!白学各种专业,最好的成为数码奴,但是,有多少读者会对照自己?我远离现实主义读者。

"我爱看远离现实的想象。"

科幻小说讲究观点"新"。我有没有新观点呢?我问斯蒂夫。斯蒂夫停顿一下,在脑海里搜索他读的各种科幻小说和电影。他回答了我,原谅我,我忘记斯蒂夫怎么说的。

斯蒂夫,你知道吗,一个月前科学家发现人类有一个隐藏的器官,这个器官在人的表皮下,覆盖全身。这是伟大的新发现,新认识吗?我在写 IT84 小中篇时候就写出来了。如果你读到数码想哭我误杀创作者,创作者就是找不到想哭的心在哪里,不在人类心脏位置,不在头脑里,也不在脚底,创作者思维透支,口喷鲜血,想哭赶紧撕下贴在身上的人皮来为创作者包扎,这一刻,创作者看到想哭的心之所在,数码结构三维点解,构成想哭的躯壳也是心,想哭全身都是心之所在。

我在人类发现之前,发现了新器官,科幻英文编辑读到这一笔,拍案叫绝,我的斯蒂夫,你也喜欢这一笔,我告诉你了,其实我没有费脑子想的,写到这里,自动出现,我的斯蒂夫,有我这一笔,你会对新发现惊奇吗?

律师斯蒂夫读新科幻,他好奇(认真地!)考虑 AI 的人权问题。AI 日益人化,科幻作家在激烈争辩 AI 是不是人的奴隶,斯蒂夫关心的是,如果这一点得到立法,无论 AI 多么能干,什么都替人干了,AI 没有人权,可以被屠杀,被贩卖,被替换。

斯蒂夫不只是说,在帮我构想 IT84 的时候,他甚至以此设立人类法庭,审判数码想哭我。代表人的律师是数码武士马努鲁克,代表想哭蠕虫我的,是人工头妈妈的魔镜儿,生下来就看魔镜的小孩子。斯蒂夫替魔镜儿写 AI 律师的辩论词。

奴隶制度,小律师魔镜儿说:"人类在会写字之前就有奴隶了。"

"所以你不识字是人之初的古老行为。"马穆鲁克首席官说。呵呵,人类听众一片笑声。想哭我的律师魔镜儿不为讥笑打搅。他对人类之间直接交流有着天然的防御,他和魔镜一起出生成长。在人们的笑声中魔镜儿毫不停顿地继续说,孩子的声音在哄堂大笑中是一片旋转的混流,数码武士马穆鲁克要为魔镜儿破碎的孩子话当翻译,魔镜儿的话语成为人造小溪,在人声嘲笑的顽石上奔腾。

奴役即自由。这就是人类文明史。远古时候,当我们人类学会种植作物,要用劳动收获作物的时刻,我们可能就开始相互奴役了。从在埃及发现的八千年前的坟墓壁画上,表现着非常明显的奴役的迹象,那时候农民刚刚开始在尼罗河谷种植作物,农人捕获并奴役南部非洲的狩猎者当农作物采集人。奴隶来自战争,以及无力偿还债务的人,当了奴隶。法老时期古埃及农民甚至自愿为奴,因为在那个残酷的时代,奴隶的生活比自由人生活更好。

(看看这些数码武士马穆鲁克,不愁吃喝,多自在啊,比我自在,有人喃喃地说。)

古罗马,像所有古老社会一样,成了战俘就当奴隶,因此,古罗马战争多,造就人成为奴隶要比从前任何时候都多(听众开始打麻将了,因为对说教感到厌烦)。最有趣的是!屏儿抢夺注意力,说,罗马人沉迷于赌博,结果一些罗马人自愿卖身当角斗士,进入竞技场奴隶制度,用生命搏斗来偿还赌博债务。(哦,小子,你想说麻将是弱力赌博?)

我们人类文化最伟大的创造,从古希腊作家伊索到中国秦始皇帝的赤土陶战士,都是奴隶。美利坚合众国国会大厦,是奴隶建造的。

奴役!奴役!奴役!(人类听众跺脚,马努鲁克武士挥拳。)

当然了(屏儿的声音骑在欢呼之上),奴隶的孩子总是成为奴隶,然而(你想要说什么?)美国自由宣教士将奴隶制转变成一个有利可图的行业,通过强奸黑人妇女,强奸他们的奴隶,生下孩子,领主奴役奴隶的孩子。单是这种方法就为美利坚棉田农活儿创造了数百万新奴隶!几乎每个非洲裔美国人,我是说,现在还活着的,都有奴隶主的白血在他或者她的血管里流动。

(听众一愣,工头妈妈说,孩子,咱们是黄种人,在咱们血液里人类奴隶制早就结束了。

孩子!请你长话短说,马穆鲁克首席律师说。我们今天必须宣判的是她——手指想哭我。)

OK,说最近二百年来,没有任何人类文件比"美国独立宣言"更激发人类对民主的爱情,"人生而平等!"托马斯·杰斐逊写的这句话比任何诗歌都要动听,他跟不到他一半年龄的少女奴隶女孩拥有五个孩子,五个长大的奴隶在杰斐逊的美丽山顶种植园干活,照顾着奴役他们的父亲。这就是人类根深蒂固的奴隶制,甚至把自己的血肉当奴隶!

全体沉默一秒钟。

"由此:想哭有人权。AI有人权。"

屏儿结束为我的辩论。

"然而,她不是我们的骨血啊。"人抗议说。

"但是,我们是她的骨血。"马努鲁克首席律师说。

全体马穆鲁克跺脚,点头,捶胸,都向着我。

斯蒂夫写这段辩护词的时候,有具体的人物,他对干儿子 Alex 幽默想象,他好想去东方亲亲这孩子!

最后我把这段法庭辩论删去了,更简洁地走向结尾画面。他同意。

斯蒂夫给了我这部小说的灵魂:人类在数码纪,个人意识在消失,挽救人类的潜意识吧。

这是一个关键。是想哭的创造者,是这个人最后的努力所在。对于作者我,是这部小说的最高秘籍。我认为科幻小说的解谜,揭秘,便是小说的想法。而我,不断修理着,小说的最高点不断地缺席。翻译 Helen 读到上海的崔欣还在编辑的中文,几天里她在伦敦译出英文,我还在中文这一点徘徊。我反复琢磨原创者这个人和他的想哭数码女孩,一对生死对手,究竟在哪一点上最终彼此吸引!?

写故事,我觉得不是最难的,美国科幻出版社Tor(出版刘念慈翻译的《三体》)的编辑读到想哭谋算——失手杀了心爱之人然后的一笔,编辑很意外,不由叫好,科幻编辑不是俗人,他以为我的故事设计得超妙。其实,我是写到那一笔时候才想到的,对于我,故事时常凭空出现。但是,我想不出IT84的关键。我一次一次和斯蒂夫讨论,为虚无的关键一次一次讨论,简直是纠缠,我重复自己的问题,疑惑自己的问题,一次次回到IT84题目,这个题目,在我看来,是一道数学题,题目设下,看如何论证。

我实在写不过我的数码人物,想哭,我想不过想哭。想哭可以全身来想,我想的区域,只有我的大脑皮层一张餐巾纸面积,我能感觉大脑空荡,不分泌任何想法,我需要吃红肉,我跟斯蒂夫说,斯蒂夫点点头,带我到犹太人小饭馆吃牛肉三明治,水煮嫩牛肩,切极薄片,夹在多谷物粗面包,附一小碟肉汁,吃着,我想起中国的肉夹馍。斯蒂夫带我吃了,又到前台买一磅,请店员切好,带回家我继续吃。

"肉食对我思维分泌果然有效!"我跟斯蒂夫说,我兴奋地问,"如果人的意识发生在大脑皮层,人的潜意识在哪里发生?发生在各个器官,漂浮,聚集到大脑皮层?"

不等斯蒂夫回答(通常是这样),我继续问,"老大哥是你们的流行词,你们早就承认人的意识层面被监视,现在人在意识到,意识内容在被全面数码化,西方你最在意的个人主义其实没有意义了!从这个深度说,老大哥的胜利是绝对的,从小说创作角度说,老大哥是过时的,四体不勤五谷不分,无用的,过渡过时的人类这个百万年物种我们,还有什么用吗?"

"我们分泌意识,你和我,我们造就复杂的语言交流,然而,"斯蒂夫说,"人的意识彻底污染了,是坏的,潜意识,可能是纯洁的……"

"潜意识!"

"你的造物主,收集潜意识。"

"推动人类意识构的通天塔……"

我和斯蒂夫时常这样没头没脑地胡扯,然后,我继续说书,斯蒂夫听着,喃喃评论,"人越来越数码化,你的想哭,越来越人。"

我说着,我听着,把他的这段话,送给她的造物主,写入IT84。

上海文学,英文翻译,收获杂志,书籍编辑,都一次一次帮助我,修加我们的通天塔。

我还问斯蒂夫:"我这小说是科幻? 还是奇幻?"

斯蒂夫说:"科幻是奇幻小说的一支。"我的《龙的食谱》和《IT84》,是科幻并奇幻,因为有人与科技成分,我的《疯狂的君子兰》,他认为是政治奇幻。

斯蒂夫认为,最好的奇幻是《魔戒》,另造一个世界,他大学时候读的,那是二十世纪七十年代末。那时候我不知道《魔戒》的存在,中国文学界和翻译界都不知道。斯蒂夫崇拜《魔戒》,原谅我,老是写斯蒂夫对科幻的看法,因为我的斯蒂夫,走了,刚刚走了!

斯蒂夫的生命不是被 AI 被 IT84 带走的,他在肺部小手术应该出院的时候,在不到十二小时里,被大医院四个科室(心脏,肺,神经内科,变温,外科)加两个病房(恢复病房,ICU)的人

(被人!)集体谋杀了。

我怀着极度悲哀写 IT84 追忆,编辑都希望我继续写,我知道,知道编辑都想帮助绝境中的我。这些文字使徒相信,这是对我最有效的救赎,在我笔下,斯蒂夫你会再生的,会吗?我的斯蒂夫,会吗?

《收获》主编程永新接受长篇稿子的时候说改个名字,不要和《上海文学》的重叠。

我争辩,就靠名字占领呢,美国 Tor 编辑一看小中篇的名字立刻问翻译 Helen:IT84 和 1984 和 IQ84,有什么不同?这是作者她对世界的另一种看法?于是我跟程永新主编解释,我觉得,很多读者会因为这个名字而注意?一个作品创作过程,先短篇,再长篇,同一个名字的,应该是有很多例子?

IT84,是我的偏执狂了。我焦虑不安地报告斯蒂夫,也许得为《收获》改一下名字?斯蒂夫知道《收获》杂志,知道我的编辑李小林,知道肖元敏和程永新,我慌慌张张抓住要出门的斯蒂夫,"叫《IT84 童话》?"

"《IT 童话》如何?故事里仍然涉及 1984 和奥威尔就是了,但是你没有必要局限在老主题里。"

斯蒂夫,你从来不在一个窄念头徘徊。

我立刻微信报告元敏:斯蒂夫大学时候当过校刊主编,跟你们几个资历……(我用笑的符号)。

元敏评:好同志!

我写回:编辑部故事:早上斯蒂夫急忙出门去法院,听到你们定为《IT 童话》,说,很有创意!他完全忘记是他参与修理的。

斯蒂夫晚上回来问(英文问,他不会说中文):童话,中文怎么说?

童话,童话,童话,斯蒂夫连连学说,"声音很好听……"

IT84来了,斯蒂夫你走了,在天堂的你一定记得,我为这本书重新写开篇时候跟你说:我想象,假如天下导弹因为数码作乱,全部乱飞,会怎么样呢?我和你讨论,是在开篇的地方,请别把人类一把毁掉,有大惊但无真险,斯蒂夫你想象一下,真导弹飞向错误的敌手,最后都落在哪里为"好"?

那时你经历了第一次中风,一度失去语言能力,一天之后你恢复了说话能力,三天之后恢复了阅读能力,ICU的护士哭了,说人的大脑真是太奇妙太渊博了!但是,你很难正确拼写,你无法写作,你珍惜写作能力!因为你是律师,你全靠职业文字存活,你用手机口述功能口述法律文件,一个星期之后,你恢复全部语言能力。一个月之后,当我问你,人类在导弹新危机下如何有惊无险,你在电脑写出你的幻想。

我的斯蒂夫,我把你写的离奇想法,加入这部书的开篇。

我在整理你的遗作(你和我一起写了这么多片段,这么多书的想法,三部小说,两部漫画,两部非虚构),我看到一页纸,我认出来,是我和你对IT84结局的讨论。我的结局,像我写的,人类不在了,剩下数码想哭我在汪洋中孤独漂流。而你的人类末日想象是,是的,人类社会是灭绝了,回到人类之初了,你勾画了世界几大洲残留的人类部落:

非洲

1. 儿童士兵部落
2. 农耕部落
3. 保守白人部落
4. 传统黑人部落
5. 叛徒部落

中东
1. 传统部落
2. 纯粹伊斯兰部落
3. 改革伊斯兰部落
4. 阿拉伯国部落
5. 外籍人部落
6. 石油工部落
7. 叛徒部落

东亚
1. 孔夫子部落
2. 虎妈氏族（比南美妈部落更具进攻性）
3. 工薪部落
4. 浏览器部落

澳大利亚
1. 配偶部落
2. 少女部落
3. 复辟罪犯部落
4. 土族部落

我读你留下的,眼泪涌出来,斯蒂夫,我再也没有讨论的伴儿了,剩下独自哭泣的我。

我执意要把这个题材从小中篇写成长篇,因为我看到结尾的画面,绝对的孤独,我为这个画面沉迷,当我告诉你我的结尾画面的时候,你补充我想的。你说,她爱的这个人,什么时候,也许就是在他肉体死亡的那个时候,他的意识钻入她的意识了,她携带他的意识。

我的斯蒂夫,你预言着我。

2018年3月9日～4月9日

附:张辛欣年表

1953 年

生于南京

1969 年

初中毕业。务农,参军

1971 年

退伍回北京。当了五年护士,后专职担任中国共青团干部

1979 年

考取中央戏剧学院导演系

1981 年

于《收获》杂志发表《在同一地平线上》

1982 年

编剧电影《在同一地平线上》、导演戏剧《推销员之死》

1983 年

出版小说《疯狂的君子兰》、担任戏剧《培尔金特》音响、助

理导演并出演绿衣公主,导演《原野》

1984 年

助理导演《家》兼扮演琴

1985 年

出版中短篇小说集《我们这个年纪的梦》、《张辛欣小说选》,同年,被分配至北京人民艺术剧院当导演。同年,单人骑车走读大运河,担任中央电视台《运河人》主持人、采访人、导演,为央视首次邀请作家担任主持人。

1986 年

出版口述实录文学作品《北京人——一百个普通中国人的自述》(与桑晔合著),同年出版小说《封/片/连》,担任中央人民广播电台连续节目《普通人》的导演、剧本撰写、主持人,担任《我们和你们——中国作家与时代》总导演、剧本撰写

1987 年

出版纪实文学作品《在路上》,编剧电影《封/片/连》,导演戏剧《今晚照常演戏》

1988 年

于《收获》杂志发表小说《这次你演哪一半?》,编导二十集电视连续剧《珍邮迷案》,于天津人民广播电台连续播讲小说《封/片/连》,编剧电影《棋王》

1996 年

出版作品集《偷渡美国》

1997 年

与丈夫斯蒂夫·马凯合作翻译出版《美国商务法律引导》

2000 年

出版作品《独步东西——一个旅美作家的网上创作》、《我知道的美国之音》

2002 年

出版作品《流浪世界的方式》、合作作品《闲说外国人》

2003 年

出版作品《我的好莱坞大学》

2011 年

出版长篇自传体小说《我》BOOK1、2

2013 年

出版非虚构作品《占领华尔街》、绘本小说《拍花子和俏女孩》

2015 年

担任英国史诗级舞台剧《战马》中文翻译

2016年

出版非虚构作品集《选择流落》

2017年

出版非虚构作品集《我的伪造生涯》,完成长篇科幻小说《IT童话》,刊发于《收获·长篇小说增刊》

2018年

出版长篇小说《IT84》。开始非虚构作品集《以歌当哭》《一个语言难民》的写作并连载于《上海文学》等刊物